Le pouvoir sur ordonnance:
[illegible]
Tania Crasnianski

主治医だけが知る権力者

病、ストレス、薬物依存と権力の闇

タニア・クラスニアンスキ

川口明百美　河野彩［訳］

主治医だけが知る権力者

目次

イリア、アリオーシャ、サティヤ、アルチュールへ

はしがき

小さな歴史から大きな歴史へ

前著『ナチの子どもたち　第三帝国指導者の父のもとに生まれて』(原書房、二〇一七年)の執筆時、私は、アドルフ・ヒトラーとその主治医テオドール・モレルのあいだにあった依存関係に衝撃を受けた。そして「薬物に溺れた権力者」というテーマで執筆しなければと思ったのである。

調べていくうちに、患者の人生において医者は中心的人物であるということに改めて気づかされた。患者が最高指導者だとしたら、その健康状態と国の方向性は互いに影響し合う。その場合、医者と患者のあいだには守るべき秘密があり、本来、それぞれが自立し、誠実に向き合わなければいけない関係性がゆがんでいくのである。その「ゆがんだ関係」がいかに親密で強固なものかを理解するために、本書では象徴的な八名の人物を紹介し、自由に語っていく。

本書に記された話は一風変わっているかもしれない。取り上げ方もほかとは違う。出典はアーカイブ、証言、記憶、伝記など多岐にわたる。数々の逸話が――信じがたいような、ときには滑稽に思えるようなものもあるが――本書に生気を与え、読者をより登場人物に近づけてくれるはずである。

こうした逸話の小さな歴史が、大きな歴史へとつながっていく。残念ながらすべての出来事について事細かに記すことはできなかったが、それらの歴史を背景に、医者と患者の関係が変化していく。本書では仕方なく触れるだけにとどめた部分も、興味を持たれた読者がいたら、より多くの参考文献から知識を深めていただきたい。

二十世紀を創った、あるいは崩壊させた人物たちの人生に浸りながら、私はその主治医たちの存在に心を鷲づかみにされた。主治医たちは「影」であり、野心、虚栄、金銭ずく、あるいは義務で、たった一人の患者に人生とキャリアを捧げた。配偶者でも、後継者でも、親しい協力者でもないのに、権力者の健康管理を引き受け、生活をともにした。この奇妙な相互依存の関係は国の秘密とされたが、それでも数年後には人びとの知るところとなった。とはいえ、どこの国であれ、かつての最高指導者のイメージを元のまま保つことは多くの場合において重要なのである。

はじめに

マルグリット・ユルスナールはその著書のなかで[1]、ローマ皇帝ハドリアヌスにこう言わせている。「医者の前では皇帝であり続けるのは難しい。そして、人としての資格を保つのも難しい。医者の目が私のなかに見ているのは、多量の体液、リンパ液と血液の痛ましい混合物にすぎない」

主治医たちは自分の人生とキャリアを権力者に捧げ、彼らの私生活と弱点の唯一の目撃者となってきた。歴史という劇場の二階ボックス席で、政権の紆余曲折に従いながら、慎み深い腹心の友に徹したのである。権力者たちのほうは遠慮なく裸になり、医者を信頼し、自分のすべてを託した。そして彼らは、医者に向かってあらゆることを打ち明けるのだ。恐怖、希望、絶望、体の不調、心の不調、老化。単なる心気症《ヒポコンドリー》のこともあれば、感情が欠如していることもあった。本書で取り上げた名高い八名の人物もみな、そばにいてくれる医者を必要とした。彼らの「影」となったのは、アドルフ・ヒトラーの主治医テオドール・モレル、ウィンストン・チャーチルの主治医モーラン卿、フィリップ・ペタンの主治医ベルナール・メネトレル、フランシスコ・フランコ・バアモンデの主治医ビセンテ・ヒル、ベニート・ムッソリーニの主治医ゲオルグ・ザカリエ、J・F・ケネディの主治医マックス・ジェイコブソン、ヨシフ・スターリンの主治医ウラジーミル・ヴィノグラードフ、毛沢東の主治医李志綏《りしすい》。

医者は本来、尊敬され、威厳に満ち、秘密を守りながら治療にあたらなければならない。しかし、権力者たる患者に「いまの健康状態では任務が果たせない、どうにかしてほしい」と目の前で訴えられたら、どういう行動を取るのだろうか。しかもそこには、治療をして必ず成果を出さなければならないという重圧がかかっている。

本書の目的は医者と患者の関係を描写し、二人の相互依存を明らかにすることである。権力が関係してくると、医者の役割は通常の職務だけではすまなくなる。権力を目の前にして、医者という仕事の根幹が揺らぐのだ。病にある権力者と生活をともにし、その治療に格闘しているとき、いったいどうやって成功と失敗の距離を保てばよかったのだろうか。一方が権力の頂点に立ち続けることを望めば、もう一方はそれにつき従う。一方が破滅したら、もう一方も破滅する。救いようのない依存関係が生まれるのである。二人ともその身を権力に捧げ、権力の座を去るつもりはない。そして、それぞれに野心があり、過ちがあり、弱さがある。

権力者とその主治医は、数多くの内部抗争に直面せざるを得なかった。とくに主治医は「悪の天使」と見なされ、あらゆるところから敵対視された。しかし、二人の関係は政治のためだけではなく、心身の健康のためでもあったわけで、政治的決定にまで影響したと確信をもって言い切ることはできない。

本書で紹介する主治医たちはいかなる理由で、複雑な人格の持ち主である最高指導者から、あるときは絶対的といえるまでの信頼を獲得できたのだろうか。チャーチルは主治医のチャールズ・モーランについてこんなことを言っている。[2]「チャールズのことはよく知っている。私のことをチャールズがよく知っているのと同じくらいに」

こうした関係はどうやって築かれたのか。本書に登場する主治医たちは、他の医者より主治医としての資質に優れていたのだろうか。患者の心に寄り添う——ときには親子のような関係にまでなった——ことに長けていたからなのか。何人かは幼少時からの知り合いという例もあるが、なかには、側近から紹介されたり、麻薬密売人としての評判を買われたりして権力者の主治医になった者もいる。体が弱い権力者たちは、素性も知れない主治医に対し、素直に応じたのだろうか。

主治医というのは側近のだれよりも権力者のそばにいて、移動先にもついていくものだ。政治の舞台裏に追いやられてはいるが、権力者の日常生活においては特別待遇の観客だった。いつでも極秘のうちに治療ができるように、しばしば隣の部屋で生活したという。

主治医にはフィルターのような役割があり、強い影響力があると思われていた。ゆえに、警戒されることも多かったが、目的を遂げるための仲介者として利用されることもあった。腹心の友、ペテン師、黒幕、悪の手先、陰の政治顧問、いろいろな異名を持つ。

ラスプーチンのように、歴史上の有名人となった主治医もいる。帝政ロシア最後の君主《ツァーリ》の治療師だったラスプーチンは、帝国崩壊の原因とまで言われた。そのすべてが御伽噺のような人で、性器の大きさから、第一次世界大戦でドイツと戦争をしないよう君主を仕向けたということまで、いくつもの逸話にあふれている。本書で取り上げた主治医たちも、近々、ラスプーチンのように有名になる日がやってくるかもしれない。彼らの多くは、ラスプーチンと同じく大抵は周囲からの評判が悪いが、近しい側近からは好感を得ることもたまにはあった。

主治医たちの使命は、治療する権力者ができるだけ長く職務に就けるようにすることだった。権力者の健康に関する情報が公表されるとなれば、その影響を第一に考える。そしてたいていの場合、軽めに診断しておくか、あえて病気には触れずにおいた。重篤な病気や心の病を公にするなど、考えられなかった。主治医たちは権力者にその地位を守り続けてもらいたい一心なのだが、ときおり心が引き裂かれる思いをすることもあった。あくまでも自らの信念を貫くのか、それとも医者という仕事の根幹に立ち返るのか。

利益を取ることと、医者としての義務を果たすことは、明らかに相反していた。本来、医者は規律に従い、自立し客観的でなければならない。だが、権力者が主人公の劇場では、現実はまったく違っていた。何よりも、権力者たる患者の健康状態を伏せておこうと決めるのは、医者である主治医たち自身なのだ。

歴史の流れを見てみると、体制の移り変わりの多くが、指導者の健康状態と結びついている。たとえば、一六九六年にルイ十四世は痔瘻《じろう》を患っていたのだが、王の病状の推移に国民の暮らしは明らかに左右された。国の政策も病気の前とあとではまったく違っていたという。

より近いところでは、ヤルタ会談［一九四五年二月に行われた戦後処理についての協議］の例がある。このとき結ばれた協定が、ベルリンの壁崩壊まで、部分的ではあるが世界の基盤となった。だが、この会談の特徴は、出席者それぞれの肉体的な衰えだろう。とりわけ世界に権力を振るったルーズベルトは、このときすでに体の面でも知性の面でも衰え、取り乱していた。会談の数か月前、医師団と画策して健康状態を伏せたまま、四期目のアメリカ大統領に選ばれたばかりだったにもかかわらず。ルーズベルトには病気の影が迫っていた。しかし、領土問題でスターリンと対峙《たいじ》するには、手腕の高いアメリカ大統領が必要だったのである。

大統領などの最高指導者で、身体的または精神的病にかかっていた人は世界じゅうにいた。二十世紀で印象に残る人物を、すべてとはいかないが、あげてみる。エーリッヒ・ホーネッカー（ドイツ）、ウッドロウ・ウィルソン、フランクリン・D・ルーズベルト（アメリカ）、ジョルジュ・ポンピドゥー、フランソワ・ミッテラン（フランス）、モーハンダース・カラムチャンド・ガンディー（インド）、ゴルダ・メイア（イスラエル）、ハーフェズ・アル＝アサド（シリア）、モハンマド・レザー・パフラヴィー（イラン）、アンソニー・イーデン（イギリス）、フェルディナンド・マルコス（フィリピン）、レオニード・ブレジネフ（ソビエト）、ボリス・エリツィン（ロシア）、そして本書で取り上げた人物たち。

二〇〇六年にアメリカで発表された研究で、不安定な精神状態でも世界的大国を指揮できると報告された。それによると、一七七六年～一九七四年の三十七名の大統領のうち十八名（四九パーセント）に、広い意味での精神的障害が見られた。とくにうつ病が多く（二四パーセント）、ほかに不安障害（八パーセント）、双極性障害（八パーセント）、アルコール依存症（八パーセント）などがあった。[3]これが最新の研究でないのが残念である。第四十五代アメリカ合衆国大統領ドナルド・トランプはどうなのだろうか。

病気は権力者にどれくらい影響を与えるのか。権力の行使を妨げたりしても、おかしくはない。ただ、病気がいつも悪影響を及ぼしたわけではないということは認めねばならない。どの権力者においても、権力を行使する以前に、病気を秘密にできるかどうかが問題だった。ことに、精神的障害あるいは薬物やアルコールへの依存は伏せておかなければならない病気だった。

患者の秘密を守ることは絶対であり、主治医が治療にあたる条件でもある。それでも、秘密を暴露されて名誉を傷つけられる可能性があれば、権力者は病気の治療を一人の医者に任せたりしない。

権力者の死後、その秘密が暴かれることはないのだろうか。それが権力者の人格に関する情報だとしても、やはり秘密のままにしておくわけにはいかない。権力者たちの治療の経緯を、公共の利益あるいは歴史的価値のある資料とみなしてもらうにはどうしたらよいか。

医者の守秘義務は、医者と患者をつなぎ止めるものである。「ヒポクラテスの誓い」は、紀元前四世紀にさかのぼる医療倫理についての宣誓文であるが、そこには「治療にあたる者は患者が患っている病を世間に明かしてはならない」と記されている。フランスでは現在、公衆衛生法に次のことが明記されている。「職業上の守秘義務は、患者の利益のうちに制定され、法による確固たる条件のもとですべての医師に課せられる。守秘義務によって保護されるのは、医療業務に従事する医者の知るところとなるすべて事柄、つまり、相談されたことのみならず、見たこと、聞いたこと、気づいたことのすべてである」これに違反した場合は刑法で罰せられる。

しかし、医師の守秘義務の強制力は国によって異なる。英国の普通法《コモン・ロー》では、患者の合意がある場合、もしくはその情報に「公共の利益」がある場合は、守秘義務は発生しないとされている。一方ローマ法の国では、医師の守秘義務は絶対に守るべきものとして一般に広まっており、患者の死後も適用される。ちなみにフランスでは一九九六年、ミッテラン大統領の主治医クロード・ギュブレールの著書が発売禁止になるという出来事があった。ミッテランが二期十四年にわたる大統領在任中、ガンを発症していたことが、その本に書かれていたためである。この件を受けてフランスは二〇〇四年、欧州人権裁判所から公共の利益に反したとして有罪判決を受けた。英米法寄りの説明では、表現の自由と歴史的議論における公共の利益という点では、守秘義務に従わずともよいことになっている。要するに、解釈の問題である。とくに、患者が政府要人で、医者が倫理と公共の利益のあいだで迷った場合、守秘義務の理念は揺らぐ。

権力者の健康は間違いなく歴史に影響を及ぼしてきたが、その健康に責任を負った医者は、個人的もしくは政治的にどんな影響を受けたのだろうか。医者たちはどうやって職業上の義務を守り、権力組織から独立していたのだろうか。本書に登場するヒトラー、チャーチル、ペタン、フランコ、ムッソリーニ、J・F・ケネディ、スターリン、毛沢東は、心気症《ヒポコンドリー》、加齢、病気などの理由から、信頼できる医者にそばにいてほしいと願った。彼らのような権力者たちがその座を維持することができたのは、主治医のおかげである。主治医たちは、相談役として、そして健康上の秘密の番人として、心身ともに権力者から頼りにされた。薬物依存に陥っていた権力者にとっては、麻薬密売人《ディーラー》でもあった。

主治医たちのなかには、その地位を濫用したり悪用したりした者もいた。彼らの置かれた立場や状況を考えれば、それも致し方ないことだったと思える。選択の余地がなかったのだ。彼らには絶えず、追放や解任、死刑執行がついて回っていたのだから。

主治医たちは権力者である患者一人に献身するため、自身が開業していた病院を手放した。これほど強い結びつきを誇れるのは、側近たちのなかにはだれ一人としていなかった。

ときには周囲から、野心家だ、仕事だけが生きがいだ、金持ちになれるとほくそ笑んでいる、など主治医たちを揶揄する言葉が飛ばされることもあった。しかし、当時の歴史を振り返ると、いつもそうだったわけではない。なかには、報酬を辞退した主治医もいたし、戦争や突然の解雇で名誉を失った主治医もいた。

たびたび主治医たちは、うそをついた、裏切った、職務怠慢による過失だ、といって指弾された。患者を薬物中毒にしたとか、ときには、年寄りを誘拐したなどというひどい嫌疑までかけられてしまうこともあった。権力者といえども、健康はあくまで私的な問題のはずである。権力者の健康に、国の命運のすべてがかかっているとでもいうのだろうか。だがこれは、民主主義的な考えであって、共産主義国ではその考えが浸透していない、もしくは存在さえしないことが多々ある。旧ソ連時代、国の最高指導者であったスターリンの衰弱した状態を見た医師団は、「死」を別の言葉で言い表すしかなかった。また、毛沢東の主治医は、偉大なる指導者の命が危うい状態であっても、誹謗《ひぼう》者たちからは治療が行き過ぎると非難された。

主治医の影響力は歴史的事件の進展にも及んだ。権力者たちの歴史的な決断の一部は、結果の良し悪しにかかわらず彼らの健康状態によって左右されたと考えられている。どの医者もみな、時の権力に興味を抱き、権力者の主治医になったあかつきには口をそろえてこう言った。「私のすべてを捧げた」そして、自国の歴史秘話に足跡を残していったのだ。

主治医たちのなかには、自分の患者だった権力者の健康状態と私生活について、歴史という観点から語ることが必要だと考えた者もいた。チャーチルの主治医モーラン卿と、毛沢東の主治医李志綏の著書はベストセラーとなった。一方、ムッソリーニの主治医ゲオルグ・ザカリエと、フランコの主治医ビンセンテ・ヒルの記した記録はそこまでは一般に知られていない。

ときには、主治医自身の伝記が書かれることもある。彼らにまつわる伝説やうわさが、人びとの興味や関心を大いにかき立てた。チャーチルの主治医モーラン卿、ペタンの主治医ベルナール・メネトレルがそうである。

アドルフ・ヒトラーとテオドール・モレル

総統閣下、もしもこれまで普通の医者が治療にあたっていたら、総統の仕事は長いあいだ中断を余儀なくされ、帝国《ライヒ》は崩壊していたでしょう。ゆえに私は治療を短時間で済まさねばならず、許容限度ぎりぎりまで薬の量を増やしたのです。それはときに、同僚の一部から疑いをかけられることになりました。それでも、私はその責務を引き受けました。総統のため、この悲劇的な時代に滅びゆくドイツのために。[1]

テオドール・モレル

「注射を、いつものように……」

アドルフ・ヒトラーは体を触られたり見られたりするのが大の苦手だったが、主治医のテオドール・モレルにはためらいもなく、あちこちに膿瘍《のうよう》ができている腕を差し出して見せたという。横に背けた顔、どんよりした目、弱々しく握られた手のひら。ヒトラーにはわかっていたのだ。この注射一本で体調が回復し、欲してやまない力が取り戻せることを。ヒトラーの腕は腫れて硬くなり、ほとんど感覚がなくなっていた。これまでの注射のあとが、腕のあちこちに膿瘍《のうよう》に覆われ残っている。だが、こんな状態にも慣れきったモレルは、ためらいもなく注射ケースを手にした。ここ数年、彼にとってはヒトラーが唯一の患者であり、その静脈まで知り尽くしている。モレルは一瞬のうちに針を刺すところを見抜き、その五～一〇センチ上に駆血帯を巻きつけた。そして、革製のケースから注射器を取り出し、ピストンを引くと、オピオイドの入ったラベルの貼っていないガラス瓶に注射針を差し込んだ。瓶を逆さにしてピストンを押し込み、再び引き上げて瓶の中身を吸い上げる。最後に、注射器を軽く数回たたいて空気が入っていないことを確かめると、彼はヒトラーの腕に針を刺した。そのときどきで向きを変えて適当な角度を見つけてやらないと、針が曲がってしまう。今回も腕の筋肉は抵抗したが、針は無事役目を果たした。しかし、ヒトラーの静脈は明らかに休息が必要なようだった。モレルは数秒間、注射を中断する。しばらくして投与を再開させ、注射器を空にすると、針を抜いてそこから出た血の滴を拭った。それからさらに続けて、二つ目のガラス瓶に入った速効成分を皮下注射した。

ヒトラーの唇は紫に変色し、目は充血していた。顔面蒼白で、全身はひや汗でびっしょりだ。ヒトラーはある時期から、制御できないほどの左の腕と脚の震えに悩まされており、いうことをきかない左脚を引きずるようになっていた。この「魔術師モレル」がいますぐ疲れて衰弱した状態から抜け出させてくれるはずだ、彼はそう思っていた。しかしそのモレルも、一年ほど前から、発熱で別の医者に仕事を代わってもらうことが増えていた。ヒトラーとモレル、二人の体はぼろぼろだった。同じ病を患っていたうえに、数種類の薬物に依存していた可能性もある。二人は、第三帝国の破壊的な企ての指導者とその共犯者と言われても仕方がない。

血液に注射器の薬が混ざり、中枢神経系にまで到達すると、ようやくヒトラーの瞳孔に変化が現れた。オピオイドを投与した場合、瞳孔は収縮して「針の先」ほどまでに細くなり、青灰色のヒトラーの瞳に輝きが戻る。それがアンフェタミンなら、瞳孔が拡張し、瞳の青色の部分はほとんどなくなってしまう。ヒトラーの視線はよく一点を見つめたまま動かなくなるせいで、それが「特徴的なまなざし」と言われることもあったが、この注射によってさらに威嚇的に見られることが多かった。

たとえ薬が十二時間効いたとしても、病状が止むのはその間だけである。主治医のモレルには、帝国《ライヒ》の衰退とヒトラーの病状は比例しているように思えた。モレルがヒトラーの腹心、非常に用心深いヒトラーが一緒にいて安心できる数少ない人間の一人であることは間違いなかった。一九四四年二月二十四日に行われた国家社会主義ドイツ労働者党（ＮＳＤＡＰ）の創立記念演説を除いて、この頃にはヒトラーが公の場に姿を現すことはすでになく、東プロイセンの総統大本営「狼の巣」か、バイエルンの山の別荘「ベルクホーフ」にこもる暮らしが続いていた。モレルはつねにヒトラーのそばにいて、総統の居住区の近くの地下壕には、いつでも処置が行えるよう医療スペースが設けられていたという。ヒトラーは五十五歳を迎え、モレルが影のように彼につき添うようになって七年以上が経っていた。そうなった経緯はだれも知らなかった。ヒトラーの愛人エヴァ・ブラウンを撮った数多くの写真に、モレルの姿も写っている。モレルは「ヒトラーのラスプーチン」とか「スターリンのスパイ」とあだ名をつけられたが、総統を再び健康にしてみせたのは確かだった。ヒトラーは他のどの治療よりも注射を好んだ。何よりも効き目が速いからだ。そして、この「病人」は自殺するまで薬に頼ることになる。アンフェタミン、バルビツール酸系鎮静薬、コカイン、モルヒネ系製剤や、いくつかの得体の知れない魔法使いの水薬《ヘクセンミッテル》など、薬の数は数え切れないほどである。

投薬は毎日行われたが、やがて、薬の量を増やしても効果がなくなってくる。ヒトラーはそこまで衰弱しきっていたのだ。

こうした「治療」に加えて、ヒトラーは、姪のゲリ・ラウバルが不審な死を遂げて以降、神経が落ち着くからという理由で、厳格な菜食主義を実践していた。神経を「クルップ［ドイツの名門鉄鋼会社。現在はティッセン社と合併］の工場の鋼と同じくらい冷徹に」する必要があったからだ。[2] 飲酒はごくわずかな折だけ、喫煙もすでにやめていて、コーヒーも禁止していた。また彼は、感染症、とりわけ梅毒をひどく恐れていた。感染症はユダヤ人特有のものだと考えられていて、ヒトラーの摂生した食生活は党員たちがほめそやす格好の材料でもあった。しかし、彼は同時にコカインやモルヒネなどの薬物に依存していたのである。ちなみに、過去そうした天然麻薬は盛んに使用されていたが、欠点が指摘されるようになり、次第に合成麻薬が使われるようになっていく。二十世紀において、ヒトラーの主治医モレルは（ヒトラーが彼の忠告にしばしば背いていたとしても）天才とされている。「患者A」

――モレルは日記のなかで患者の匿名性を守るためにそう名づけた――は、注射の中毒性についてはまったく心配しておらず、モレルは気にもかけていなかったという。

「ヒトラーの謎」を解き明かそうとするなかで、数々の医学的手がかりが持ち出された。その多くは、根拠のない思いつきである。ヒトラーの破壊的性格とユダヤ人への嫌悪は精神異常によるものだと言う人もいれば、戦争が一見普通のこの男を偏執的狂気へと走らせたと言う人もいる。ドイツの敗北と軍事戦略の失敗はヒトラーの病気と薬物依存が原因だと指摘する人も少なくない。しかし結局のところ、ヒトラーは本来病気だったのではなく、主治医の巧妙な手口で少しずつ薬物中毒に陥ってしまった被害者だと言える。というのも、モレルを近くに置くまで、ヒトラーの体調は悪くなかったからだ。つまり、ヒトラーをめぐる逸話は、親衛隊メンバーの責任逃れのためにつくられたものなのだ。仮にヒトラー自身に責任能力がないとしても、幹部たちが彼以上に責任能力がないなどあり得ない。一般的には、ヒトラーは気がふれており、彼に仕えていた国民以外の人たちも半ば気がふれていたと言われているが、大体において、ヒトラーに精神面でも肉体面でも異常があったなどというのは幻想である。大勢の敵対者がそのときどきに、こんな病気だった、こんな性的問題があったと、躍起になって大げさにつくり上げたのだ。[3] たとえば、ヒトラーを思慮分別のない行為に走らせた唯一の原因は自分の使命にとりつかれていたことであり、それについてはいかなる反証もないという、かなり疑わしい分析もある。ヒトラーは健康で、責任能力もあった。[4] しかし、ヒトラーのやったことについて、悲しい現実を受け入れ精神の病から切り離して議論するには、一九六〇年代になってハンナ・アーレントが「悪の陳腐さ」を詳細に語るまで待たなければならなかったのである。証拠となるのは、一九四〇年になってすぐにモレルの求めに応じて行われた医学的分析である。それによると、ヒトラーが苦しんでいた病状はおもにストレスと不安とに関係しており、そのせいで不眠を繰り返していた。側近たちは徹夜を強いられ、その間ずっとヒトラーの独り言に耐えねばならなかったという。

ヒトラーがモレルと最初に会ったのは一九三六年秋、友人で「お抱え写真家」でもあったハインリヒ・ホフマンの薦めだった。ホフマンはモレルに淋病を治療してもらったことがあったのだ。その後のクリスマス、山の別荘ベルクホーフで、ヒトラーはモレルに腸の調子が気になっていると打ち明け、湿疹ができて包帯を巻いてある両脚も見てもらった。そうして、党の医師同盟所属の有名教授でないにもかかわらず、モレルはヒトラーの信頼を得たのである。一九三七年一月には、ヒトラーの正式な主治医となった。社会的出世を夢見ていたモレルにとって、思いもかけない幸運だった。モレルは、謙虚で礼儀正しく、毅然としていると高く評価された。ヒトラーは、モレルを主治医にしてからというもの、専門医は信用せず、いつもモレルの単純明快な話のほうを信じるようになった。「健康な菌と悪い菌が戦っている」というのがモレルの説明だった。ヒトラーの建築家アルベルト・シュペーアは、著書『第三帝国の神殿にて——ナチス軍需相の証言』（中央公論新社、二〇〇一年）に記している。[5]「ヒトラーはわれわれに言った。『いままでだれも、これほどわかりやすくはっきりと説明してくれなかった。モレルが患者を治すためになにをしようとしているのかがわかるし、筋がしっかり通っているから一番信用できる。モレルの処方に忠実に従うつもりだ』」モレルはヒトラーに、一年以内に病気を治すと約束した。初めの診断結果は、神経の酷使による腸内環境の悪化。検便し、「ムタフロール」というブルガリアの農家で採取した良好な菌株から培養した細菌入りのカプセル剤による治療を始めた。[6] さらに回復を速めるため、ビタミン剤などのさまざまな製剤を処方した。ヒトラーは体重が元に戻り、胃痙攣を起こすこともなく普通に食事がとれるようになり、湿疹も消えた。満足したヒトラーは、約束どおり、モレルに家が一軒購入できるほどの金を褒美として与えた。

一九三七年が終わるとすぐにヒトラーは再び衰弱し、心気症がいっそうひどくなった。しかし、モレルとの関係は悪くなるどころか、より強いものとなる。ヒトラーは胃の具合と脈拍数をいつも心配していたため、モレルは定期的に診察していた。ヒトラーの胸の内は、病気への恐怖でいっぱいだったのだ。両親の早すぎる死、とくに母の死因となったガンに対する恐怖に、ヒトラーは蝕まれていた。一九三五年、声帯下部にポリープができたときも、勝手にガンだと思い込みカール・オットー・フォン・アイケン医師に手術してもらっている。[7] ヒトラーは信じ込んでいた。自分の命は短い、その短い命に課せられた使命はドイツの栄光の復活であると。

その使命を支えていたのが、テオドール・モレル医師である。一八八六年七月二十二日、モレルはプロテスタントの家に生まれた。祖先はフランス人で、十七世紀末の宗教戦争の折にグルノーブル近郊のディからやって来て、ドイツに定住した。体の弱かった子どもだったモレルは、幼いときから慢性胃痙攣と狭心症に苦しめられていた。フリートベルクの教員養成学校卒業後、教師になるもすぐにその職を捨て、医学の道へ進む。フランクフルト＝アム＝マイン北部のギーセン大学でのあだ名は、地上の悪魔「メフィスト」。産科と婦人科の学位論文には最高評価がついた。その後フランスに行き、ノーベル生理学・医学賞受賞者イリア・メチニコフの講義をパスツール研究所で受け、パリのアサス通りにあるタルニエ産院の創設者、ポール・バール教授の助手になる。その後ミュンヘンに戻り、一九一三年八月十三日、医学免許を取得する。

ところが、旅がしたかったモレルは海運会社で船医として働いてから、一九一四年、ディーツェンバッハで医者として暮らすようになる。第一次世界大戦では医務官として西部前線に赴き、二級鉄十字勲章を授与された。復員後、モレルはのちに妻となるヨハンナ・メラー、「ハニー」と出会う。裕福な家の娘で、出会いの翌年には結婚を決め、ベルリンに家を構えた。モレルはヨハンナからの大きな期待を背負うこととなる。

「帝国注射マイスター」と呼ばれていたモレルは、アーリア人とはかけ離れた容姿だった。太っていて、身長一メートル七十に体重が百十キロ、いつも不健康そうで、生気のない目。一部の人からは、ルーツはユダヤ人なのではないかとうわさされていたほどだ。モレルはユダヤ人のような浅黒い肌をしており、また、「非アーリア人」患者の治療を続けていたため、国家社会主義ドイツ医師同盟から非難と疑いを受けていた。それに、一九三三年にベルリンのバイロイター通りに初めて開業したとき、医院の看板には「ユダヤ人」と記されてもいた。日和見主義のモレルは、ナチス党に入党し医師としての活動を続けることによって、患者を増やしていった。一九三五年、クアフェルステンダムのシックな地区に医院を移転。院内の壁には、映画俳優や有力者たちから贈られた写真が飾られていた。奇跡のような治療をしてくれるとモレルは評判になり、医院の経営も好調だった。また、最新の医療機器を取りそろえ、さまざまな血液分析やエックス線検査ができるようにした。また、高周波電流で痛みを軽減したり血流を活発にしたりするジアテルミー療法も行った。患者はみな上流階級で、一九二三年にはイラン国王の宮廷へ、三年後にはルーマニア王国の宮廷へ出向くよう申し出を受けたこともあった。モレルは二回とも辞退し、ドイツに留まることを選んでいる。モレルが夢見ていたのは、医者としてのキャリアを目覚ましい商業的成功で飾ることだった。そこで、「ビタムルチン」やホルモン剤など――ヒトラーもさっそく服用した――、さまざまな薬を開発しては販売した。ヒトラーの主治医となってからは、その誠実で効果的な治療に対し、モレルは一月に五千ライヒスマルクの報酬を手に入れていたが、それは開業医時代の収入よりも少なかった。その代わり、ヒトラーのおかげで、製薬会社を入手あるいは押収することができたのだ。まず、ハンブルクとドイツ保護領モラヴィア北部のオルミュッツに製薬所を所有していたハンマ社。ここでは、ロッ若い雄牛の生殖器から採取した成分をもとにホルモン剤が製造されていた。次に東部領域では、ロックフェラーなどいくつかの財団の資本による最先端の製薬所を、賃金の安い従業員ごと手に入れた。ここでは、のちに例として登場する「ビタムルチン」が製造されるが、最初はノルトマルク社とのライセンス協定下で、一九四三年からは自社名での製造となった。そして、これもまたモラヴィアにあり、一九四三年にユダヤ人一族から押収したハイコルン製薬所では、モレルによってシラミ駆除薬が開発された。そのほか、モレルはブダペストのキノイン社の株主となり、「ウルトラセプティル」というサルファ剤（ペニシリンが発見されるまで使用されていた抗菌剤）を開発している。また、アンカーマン商会の株も二五パーセント以上を保有した。患者の治療だけでなく、経済的成功においても、モレルの執着はすさまじかった。

ヒトラーの建築家アルベルト・シュペーアは、モレルのことを「やぶ医者というよりはむしろ、医者という職業への愛と金への執着に満ちた狂信者」と思っていた。[8] 協調性もないうえに、風貌は決して感じがよいとはいえず、振る舞いも粗暴。さらに、その治療効果も本当かうそかはっきりしなかった。ハインツ・グデーリアン大将の副官は「見かけはヒトラーの主治医だが、ただの死の商人だ」と述べている。[9] それぞれが自分なりにモレルを分析し、その処方を非難したが、実際にモレルが総統にどんな薬を与えていたかだれも知らなかった。ヒトラーの医師団の一人はこう言っている。[10]「私も、他の医者も、モレルの注射の成分を知らなかった」「モレルが医者としてヒトラーにもたらした効果に、私は驚かされっぱなしだった」

モレルは軽く見られてきたのだ。歴史家のヒュー・トレヴァー＝ローパーはモレルについてこう記した。[11]「豚野郎の健康管理について支離滅裂な話ばかりしている、奴隷のようなへとへとの老人。自尊心のかけらもない男がどうして主治医に選ばれたのか、選択肢が限られていたとはいえ、理解できない」

ヒトラーの個人秘書クリスタ・シュレーダーはモレルのことを次のように言っている。[12]「耳も手も毛がぼうぼう。太い指には海外旅行で手に入れた異国風の指輪がいくつもはめられていました。食べ方にも癖があって、オレンジなどは皮をむかず、汁を飛ばしながらがつがつかじりつくんです。それにうぬぼれ屋でした。カメラマンが写真を撮ろうとすると、ささっとヒトラーの横についていました」ヒトラーの側近のなかでもモレルのライバルであり不倶戴天《ふぐたいてん》の敵だった、カール・ブラント（一九三四年から総統つきになった外科医）は、次のように記した。「どの町かは知らないが、出身はダルムシュタットの近くだ。たしか五十六歳のはずだが、すごく太っていて、はげで、下ぶくれの丸顔は浅黒く、目は栗色、近眼で眼鏡をかけている。手と上半身は毛むくじゃら。身長は一メートル七十ぐらい」ヒトラーの愛人エヴァ・ブラウンは、モレルの不潔さに吐きそうになったとまで言っている。[13]モレルの体臭は、実際に、吐き気を催すほど臭かったのだ。それについて尋ねられたヒトラーは、こう答えた。[14]「体臭のせいでモレルを辞めさせたりしない、私の健康を守るためだ」ときが経つにつれ、ヒトラーはモレルに依存するようになり、数日でもモレルがいないともたなくなっていく。

驚くのは、ヒトラーがかかっていたとされる病気の一覧表である。インターネットで検索してみると、一万件近くの書き込みが現れるが、大抵は根拠のない空想にすぎない。精神的な病のなかには次のものがある。うつ、ヒステリー、マゾヒズム、妄想症《パラノイア》、サディズム、統合失調症、遺伝性精神障害。また、ホモセクシュアルや小児性愛だったという説や、近親相姦の傾向があったという説もある。こうした数々の憶測のもとにあるのは、ウォルター・C・ランガーが一九四三年に作成した報告書である。第二次世界大戦中のアメリカの諜報戦略機関、戦略事務局（OSS）に提出された疑わしい報告書だが、そこにはヒトラーに性的問題があったと書かれている。一部の人によると、肉体の異常が原因だという。一九六〇年代の終わりにとりわけ注目されたのは、ヒトラーに左の睾丸がなかったという話である。その発端になったのはソビエトの歴史家レフ・ベズィメンスキーの著書だが、彼はソビエト当局がヒトラーの死体を検死して確かめたと主張している。[15]

ところが、主治医やヒトラーの性器を見た数少ない人たちは、そのようなことはひと言も口にしておらず、まったく正常だと認識していた。医師団の一人であるハンス＝カール・フォン・ハッセルバッハは一九五一年にこう言っている。「ヒトラーはほとんど人に体を見せなかった。服を完全に脱いだ姿は私でさえ一度も見たことがなく、服の上から聴診しなければならなかった。ヒトラーの元運転手エミール・モーリスならおそらく、ヒトラーの性器に異常があったかどうか証言できると思う」彼はまた、ヒトラーがホモセクシャルのようには見えなかったこと、ごく自然に女性とセックスをしていたことも明かしている。[16] しかし、「一つ睾丸話」は息が長かった。[17] 二〇一五年、エアランゲン＝ニュルンベルク大学のドイツ人研究者ペーター・フライシュマンがある医療報告書を発見し、この話は再び取りざたされたのだ。その報告書は、一九二三年十一月のミュンヘン一揆《いっき》［ヒトラーら極右派による軍事クーデター未遂］のあと、ヒトラーが収監されたランツベルク刑務所の医師によって作成された。そこには、ヒトラーの睾丸は一つしかなく、戦争による負傷ではなく身体的異常だと記されている。ほかにも、催眠術にかかっていたヒトラー自身が催眠をかける側になったという話まで出るようになった。

一九七〇年代、ヒトラーの人格を精神分析学から説明しようという試みがなされたが、その研究は無駄に終わった。ヒトラーには二つの人格、女性的で従順な人格と、独裁的な人格があったという説や、ホモセクシャルの傾向があり、インポテンツだったという説もある。ついには、「ユダヤ人の祖父」をもっていたことや子どものころ殴られたことが人格形成に影響したという説まで出た。有名なアメリカ人作家ノーマン・メイラーも、自分の集大成とした著書『森の城　*The Castle in the Forest*』[18] で、悪魔の密使であるヒトラーは自身の幼少期の語り手だとしている。

ヒトラーは多くの疾患を抱えていたが、その一つは梅毒であった（ウィーンで若いユダヤ人女性から感染したという）。そのほか、確証がなく可能性だけのものも含まれるが、ごく一部として、黄疸、吐き気、頭痛、不眠、胃腸の痛み、湿疹、高血圧、冠動脈硬化症、狭心症、パーキンソン病がある。パーキンソン病については見解が分かれている。名声のある歴史家たち、たとえばイアン・カーショーなどは、なにも証拠がないと述べている。[19] パーキンソン病の疑いがあがった理由は、体の震えという症状があったからだが、それが見られたのはわずかな期間だけである。一九四四年七月二十日クラウス・フォン・シュタウフェンベルクはじめ反ナチス将校たちが、東プロイセン、ラステンブルク近郊の総統大本営「狼の巣」の会議室で起こした暗殺計画が失敗に終わったあとだけだった。一方、ヒトラーはパーキンソン病だったと真剣に主張する専門家もいる。[20] ただ一つ確かなのは、モレルがパーキンソン病の症状を抑える薬、オンブール六八〇をヒトラーに処方していることである。

モレルから治療を受けていた数年間、ヒトラーは定期的に、さまざまな化学製剤を注射もしくは服用した。頭痛薬、抗菌薬、咳止め薬、強壮剤、ホルモン剤、鎮静薬、抗痙攣薬、ステロイド剤、強心剤、心血管疾患の薬、消化不良の薬、パーキンソン病の薬など、その数はおよそ八十〜九十種にも及ぶとされている。

とくに多く摂取していたのは、カルディアゾール（心血管不全に使用される強心剤）、コカイン（炎症を抑える一〇パーセント溶液の点鼻薬と点眼薬）、コラミン（浮腫や循環器、呼吸器障害に使用される強心剤）、オイコダル（現在は「オキシコドン」と呼ばれる鎮痛剤で、原料はモルヒネと同じアヘンだが、効果はモルヒネの二倍）、オイパベリン（痙攣止めのアヘンアルカロイド）などである。

数年後のＪ・Ｆ・ケネディと同様、ヒトラーもモレルの助言に従い、リビドーの強化や疲労とうつ症状改善のため、男性ホルモン剤とステロイド剤を摂取した。オルヒクリン（男性ホルモンの一種であるテストステロンを牛から採取しエキスにしたもの）、テストビロン（タンパク質の同化を促進するステロイド剤）、ギュコノルム（牛の睾丸と豚の膵臓由来のステロイド剤）、プロスタクリニウム（前立腺と精囊から採取したエキスを成分としたホルモン剤）などがそれである。またヒトラーは、病原菌予防として数種のプロテインを混ぜ合わせたオムナジン、寒さによる感染症予防としてサルファ剤のウルトラセプティルも、モレルから薦められた。不眠とかんしゃくには、鎮静効果のあるバルビツール酸系製剤として、ブロム・ネルヴァツィト（現在は獣医学用）、ルミナール（深刻な不眠対策）、テンピドルム（うつ病や双極性障害の治療薬）が処方された。腸内にガスがたまる症状の治療には、ドクター・ケスターのガス解消丸薬（ベラドンナとストリキニーネから製造）が使われた。ストリキニーネはネズミの駆除にも使用される猛毒のアルカロイドの一種だが、当時はその興奮作用が利用され、医療用の薬として処方されていたのだ。使用人によると、ヒトラーはその丸薬を多いときには一日十六錠も服用していたという。限度ぎりぎりの量である。こうして徐々に中毒に陥っていったのだろうか。それについては、いまだ意見が分かれている。

モレルが処方した薬のなかでもとくに有名なのは、彼自身が調合した錠剤および注射液「ビタムルチン・カルシウム」と「ビタムルチン・フォルト」である。その成分はよくわかっていないが、「フォルト」については、興奮作用があり依存性の高いメタンフェタミン製剤のペルビチンが含まれていたのではないかと考えられている。

一九四四年三月十四日のモレルの日記に、初めてこの薬についての記載がある。[21]「患者A。ビタムルチン・フォルトを初めて投与。反応はまずまず……。へとへと状態……。総統はとても満足している」

地下壕でのヒトラーの最期に居合わせた親衛隊大佐でもあるエルンスト＝ギュンター・シェンク医師は、「ビタムルチン・フォルト」を調査し、メタンフェタミンが含まれていることを確認した。この製剤は処方なしで密かに注文され、受注するベルリンのエンゲル薬局はつねに在庫を確保しておく必要があったという。ヒトラー用の薬は金色の紙で包装され、そこには、「ＳＦ」(Sonderanfertigung＝特製品)、もしくは「ＳＲＫ」(Sonderanfertigung Reichskanzlei＝総統用特製品)と記された。

さらに秘密裏に引き渡しが行われるよう、東プロイセンでは総統大本営に、ベルリンでは総統官邸に、つねに配達係が薬を持っていったと言われている。一九四四年以降は、ハンマ社の製薬所から直接「ビタムルチン・フォルト」が配達されるようになり、モレルの側近で主任化学者のクルト・ミュリ博士が、地方当局の許可を得て自ら作業にあたった。また、ヒトラーは一九四四年から、オイコダル（合成オピオイド）にコカインを混ぜて摂取し始める。この混合薬物は現在、「スピードボール」というまったくそぐわない名で知られている。心拍を遅くするオピオイドと心拍を早くするコカインの、いわば死のカクテルである。

合成麻薬については、軍や側近たち、ときには市民までも好んで摂取していたが、当時は副作用についてほとんど知られていなかった。なかでもペルビチンは、庶民の麻薬としてかなりの量が消費されていた。いまは「クリスタル＝メス」と呼ばれるこのメタンフェタミン製剤は、ベルリンのテムラー製薬所の化学者によって開発され、一九三〇年末に売り出されている。この麻薬には、覚醒を高め、疲れにくくさせ、向かうところ敵なしという気持ちにさせる作用がある。薬物に関して、ドイツはつねに多産地域だったといえる。十九世紀末、メルク製薬はモルヒネを、ダルムシュタットのバイエル製薬はヘロインをそれぞれ開発した。ヘロインという名は、英雄を意味するドイツ語「ヘローイッシュ」がその由来だが、当時はモルヒネの常用から抜け出せる依存性の低い薬とされた。バイエル製薬は鼻高々に言った「ヘロインはすばらしいビジネスだ《ヘロイン・イスト・アイン・シェーネス・ゲシェフト》」

しかし、次第にヘロインの有害性が明らかになり、ペルビチンやオイコダル、バルビツール酸系製剤のような合成麻薬の時代がやって来たのである。軍隊でペルビチンは「魔法の丸薬」と呼ばれ、歩兵部隊や海軍で、あるいはパイロットや戦車の操縦士に、広く配布された。ドイツ国防軍では大量の飲酒も加わって、兵士たちは行軍のあいだもずっと眠気に襲われることはなく、前線に向かう恐怖も軽減された。電光石火のポーランド侵攻によってペルビチンの効果が明らかになると、ドイツ国防軍は一九四〇年、フランス侵略に備え三千五百万錠以上を注文することにした。[22] ペルビチンはビターチョコレートにして支給されることもあり、戦車部隊では「戦車《パンツァー》チョコレート」、空軍では「飛行士《フリーガー》チョコレート」という名で知られていた。

一九七二年にノーベル文学賞を受賞したハインリヒ・ベルは、一九三九年、兵士としてポーランドを経由してロシア前線に送られた際、家族宛ての手紙に自分はペルビチン中毒であるとはっきり書き、ペルビチンを送ってほしいと懇願している。「ここは耐えがたい状況だ。手紙を書けるのは二日に一度、初めのうちは四日に一度だけかもしれない。今日こうして手紙を書いているのはほかでもない、ペルビチンを送ってほしいからだ……。じゃあね、愛してるよ」ペルビチンは人気が高く、多くの兵士が個人的に入手するようにもなっていた。ベルリンのあるチョコレート屋はペルビチン入りのプラリネ「ヒルデブラント・プラリーネ」をつくり、元気のない主婦たちに勧めていたという。目安は一日三～九個まで。キャッチフレーズは、ローリング・ストーンズの『マザーズ・リトル・ヘルパー〔一九六六年のアルバム収録曲。経口避妊薬中毒の主婦について歌っている〕』にもあるように、「ママをちょっとお手伝い」だった。[23] 一九四〇年までペルビチンは無制限に流通していたが、党の全国保健指導者レオナルド・コンティが副作用を認め、市民に対しては処方箋を義務づけた。しかし、それも効果はなかった。現在、メタンフェタミン製剤は違法薬物であり、一九七一年以来、向精神薬に関する条約で規制されている。

国家元帥だったヘルマン・ゲーリングも、銃弾による怪我が原因で、一九二〇年代からモルヒネに依存していた。依存状態からやっと抜け出せたのは、一九四五年に投獄されたときである。鞄のなかからは二万四千錠のオピオイド製剤、おもにオイコダルが見つかっている。[24] 同じく睡眠薬も深刻な社会の害毒になっていたので、一九四〇年、やはりレオナルド・コンティは次のように述べた。[25]「睡眠薬の消費量は今日あまりにも多く、われわれはなにか手を打たなければならない」

一九四一年八月から、ヒトラーは毎日モレルを頼るようになり、モレルは「患者A」にかかりきりとなった。モレルの日記には、一ページにつき四日分の出来事が判読困難な乱筆で書きつけられている。脈拍、心身の状態、治療内容など、往診について簡単に記載されているだけで、資料としては不十分である。日によっては「いつもの注射」あるいは「X」としか書かれておらず、どんな薬が日常的に投与されていたのかはわからない。「治療せず」と書かれているだけの日もある。

ヒトラーは気難しい患者で、ときおりレントゲンなどの検査を拒み、基本的な健康法を勧められても嫌がった。モレルは、毎日歩いてもう少し休息を取るよう強く言ったが、その提案が聞き入れられることはなかった。ヒトラーの睡眠時間はたいてい二～五時間、それ以下のときもあった。一日に歩くのも数歩のみ、飼い犬「ブロンディ」との散歩だけだった。

ヒトラーの体調の悪化は、第三帝国の衰退と比例している。一九四一年、戦局が決定的な転機を迎える。紛争は世界規模となり、ユダヤ人大虐殺が拡大していった。チャーチル率いるイギリスは戦闘続行を決め、アメリカも参戦する事態にまでなっていた。ドイツは六月二十二日、バルバロッサ作戦でソ連へ侵攻するが、これにより第三帝国は完全なる失敗へと急速に向かっていく。その後ドイツが東西二つの戦線へ繰り出すと、ヒトラーは精神的に厳しい状況へと追いやられる。六月二十四日から前線により近い「狼の巣」に入ったが、そこは衛生面においてひどい環境だった。じめじめして寒いうえに、空気汚染は進み、水も汚れていた。そんなところに、ヒトラーは四か月以上も留まることになった。同行したモレルは、初めてヒトラーが病床にふしたと日記に書いている。ヒトラーは重い赤痢にかかり、胃痙攣、発熱、体の震え、耳鳴りなどの症状に苦しんだ。ふだんは一四三程度の血圧が一七〇を超え、脈拍は七十二が九十二まで上がり、[26]不眠もさらにひどくなった。ヒトラーはたびたびかなり神経質な状態に陥り、いつもの注射さえ拒絶したという。「私に向かってこんなに敵意を見せたことはなかった」モレルは一九四一年八月八日の日記にそう書いている。だが、それ以降は毎日の診察を許された。病の原因は精神的なものだと思われたが、本人には「神経の炎症」あるいは「神経炎《ニューロパシー》」とだけ話した。八月末、ヒトラーの健康は回復したものの、モレルは体に悪いその地を去るよう強く勧めた。[27]冬が近づき、ドイツ国防軍はモスクワ周辺に攻撃をかけるが、赤軍の大規模反撃に敗れる。ドイツ軍の思惑に迷走していたスターリンが、情勢を立て直したのだ。その年の終わり、第三帝国の高官たちの多くが死亡、もしくは健康上の理由から解任された。

一九四二年も情勢は悪くなる一方だった。二月、ヒトラーはこう口にした。「この三か月間で私の神経はどれぐらい力を失っただろう……。ことごとく失敗し、うそをつく必要もないのにうそつきになってしまった」さらにこうも言っている。[28]「みな神経の制御を失っている、最後に私だけがまだ倒れずにいる」秋になると、ヒトラーはウクライナのヴィーンヌィツァ近郊にある東部前線総統大本営、「狼男《ヴェアヴォルフ》」と呼ばれる地へ赴いた。そこでは重篤なインフルエンザにかかり、四十度を超える熱を出している。側近たちの一部は、ヒトラーの人格の変わりように驚き、モレルの治療のせいだと糾弾した。

その年の終わり、十二月十七日のモレルの日記には、[29]「総統はドイツのためだけに生きている……。死に逆らえる薬などない、それは総統もわかっている。体が危険な状態に陥ったら、私からすぐに知らせてほしいのだ……。総統は言った。私を全面的に信頼している、つねに私一人で治療にあたるようにと。その言葉は私にふさわしい」と記されている。

東部前線総統大本営での駐留の間、モレルは街の食肉処理場で内臓を仕入れ、ステロイド剤や各種興奮剤など治療に使う薬に利用しようと試みる。[30]しかし、その野望は戦局の変化で頓挫した。一九四三年、ヒトラーは敗戦を受け入れざるを得ず、薬物へますます依存していく。モレルの注射の回数が増えていくことに側近たちは不安になり、ついに第三帝国の外務大臣ヨアヒム・フォン・リッベントロップは、モレルにそれを伝えた。くわえて、グルコサミンとヨウ素は別として、注射と薬の量が多すぎはしないかと尋ねると、モレルは素っ気なく答えた。「要求された量を差し上げているだけです」[31]アルベルト・シュペーアも不審を抱いていた一人だったが、モレルに頼りきりのヒトラーと対立するのを恐れなにも意見せず、側近たちにも黙っていた。ただし、自分自身はモレルの治療を受けないようにしていたという。[32]いまだナチスの勝利を信じてやまない人たちもいたが、次第にドイツの活路は断たれていく。一九四三年二月二日、兵士四十万人を失ったドイツ国防軍がスターリングラードで降伏、そして西部戦線での敗北も確実となる。

モレルは、自身の治療方法、とくに腸内ガス解消丸薬の処方に対して、非難の声が多く上がっているのを知っていた。そこで、モレル自らヒトラーに自分の潔白を示す手紙を書いてほしいと頼んでいる。事実、モレルは、一九三五年にエルンスト＝ロベルト・グラヴィッツ医師がヒトラーのために作成した処方に従っていただけだったのだ。

モレルは執拗に侮辱されたが、耐え続けた。軍司令部が戦局に一喜一憂しているのを見ると、軍人でなく一般市民であることが気詰まりでむなしかったという。せめてもと思い、仕事で外出するときには、ドイツ国防軍や武装親衛隊の将校の制服に似せて仕立てた服を着用した。ウール・ギャバジンの緑灰色のジャケット、白いシャツ、脇の縫い目にテープ飾りを施したズボン。ジャケットの両襟にはそれぞれ、医療のシンボルであるカドゥケウスの金の飾りをつけた。そして、勲章マニアだったモレルは、得意げに二十八個もの勲章を身につけていたが、そのなかには一九四四年に授与された騎士十字勲章もあった。モレルはみなの笑いの種でもあった。

ヒトラーの外科医カール・ブラントとハンス＝カール・フォン・ハッセルバッハの二人は親衛隊

特別部門の将校だったが、当のモレルは肩書も家柄もなかった。一九三四年に電撃的な出世の機会を得て、一九四四年八月二十五日には保健衛生部門の国家弁務官にまで昇りつめた彼は、学歴の面でも、ブラントの補佐官で医学部教授であるフォン・ハッセルバッハには及ばなかった。それでも、側近たちと同じように、医師団のなかでも敵対関係は見られなかった。それぞれが自分の見解に基づいてヒトラーの治療にあたっていたからだ。しかし、やはりだれもが、モレルの地位――ヨーロッパの当時の支配者ヒトラーが信頼を寄せる主治医――がのどから手が出るほど欲しかったのは事実である。モレルの未亡人が一九六七年のインタビューで口惜しそうにこう語っている。「ブラントや彼の仲間たちは型どおりすぎるのよ！　フォン・ハッセルバッハもそう。みんなすらっとして、若くて、お上品で、親衛隊の黒い制服が光り輝いていて。そんな人たちの横に主人がいた。グレーの服を着て。それが唯一の持ち物。主人は党の役職さえ持っていなかった」

モレルのほかに何人もの専門医がヒトラーを診察していた。一九四四年七月の暗殺未遂のあと患っていた鼻炎については、耳鼻咽喉科の医師エルヴィン・ギージングが治療にあたり、コカインを主成分とした点鼻薬を使っていた。彼はこう記している。「コカインで治療したあとは気分がすっきりして考え方が明快になると、ヒトラーは私に言った」その一方で、薬が強すぎて気を失うこともあった。ギージングは戦後、ヒトラーがコカイン依存だったと述べ、頻繁に診察していたのがその証拠だとした。[33]　しかしそれは、モレルの日記とも、ギージング退任後ヒトラーがもうコカインを要求しなかった事実とも、矛盾している。

ヒトラーはまた、カール・オットー・フォン・アイケン医師の治療も受けている。声帯が専門のこの医師には、一九三五年にポリープの手術をしてもらっていた。そして一九四四年に再び、声枯れの原因であった小さなポリープを手術してもらった。

モレルは、心臓血管の専門医アルトゥール・ウェーバー医師にも支援を求めている。患者の身元は明かさず多忙な外交官ということにして、治療についての意見を尋ねた。ウェーバー医師は一九四一年に動脈硬化と診断し、一九四三年と四十四年にはそれが悪化していると指摘している。

眼科医のヴァルター・レーブラインもヒトラーを診察した。第一次世界大戦でマスタードガスの被害に遭ったヒトラーには視覚障害があったのだが、「ガラスの透明度」で見えていた状態が年ごとに悪化、とくに右目の視力が落ちていった。最終的には、「ムタフロール」が開発されたフライブルク大学のアルフレート・ニスレ教授も相談を受けている。

側近たちに囲まれながら過ごした数年間、モレルはヒトラーにごく近い人たちも大勢診察している。ヘルマン・ゲーリング国家元帥、ヨーゼフ・ゲッベルス宣伝大臣、ヨアヒム・フォン・リッベントロップ外務省大臣、そしてアルベルト・シュペーア。そのほかにも政治家、外国人外交官、ドイツの上流階級の大物たち。というのも、ヒトラーが進んでモレルを推薦したためだ。だれもヒトラーには逆らえない。たとえ、シュペーアと同じように、モレルの治療に不審を抱いていたとしても。

チェコスロバキア共和国大統領エミル・ハーハも、モレルの治療を受けた一人である。一九三八年のミュンヘン協定後、エドヴァルド・ベネシュ大統領が亡命したのを受け、大統領に選出された人物だ。一九三九年三月十四日、ハーハは体調不良で気を失い、モレルの手当を受けた。それは総統官邸を訪問していたときで、ヒトラーから自国の併合を迫られ、ゲーリングには断ればプラハを爆撃すると脅されたことが気を失った原因だとされている。モレルの注射によりハーハはすぐに立ち上がり、併合に同意したという。大統領ではなく、一人の人間として。ヒトラーから「鋼の神経の持ち主」と思われていたベニート・ムッソリーニ「患者D」までもが、やはり一九四三年七月からモレルの治療を受けていた記録がある。

一九四三年、ヒトラーの健康状態とドイツの情勢は厳しさを増していた。ゲーリングの日記には、開戦以降、ヒトラーが十五も歳をとったように見えると書いてある。[34] モレルの七月六日の日記には次のように記された。[35]「アジア戦線への大規模攻撃が始まると、ヒトラーは血圧が上がって二時間しか眠れなくなった」スターリングラードと北アフリカ戦線での敗北は、ヒトラーの健康悪化に拍車をかけた。

モレルの七月十八日——それはムッソリーニと会う前日だった——の日記には、「特記事項」に値するほど重要なことが記されている。「午前十時三十分、ヒトラーから呼び出しを受ける。夜中の三時から胃が激しく痛み、眠れなかったとのこと。腹部も膨れて、絵画のカンバスのように張っている。ガスがたまって、あちこち痛むらしい。顔は青ざめ、神経質になっている。明日イタリアで、指導者との重要会談に出席するからだ。ここ数日の過労による痙攣性便秘と診断。連日の会議と深夜までの執務で、総統は三日間ほとんど眠っていない。昨夜の食事は、白チーズとパン、ほうれん草、グリンピース。十五時三十分の出発までに大事な会議でいくつか決定を下す必要があるので強い薬は投与できず、オイパベリンの静脈注射のみにする。胃を優しくマッサージし、オイフラート（成分はアンゼリカ、パパベリン、アロエ、肝臓エキス、膵臓エキス、カフェイン、炭粉末）二錠、オリーブ油三杯を与える。昨夜はレオ（弱めの下剤）五錠を服用している。飛行機に乗り込む前に、オイコダルを筋肉注射。かなり衰弱している様子で、気分はとても悪そうだ」

七月十九日、会談に出席したムッソリーニはあっけにとられた。話し合いのあいだ、ヒトラーがいたく満足気だったからだ。ソ連はこの会談後、ドイツとの同盟は破棄しないと決めた。実は会談の前、ペルビチンやビタムルチン・フォルトのような薬が投与されていて、ヒトラーの様子にはその影響もあった。モレルは次のように記している。[36]「総統はまた元気になった」

しかし、モレルが改めてウェーバー医師にヒトラーの名を伏せて心電図の診断を依頼すると、動脈硬化が二年前に診たときより悪化しているとのことだった。モレルはヒトラーに、午睡とフルーツジュースを勧め、仕事のペースを落とすよう忠告したが、この年から三年間、オイコダルとオイパベリンの注射の量は増えていく一方だった。また、うつ症状を和らげ意欲を引き出すために、雄牛のホルモンも注射された。

しかし、第三帝国は転げ落ちるように敗北の一途を辿った。一九四四年六月には連合軍がノルマンディーに上陸。そして、七月に起こった暗殺未遂事件は、ヒトラーの体調をいっそう悪化させた。軽傷だったにせよ、左の鼓膜が破れ、顔は黄ばみ、よりいっそうしわがれ声になってしまった。

事件の起きた七月二十日、モレルは日記に「総統を狙った爆弾テロ」と記し、日課である夜のお茶の時間、ヒトラーは栄光の時代を思い起こしていたと書いている。[37] またその翌日二十一日には、モレルの五十八歳の誕生日のプレゼントとして、ヒトラーから金の時計が贈られたという。そして二十九日の日記では、ヒトラーは精神的打撃から手脚の震えが止まらなくなったと書き記されている。

一九四四年秋、ドイツは世界じゅうから、もはや人間の所業ではない、常軌を逸した集団という目を向けられるようになっていた。[38] 十二月十六日のアルデンヌの戦いは、ヒトラーが理性を失っていたことを象徴する出来事である。もはや、ヒトラーは勝利することに執着していたと言ってもいいだろう。モレルの日記によると、そのころのヒトラーは相変わらず不眠症を抱えていたにもかかわらず、体調はよかったと記されている。ぶどう糖の静脈注射とビタムルチン・フォルト、さらに肝汁エキスの投与も行われたようだ。しかし翌年一月に入り、いよいよドイツ軍の望みがなくなってくると、再びヒトラーは体調を崩した。救いようのないほどつねに機嫌が悪く、体の震えも制御できなくなったという。うつ症状を和らげるために、モレルはホルモンとステロイドの注射も加えたが、効果はなかった。

総統つきの医師たちは激しく衝突するようになった。ブラント、フォン・ハッセルバッハ、ギージングの三人は、モレルに対し「故意にせよ、無頓着だったにせよ」総統を薬漬けにしたと非難し、再びモレルを退任させようとした。ギージングは一九四五年十一月付のノートに次のように記している[39]。「モレルはまんまと、健康でたくましかった総統を病人に仕立て上げた。注射と錠剤を与え続け、すっかり依存状態にしてしまったのだ。神経症の傾向があるのをいいことに、まったくばかげた理論を持ち出した。それによれば、総統が膨大な仕事に消費したエネルギーは、熱帯地方で暮らす人のエネルギー消費量に匹敵する。だから、そのエネルギーを注射で補う必要があるというのだ。とくに、ヨウ素、ビタミン、カルシウム、心臓エキス、肝臓エキス、ホルモンがまだ足りないという」ギージングは、モレルがヒトラーに定期的に処方していたウルトラセプティルを試しに自ら摂取したみたところ、凄まじい胃痙攣に襲われたという。

モレルを非難する医師たちがとくに問題視したのは、ドクター・ケスターの丸薬である。ヒトラーの黄疸、体の震え、胃腸障害の原因は、この薬に含まれるストリキニーネしか考えられないというのだ。ギージングはある日、ヒトラーの朝食のトレイに載っていたこの薬を数錠こっそり盗んで分析にかけた。絶対にこの薬は怪しいと確信していたからだ。

だが実際は、ストリキニーネの含有量はごくわずかで、有毒とまでは結論づけられなかった。「医者同士のいざこざ」は激しくなり、一九四四年十月初め、ブラント、フォン・ハッセルバッハ、ギージングは永久追放となった。ヒトラーが麻薬密売人《ディーラー》のモレルにいかに依存していたか、彼らの追放で説明がつく。信頼するモレルがあからさまに非難されるのが、がまんならなかったのだ。ヒトラーはこう言っている。「もうだれも信用できない。だから病気になるのだ。もしモレルがいなかったら、自分一人で体のすみずみまで気を配ることはできないから、それはもう恐ろしい結果になっていただろう。モレルを追い払おうとするやつはみんなばかだ！　自分たちがなにをしようとしたか、省みようともしない。私になにかあればドイツは失われる。私には後継者がいないのだから！」[40]そして、モレルを安心させようと努めた。「私は恩知らずではない、モレル。この戦争を生き延びたら、たっぷり褒美を与えるつもりだ[41]」

一九四五年一月十六日、ヒトラーはモレルを伴い、ベルリンの総統官邸に新たにつくらせた深さ八メートル以上の地下壕で生活を始める。ドイツには爆弾の雨が降り、そのうち三千九百トンはドレスデンの街一か所に投下された。そのころのモレルの日記には、ヒトラーはじっと考え込んだまま ほとんど眠ることもなく、目はつねに充血していたと記されている。一月三十日、政権掌握十二周年の記念演説で、ヒトラーはドイツ国民に戦い続けるよう呼びかける。国民の犠牲など、そんなことは少しも気にかけていなかった。二月中旬、ヒトラーは精神安定剤をすべて断り、モレルが処方したルミナールの錠剤すら服用しなくなった。[42]震えがひどく、書類に署名することもできなかったという。三月末、ドイツは身動きの取れない状況へ追い込まれる。連合軍がライン川を、ソ連がオーデル川をそれぞれ越えて進攻してくる。ベルリンへの攻撃も時間の問題だった。側近幹部の一部からは和平の話が持ち上がったが、ヒトラーは決して耳を貸さなかった。ドイツが弱り切った状態で交渉に入るなど論外だった。たとえドイツの崩壊につながろうとも、あのヴェルサイユ条約のような屈辱的な約束を再び結ばされるようなことはあってはならない、と。そして三月十九日、ラインラント領域における破壊作戦に関する命令、ネロ指令が発布される。進行してきた連合国にドイツ国内のインフラを利用させないために、すべてを破壊しておくようにという命令だ。この日のモレルの日記には、ヒトラーは鎮静薬を飲んでも眠れず、ひどく動揺していたとある。彼は、四月の頭から、十日以上も地下壕から出ていなかった。[43]

一九四五年四月二十一日、意外なことに、モレルは日記にある言葉を書き記した――「辞任」。ヒトラーから、いま着ている制服を脱ぎ、一般市民としてベルリンの自分の医院へ戻るよう命じられたのだ。実はその数日前、モレルはヒトラーにカフェイン注射を勧めた際に、危うく銃殺されそうになっていた。「私が狂っているとでもいうのか！　モルヒネを打つつもりだな」とヒトラーはモレルを怒鳴りつけた。モレルはショックを受け、ヒトラーの足元にへなへなとくずおれた。その頃には、もしヒトラーが亡くなるようなことがあれば、身の潔白を証明する手立てが必要になるだろうと、モレルは考えていた。前の月の三十一日に、ヒトラーに医療履歴の作成も提案していたのだ。ヒトラーの返事は「私は決して病気ではなかった。だから必要ない」だったが。[44]グデーリアン大将やクレープス大将の副官、ベルント・フライターク・フォン・ローリングホーフェンは次のように言っている。[45]「モレルに目をやると、総統との面会用待合室で意気消沈した様子で、あの太った姿はまるで大きなイモ袋のようだった。地下壕を去る許しを乞いにきていたのは間違いない」

四月二十二日、コンドル航空のバイエルン行き最終便で、モレルはベルリンを去った。ソ連との戦線付近の上空を通過すると、あちこちの村が炎に包まれているのが見えたという。飛行機はミュンヘンの近くのアメリカ軍基地ノイビベルクに着陸した。[46]四月三十日午後、ついにヒトラーは、ワルサーＰＰＫ七・六五ミリで右のこめかみに弾を撃ち込み自殺した。降伏よりも自らの死を選んだのである。ヒトラーの妻となっていたエヴァ・ブラウンは、その数時間前に青酸カリで服毒自殺した。ちなみに、およそ十二年前、ヒトラーの自殺を予言していた人物がいた。国家社会主義ドイツ労働者党の反体制派の一人で、一九三四年の「長いナイフの夜事件」〔ヒトラーによる反対派一掃事件〕で殺害されたグレゴール・シュトラッサーである。ゲッベルス夫妻はヒトラーのあとを追うべく、六人の子どもを手にかけたのち（その際にはモレルが出発前に残していった薬も使われた）、自殺した。モレルはバイエルンのバート・ライヘンハルに到着したが、翌月一日には街の病院へ入院が許可されるほど、ひどい健康状態だった。

ヒトラーの最期の様子がその衰弱ぶりを物語っている。グデーリアン大将の副官、ゲルハルト・

ボルトは次のように記した。[47]「小股でのろのろと、ひどく背中を曲げて、総統は私の前にやって来た。そして、右手を差し出し、こちらに鋭いまなざしを向けた。だが、握ったその手は力なく弱々しかった。頭がわずかに揺れている。〔……〕左腕は麻痺しているかのように垂れ下がり、左手は絶えず震えていて止まることがない。目には言葉で表現できないような光が宿り、不安だけが伝わってきて、人間らしさはほとんど感じられない。目の下がくぼんだその顔に疲労と憔悴が表われている。動き方が老人のようだった」

モレルの体調もひどいものだった。「森から狩り出され、隅に逃げ込んだ動物のようだった」ニューヨーク・タイムズの特派員、タニア・ロングは、インタビューをしたモレルについてそう書いている。一九四五年五月二十一日、モレルが入院を許可された小さな病院で、彼女はヒトラーとの最後の面会についてモレルに直接インタビューしている。そのとき彼はヒトラーが死んだことは知っていたが、自殺だということは信じていないようだった。そして、ゲシュタポや親衛隊、ヒムラーが自分を探し回っていて恐ろしい、と口にしている。総統の人格を尋ねると、「説明できない、自分がいままで会ったなかで一番複雑な人だ」と答えた。[48]

患者のヒトラーと同じように、主治医であるモレルも体がぼろぼろだった。一九四四年五月以降は、しばしばベッドで横になることを余儀なくされた。体の震えが治らないので、ルートヴィヒ・シュトゥンプフエッガー医師（元ヒムラーの主治医でブラントの後任）に頼んで、ヒトラーに投与していたのと同じ注射を打ってもらうしかなかったという。一九四五年四月二十日、モレルがヒトラー最後の誕生日に投与した薬だ。

モレルの心電図を見たウェーバー医師は、心臓の疾患を指摘している。ヒトラー同様、モレルも動脈硬化、またそれが原因で引き起こされる症状に苦しんでいた。日記にはこう書かれている。[49]「階段を上ると、もう息ができないほど苦しくなる」

一度は名誉と富を手に入れたはずのモレルは、気がつけば破産に追い込まれていた。医者としての職務だけではなく、抗菌剤や十億錠近いビタムルチンの販売も、失敗していたのである。さらに彼は、借金も抱えていた。ヒトラーに雇われてからは自分の医院をほったらかしていたために、彼がそれまでに手に入れた金はその借金の返済に消えてしまった。

一九四五年七月十七日、連合軍に逮捕されたモレル、別名「囚人番号二一六七二」は、ルートヴィヒスブルクの収容所や第二十九収容所（以前のダッハウ強制収容所）など、五つの収容所を転々とさせられる。モレルを尋問したアメリカ人たちによると、収容所で一番不潔な囚人だったらしい。ヒトラーの側近たちへの尋問をもとに作成された人格に関する報告書のなかで、モレルは狡猾《こうかつ》ないんちき医者とされている。[50] 一方五月に逮捕されたカール・ブラントは、八日間独房に入れられ、モレルについて尋問された。そして、こう断言している――「ヒトラーは決して病気ではなかった」自身の責任転嫁のために、すべてをヒトラーの主治医であったモレルのせいにしようとした。ストリキニーネによる中毒説を主張し続け、当時多くの医者がそうだったように、モレル自身もモルヒネに頼っていたと非難した。それに対しモレルは、ヒトラーにモルヒネを投与したことは一度もないと反論している。

しかし、こうしてモレルに責任転嫁してみたところで、ブラントの犯した罪が消えることはなかった。精神的障害のある七万人以上の人びとを安楽死させた罪は何よりも重い。ブラントは、一九四六年～四七年のニュルンベルクの「医者裁判」で死刑を言い渡され、一九四八年六月二日、ランツベルク刑務所で絞首刑に処された。ちなみに、ブラントの補佐官フォン・ハッセルバッハ医師も、モレルが主治医という立場を利用してストリキニーネを過剰投与し、総統を中毒状態にしたと主張している。また、患者によりよい「治療」をするためだと言ってうその診断までしていた、と容赦なく責め立てた。[51]

一九四五年、モレルは非難の対象として格好の的だった。心身ともに衰弱し、惨めなありさまに成り果てていた。さらに、アメリカ軍の捕虜となったドイツ医療界の重鎮たちからは袋叩きにあい、完全に信用を失っていた。[52] しかし実際は、歴史家のイアン・カーショーが述べているように、たとえモレルの診断と治療にしばしば疑わしい点があったとしても、彼が故意にヒトラーに損害を与えたと結論づけることはできない。さらに、ヒトラーの行動が、有毒で依存性の高い薬による影響だと証明することもできない。カーショーによると、ヒトラーに重大な精神的障害がなかったのは明らかで、臨床的にも気がふれてはいなかったという。ヒトラーがモレルに頼るようになったのは、あくまで心気症が原因である。そして、モレルの処方したオピオイド系鎮痛剤（オイコダル、オイパベリン）、鎮静剤（ブロム・ネルヴァッツィト、オプタリドン、ルミナール）、興奮剤（ペルビチン）、コカインなどにヒトラーが依存していたという明白な証拠はない。なぜなら、モレルは頻繁に薬の種類を変えていたからだ。しかしながら、一部の医師はヒトラーの薬物依存説を主張し続けている。ミネソタ大学の精神科医レオナルド・L・ヘストンは、生き残った側近たちから話を聞くなどの長年の研究から、「ヒトラーはモレルが処方した薬に依存していた」と結論づけている。それによると、一九四一年末もしくは一九四二年初めごろ、ヒトラーはほぼ毎朝ベッドから出る前にモレルから静脈注射を投与されていた。それは日課として行われており、その時期ヒトラーのうつ症状がひどかったこととは関連がないという。[53] ヘストンはまた、スターリングラード攻防戦とその後の戦局はモレルの処方したアンフェタミンの毒性が影響しているとも主張している。都合の悪いことには目を向けず、ドイツ軍には「退却」はあり得ないとする政策、明らかに冷静さを失った状況分析などが、アンフェタミンの影響を物語っている。[54] つまり、ヒトラーには、アンフェタミンとその供給者モレルへの依存を示す身体的、精神的症状がすべて現れているというのである。

一方、『ヒトラー、破壊的預言者の診断　*Hitler, diagnosis of a destructive prophet*』の著者フリッツ・レートリリヒは、ヒトラーが薬物依存だったという証拠は一つもないとしている。[55] また、ハンス＝ヨアヒム・ノイマンとヘンリク・エーバーレも著書『ヒトラーは病気だったのか　*Was Hitler Ill*』のなかで、頻度や服用量から見ても薬物依存だったとは言えないだろうと述べている。[56] 確かに、モレルの日記を見ると薬の投与は毎日ではなく、モレルと対立していた医者たちの信用できない話は別にして、定期的な投与だったことを示すものは一切ない。ヒトラーの秘書クリスタ・シュレーダーは次のように述べている。[57]「ヒトラーから仕事をする力が湧いてくるようにしてくれと頼まれたら、モレルにほかになにができたというのでしょう。ヒトラーの望みには必ず従わなくてはならなかったのです」はたしてモレルに、生活や地位を投げ打ってでも患者の願いを拒むことができただろうか。

ほかにも疑いがもたれていることがいくつもある。たとえば、ヒトラーはモレルの知らないところで薬を飲んでいたかもしれないということである。どうやらこれは本当らしく、とくにブロム・ネルヴァツィトについては確かのようだ。たったスプーン一杯で馬一頭を眠らせることのできるこの薬を、主治医がときにヒトラーに二杯も与えたことになっている！　ヒトラー自らが処方量を増やしたのだろうか。そうかもしれない、いや、おそらくそうだろう。確かなのは、「ヒトラーの謎」における病気や薬の影響についてはさまざまな分析があるということだ。しかし、どれもヒトラーの私生活を完全に明らかにするものではなく、かりに薬物中毒だったとしても、自分の犯した罪の残忍さから逃れることはできない。今日では、イスラム過激派のテロ実行犯の精神異常を説明するのに、「奇跡の薬」カプタゴンの影響が取り上げられている。一九六〇年代に出回り始めた、フェネチリンを成分とした刺激作用のある合成麻薬である。しかし、麻薬だけを犯罪の根拠とすることはできない。逆に、数年後に登場するケネディ大統領がヒトラーに匹敵する量の薬物を摂取していたことを考えると、薬物をもってしても平和主義や戦争主義といった思想が簡単に変わるわけではないとわかる。言えるのはただ、その人の本来もっている気質を際立たせるとともに、医者兼麻薬密売人への依存を引き起こすということだけである。

　ヒトラーの健康状態について尋問されたあと、モレルはいかなる罪にも問われず、一九四七年六月三十日、釈放された。その頃には、記憶力の低下に加え、書くことも話すこともできなくなっていた。そんな哀れな状態にある夫のために、妻はオーバーバイエルンのテーゲルンゼーの病院に一室を用意し、入院させた。

　一九四八年五月二十六日午前四時十分、ヒトラーの死から約三年経ち、自身の釈放から十一か月後、モレルは亡くなった。[58]

　最期までモレルが繰り返し口にしていたことが三つある。[59] それは、ヒトラーと自身が本当に動脈硬化症を患っていたこと、ヒトラーをストリキニーネ中毒にしたと周囲から非難されたこと、ドイツ人が発見したと言い張ったペニシリン［実際はイギリス人のフレミング］についてだった。

　ヒトラーはしょっちゅう「病気になどなっている暇はない[60]」と言っていた。とはいえ、実際に必要な治療を施すのが、ヒトラーに魅了されたうぬぼれの強いこの医者の義務だったのだ。

ウィンストン・チャーチルとモーラン卿

「精神の荒廃が私を悩ませる」そう言って彼は嘆いた。「この問題を学んできたきみなら、治せるはずだろう」

ウィンストン・チャーチルとの会話からモーラン卿[1]

チャーチルが原稿を準備するのは、必ずバスタブのなかだった。バスタブに浸かりながら、原稿に注釈を入れ、声に出して繰り返し読み上げたりするのだ。昔ながらのスタッフならみんな承知していたが、何も知らない新入りの従僕は尋ねてしまった。「ご用でございますか」するとチャーチルは「きみに話しているんじゃない、ノルマン。私が話しているのは庶民院「英国議会の下院」だ[2]」と答えたという。

チャーチルはさすがに書類で覆われたベッドの上で横になったまま仕事をしたいとは思っていなかったが、熱い湯に浸かることは大好きだ。疲れを癒やすにはそれが一番なのだ。彼にとって、一日二回の長時間の入浴は、食事と同じくらい必要不可欠な日課だった。毎回、従僕のインセス氏は、温度計を片手に注意深く準備をしていたという。湯はバスタブに四分の三、そう決まっていた。それが読書や考え事をするのに最適な湯の量だった。確かに、入浴は神経組織を刺激し、痛みや不安を和らげるといわれている。「チャーチルは風呂場で生まれた」などというあらぬうわさまであるほどである。

「三十七度以上はおやめください！」主治医のモーランはいつも言っていたという。モーランは、チャーチルがほぼ毎日熱い湯に長い時間浸かるのを、やめさせようとしていた。しかし、当の本人はそんなことを気にもせず、まるで子どものように半分裸姿でこう言った。「今日はいつもより低くしたから、温度を確かめてみるがいい」[3] チャーチルのマイペースぶりに、モーランはつき合いきれなかった。そんなことよりも、わが身に危険が降りかかるのを恐れ、個人的な野心を選んだのだ。彼は、自分の地位と、特別待遇される身分、そして自分は歴史の目撃者であるということに満足していた。

チャーチルは完璧に準備されたバスタブに浸かりながら、タイピストたちに数えきれないほどの手紙、覚書、報告書、本の原稿を口述した。彼女たちが恥ずかしさに声を上げ、顔を赤くしても、平気で服を脱ぎ、そのピンク色の太った体を古いでこぼこしたシャンクス社のバスタブに滑り込ませる。そして、彼女たちを前にいつまでもしゃべり続けるのだった。タイピストたちは、彼が話し続けるあいだ、床に座り込んで黙々とキーボードをたたき続けた。[4] どれだけ大事な内容にせよ、この屋敷の君主に繰り返し同じことを言わせようものなら必ずや怒りを招くことは、だれもが承知していた。チャーチルは、不完全な歯音《しおん》［破裂音や摩擦音など］の発音で、葉巻をくわえながら長々と弁じ立てる。タイピストたちの苦労など気にもかけずに。「もぐもぐ話すから胃にもたれたことがない」彼はよくそう口にした。個人秘書のジョン・コルビル卿によると、十八時間休むことなく話し続けたこともあったという。そのチャーチルのスピーチを支えていたのは、六人の秘書と、大学教授、海兵隊将校、王立空軍将校からなる専属の研究チームだった。妻のクレメンティーンでさえ、夫と一対一で話すときは、研究チームのいない隙を見計らって、湯気で息苦しい浴室で話すしかなかった。ちなみに、この研究チームとともに、チャーチルは『英語圏の人びとの歴史 *A History of English-speaking People*』全四巻と、『第二次世界大戦 *The Second World War*』全六巻を書き上げ、一九五三年にノーベル文学賞を受賞している。

チャーチルは短気なことでも有名である。浴室でいらいらすると、石けんを自らの小さな手に投げつけ、今度はそれを顔面に向けて投げつけた。かと思えば、いきなり歌い出し、ときには子どものように湯をあふれさせてはしゃぐこともあった。バスタブには湯がこぼれないように流水口がつくられたが、チャーチルの命でそれはいつも塞がれていた。チャーチルの妻はモーランにこう言った。「ウィンストンはパシャ［オスマン帝国の高官の称号］ね」[5] いかにも貴族らしい言葉の選択である。みな、彼のわがままに従うしかなかった。

チャーチルは生まれつき文才に恵まれ、政治や軍隊のことを語る術も身につけていた。そして、若いころは多くの戦地に赴き、三十一もの著作を残した。そのうち、いまだ未発表のものが十四、演説は八千七百ページ分もあるという。[6] なかには、一冊が千五百万語に及ぶものもある。貴族の家に生まれ――父のランドルフは第七代マールバラ公爵の末の息子――頭脳明晰で厳格に育てられたチャーチルは、水のなかでは心が軽くなり、叙情的な気分にさえなることがあった。風呂に入ると落ち着いた。そのあいだは「黒い犬《ブラック・ドッグ》」から逃れられるのだ。それは、気分障害という代々家系に伝わる病にチャーチルがつけた名前だ。彼は一日のうち数時間あまりを浴室で過ごし、できることならその場所を丸ごと書斎にしたいほどだった。バスタブに浸かるチャーチルとなら、アメリカ大統領ルーズベルトでさえ話をしてみようという気になっただろう。唯一水のなかでだけ、チャーチルは自分の人生を客観視することができた。二十世紀の最も偉大なる政治家の一人とされるにふさわしい人生を。

　決して一言では言い表せない複雑な人間、それがチャーチルだった。歴史家のフランソワ・デルプラは次のように言っている。[7]「はっきりと言い当てるのはおそらく不可能だろう。とにかく常識からまったく外れていた。イギリス人でアメリカ人［チャーチルの母はアメリカ人］、働き者で好事家《ディレッタント》、協調的で独裁的、民主主義者で貴族出身、暴飲暴食をするが禁欲もできる、気まぐれで粘り強い、個人主義で部族主義、諸国漫遊者で出不精、頭脳労働者で肉体労働者、都会人で田舎者。確かに政治家だが、それは興が乗ったときだけ。作家でもあり、大臣ではなくただの議員だったときは、ほかと比べてひときわ熱心に議会に出席していたわけでもない」

一九四〇年五月十日、チャーチルは六十六歳で首相に選ばれる。その存在がいまのイギリスには欠かせないと考えた戦時内閣の一部は、チャーチルの体調を毎日管理することにした。なぜなら、当時、イギリスはヨーロッパでナチス政権に屈服していない唯一の国で、かなり危うい立場に置かれていたからである。国の行く末はチャーチルにかかっており、彼にもしものことがあれば、それは国の一大事となる。

チャーチルは気が進まなかったが、周囲の勧めにより主治医チャールズ・モーランを受け入れることにした。旧名チャールズ・マクモーラン・ウィルソン、医者の息子で、母方の祖父は長老派教会の牧師だった。患者のあいだでは強烈な個性の持ち主と言われており、ビーバーブルック卿やブレンダン・ブラッケンなど、彼と同じく個性的な患者たちからは高く評価されていた。名前をあげた二人はチャーチルの友人で、首相就任の立役者である。そしてモーランは、二人が大臣や「枢密院〔英国女王の諮問機関〕」に任命されたとき、各々に祝福と個人的な助言を贈っている。そういうわけで二人は、チャーチルの妻クレメンティーンにモーランのことを「彼には主治医の資質がある」と言って勧めたのだ。

戦時中に首相の主治医になる——そんな運命が待っているとはモーランは思ってもみなかった。しかし、一九四〇年五月には、彼を取り巻くすべてのことがまったく変わってしまったという。モーランはこのとき五十八歳。病院や個人医院が立ち並ぶロンドン北部のハーレー・ストリートに自身の医院を開業し、セント・メアリー病院付属医学学校の校長もしていたが、栄誉を手にする夢はまだ叶えられていなかった。若い頃から上昇志向の強かったモーランにとって、この任命はまさにチャンスだったのだ。しかし、主治医就任を目前に控え、モーランの不安は頂点に達する。ウィンストン・チャーチルが決してつき合いやすい人ではないと知っていたからだ。「こうしたかなりあやふやな心境のなか、どんなふうに迎えられるのだろうと思いながら、今朝、海軍省へ向かった。到着したころはもう昼近くだったが、首相はベッドで資料を読んでいた。こちらには少しも注意を払わず、私が枕元に立っているあいだずっと読み続けていた。ややあって、といってもとても長く感じられたが、首相は資料を置くといらだった声でぶつぶつ言い始めた『どうしてこんなに大騒ぎするのか、まったくわからん。私は元気だ……。消化不良[8]だが、このとおり治療している』」一九四〇年五月二十四日、新首相との短い面会についてモーランはこのように書き記している。[9]

モーランはずっと心のなかでこう思っていたのだ――この患者は手ごわい。案の定、チャーチルはモーランの診察に時間を割こうとせず、できるだけ短時間で済ませようとした。モーランが主治医になる数年前まで、チャーチルにはとくべつ大きな健康上の問題はなかった。ただし、四十八歳のときに急性盲腸炎になったときはこんなことを言っている。「見てのとおり、私には大臣職も議席もない……それに盲腸もね[10]」その十年後に、重いインフルエンザと腸チフスにかかっている。また、一九三一年にはニューヨーク五番街で交通事故に遭い、その後遺症でうつ状態に陥った。妻のクレメンティーンは、息子ランドルフにこう語っている。「昨日の夜、ウィンストンはとっても悲しそうにしていた。この二年のあいだにつらいことが三つもあった、と言って。まずはウォール街の大暴落で大金を失ったこと、次に保守党内で政治家としての居場所を失ったこと、[11]それからこの事故。完全に立ち直れないかもしれないって」

モーランはチャーチルの主治医になると、その地位を盾に政界に乗り出した。また、一九四一年四月から医療専門機関「ロイヤル・カレッジ・オブ・フィジシャンズ（王立内科医協会）」の会長となり、国の健康保険制度の実施についての会議にも出席するようになった。

あまりつるむことのなかったモーランのことを、ずる賢いと悪く言う人もいた。本人は長いあいだ知らなかったそうだが、医療関係者のあいだでは「栓抜きチャールズ」というおかしなあだ名がつけられていたという。頭のよさをいかし、政治家に巧みに取り入って彼らを裏で操っていたからだ。[12]モーランは論争に長けていることでも知られていた。

チャーチルと同じように、モーランにも文筆家の一面があった。軍医として塹壕に赴いた第一次世界大戦の経験をもとに、集団の復元力についての論考を執筆している。一九四四年には、自身の代表作となる『勇気の解剖学　*Anatomie du courage*』を出版した。チャーチルも後押ししてくれたが、序文執筆の依頼に関しては、徴兵に影響する可能性があるし何よりも心理学にはまったく興味がない、と断られている。

チャーチルの筆力に魅せられていたモーランは、それをいかに素晴らしいと思っているか、本人に向かってよく語った。彼は昔から、父親に将来どんな職に就きたいのか訊かれると、こう答えている。「本を書きたい」[13] そしてその言葉どおり、生涯を通し、追い立てられるように執筆を続けた。それはチャーチルと共通していることでもあり、二人の関係を強めるのに役立った。

ウィンストン・スペンサー＝チャーチルは、ランドルフ・チャーチルとジェニー・チャーチル（旧姓ジェローム）の息子として、一八七四年十一月三十日、オックスフォードシャーのブレナム宮殿で生まれた。初代マールバラ公爵がルイ十四世率いる軍隊に圧勝した褒美として賜った、二つの堂々たる翼棟が切り立つバロック様式の屋敷である。母のジェニーはアメリカ人で、十八世紀初めにアメリカへ移住した一族の出身だった。ジェニーの父レナード・ジェロームは資本家で、アメリカン・ドリームを実現した人物である。他の三人の娘のためにも、ジェニーには家柄のよいフランス人と結婚してほしいと思っていたのだが、婿になったのはロードの称号を持つ英国人、ランドルフ・スペンサー＝チャーチルだった。ランドルフはマールバラ公爵家の長男ではないので財産相続ができなかったが、妻の実家の家族同様、手元の金はすぐに使ってしまうたちだった。「貧しいだけでも悲しいことなのに、そのうえ生活を切り詰めなければならないなんて」ランドルフの義父レナード・ジェロームはそう言っていた。[14]

ウィンストンの両親は大の社交界好きだった。二人の屋敷にはロンドンの名士という名士が次々とやって来ては、夜会を開いた。そこで二人は、互いにたくさんの不倫関係を結んだという。作家のミュリエル・スパークの表現を使わせてもらえば、[15]二人は「セックスで知られている」。実は、チャーチルの父ランドルフは結婚の数か月前に梅毒にかかっていたともいわれている。

狩猟——あるいは舞踏会だったかもしれない——でジェニーは産気づき、男の子を出産した。出産通知状には次のように書かれている。「黒髪に黒い瞳の素晴らしく美しい男の子。予定日前の誕生だが、とても健康」実際にはこの赤ん坊は赤毛だった。結婚の二か月前には、すでに母親のお腹に宿っていたとされる。

　ウィンストンがまだごく幼いときから、両親は子どもを顧みないことにかけては一所懸命だった。ゆえにウィンストンを、乳母であり第二の母でもあるエヴェレスト夫人の手厚い世話に委ねた。体の線がピラミッドのようなエヴェレスト夫人を、ウィンストンは「ウーム」とか「ウーマニ」と呼んだ。そして、その先の人生においてもずっと、彼女のことを実の母のように深く愛し、不自由な暮らしをしていないかいつも気にかけていた。実は、「黒い犬《ブラック・ドッグ》」という名前も、エヴェレスト夫人の話からとったものである。もとは古代神話に出てくる言葉で、ヴィクトリア朝時代に乳母が機嫌の悪い子どもに対して使っていたあだ名らしい。それをウィンストンはうつ状態を喩えるのに使ったのだ。

　愛人をめぐって皇太子とチャーチル家のあいだに衝突が起こったあと、ランドルフと妻のジェニー、そして二歳のウィンストンは、イギリスを離れアイルランドへ赴く羽目になった。チャーチル家としては二年前に一度辞退したアイルランド総督の職を受け入れざるを得なかったのだ。そしてそこでもイギリスにいたときと同じように、チャーチル夫妻は社交生活を渇望したので、息子のウィンストンはまたなおざりにされた。ウィンストンはそこまで健康な子どもではなかったものの、とても活発な子どもだった。そして、夢中になっているものが一つあった――それは鉛の兵隊たちである。

父のランドルフは、アイルランドでの任務を政治家としてのステップととらえていた。そこで、わずか七歳の息子ウィンストンを寄宿学校へ送ると決め、アスコットの聖ジョージ・スクールへ入学させた。学費の高い、厳しい指導をする私立学校で、名高いイートン校の準備学校と見なされていた。ウィンストンはそこで、家族と別れ混沌とした学校生活を送る。いくつかの教科では、ひどい成績だったという。試験が嫌いで、しょっちゅう権力を振るう相手とけんかをしては、校長から鞭で何回もたたかれた。

入学から三年後の一八八四年、ウィンストンは聖ジョージ・スクールを去り、ブライトンにある寄宿学校へ転入する。南海岸沿いのこの街の空気は、病弱な少年の体を少しは強くしてくれるだろうと思われた。そこは、アスコットの学校よりずっと寛大だったが、ウィンストンの成績はやはりクラスで下のほうだった。確かに読み書きの才能はあるが、いうことを聞かないこの変わり者の生徒に、先生たちは困り果てたという。ウィンストンの父親は息子への手紙にこう書いた。[16]「おまえはきっと、役立たずで、私立学校に数人いる落ちこぼれの一人だ。将来、異常な性格をした人間になるだろう。そして、貧しさと不幸のなか、ふらふらしたまま人生を終えるんだ」ウィンストンはその手紙に対し、次のように返事をしている。[17]「なにもすることがないとき（ヴァカンスのあいだ）なら、少し勉強してみるのもよいと思います。でも、無理やりやらされるのは、私の主義に反します」

結局、ウィンストンはイートン校へは行かず、ロンドンから二十数キロ離れたところにあるハロー校へ入学した。気管支炎と感染症を患っていたので、彼の肺のためには、イートン校より湿気の少ないハロー校のほうが環境的には適していた。ただハロー校に入学できたのは、試験の結果というより、父親の肩書に負うところが大きい。この学校の教師が父親に宛てた手紙には、こんなことが書かれていた。[18]「彼の一貫性のなさは一貫しており、どうすればよいのかまったくわかりません」

聞き分けのない赤毛のブルドッグくん――ウィンストンは家族のなかでそう呼ばれていた――は、そのころ、深い不幸のなかにいたといえる。孤独で病気がち、両親には見放され、親の愛情に飢えていたのだ。しかし、いつまでたっても父と母はやはり遠い存在だった。「どうして会いにきてくれないのか、私にはわかりません」ウィンストンは両親への手紙に書き続けた。そして、くる日もくる日も一日じゅう待ち続けたが、それが叶うことはなかった。年末に行われる成績優秀者の表彰式でウィンストンが登壇したときでさえ、両親は彼の元にやって来てはくれなかった。少年時代に植えつけられた「両親に見捨てられた」という思いは、彼のなかでいつまでも消えず、心のなかの肥沃な腐葉土となってウィンストンを感傷的にさせた。

ウィンストンの人生の手本でもあった父、ランドルフは、アイルランドからイギリスに戻るとすぐに、政治界にのめり込んだ。上品な雄弁さが評価され、あっという間に出世し、三十六歳で主要閣僚の大蔵大臣[19]に任命される。こうした父の政治家としての歩みは、ウィンストンの心を惹きつけ、父の背中を追う気持ちを芽生えさせた。しかし、減税と軍事費削減を中心とした予算案が却下されたとたん、ランドルフはヴィクトリア女王に辞職を申し出た。頑固で血気盛んな性格が災いし、これまでのキャリアは失墜、ただの国会議員でしかなくなった。次第に政治家仲間からも相手にされなくなり、結局ランドルフに残ったのは政治界の敵たちと不健康な体だけだった。

これを目の当たりにしていたウィンストンは、自らが政界の第一線に返り咲くことを決意する。ジャーナリズムや政治界に関する執筆に長け、驚異的な記憶力も備えたこの若き青年は、ハロー校を卒業したのち、三回目の入学試験でサンドハースト陸軍士官学校に入る。父親に自分の能力を認めさせたい、その一心だった。だが残念なことに、ウィリアム・マンチェスターの執筆したチャーチルの伝記には、ウィンストン誕生一年目の場面で次のことが書かれている。[20]「父親として息子にわずかな愛情しか注がなかったのに、その恩に報いようとした息子から、死後に配当を受け取る男がたまにいる」それでも、ウィンストンが政治に興味を持ったのは、ランドルフの影響であったことは間違いない。ウィンストンは、一九〇〇年に二十六歳で議員としてデビューする前から、英国下院の審議に参加していた。彼はその後、ためらいなく保守党から自由党へ移籍し、早々に日和見主義者だと激しい非難を浴びた。

　第一次世界大戦が勃発する数年前頃から、チャーチルは続けざまに要職に就いている。商務大臣、内務大臣、[21]そして海軍大臣。海軍大臣のとき「ダーダネルス戦役」［第一次世界大戦中の一九一五～一六、ダーダネルス海峡のガリポリ半島から上陸を試みた連合国とトルコ軍との戦闘］での失態の責任を負わされ、一時政権から遠のくものの、その後、第二次世界大戦まで確実に大任をこなしていった。軍需大臣、戦争大臣兼航空大臣、植民地大臣、そして父親と同じ大蔵大臣（一九二四～二九年）。ところが機は一転して、一九三〇年代は下野生活を送ることになる。チャーチルの豊富なキャリアは、とても数行でまとめることはできない。彼の政治家としての人生のなかで、ダーダネルス戦役で連合国艦隊の戦艦を沈没させてしまったこと、政権の意向に背きインド自治に猛反対したことなど、いくつかの大きなミスもある。だが、最終的には大きな勝利を納め、イギリスの社会制度改革も行った。活躍の場が戦場であろうと、国政であろうと、チャーチルはつねに政治に対する情熱と自信に満ちあふれ、並々ならぬ根性があった。

　そのころのイギリスは、揺れ動く世界情勢のなかで不安定な状態だった。ソビエトの脅威におびえ、かたやナチスの脅威におびえ、当時の首相ネヴィル・チェンバレンは他国に対し手をこまぬくばかりだった。チャーチルは政権の場に復帰すると、すぐさまチェンバレンを追い出した。そのときの議会で行われたのが、あの有名な演説である。「私が捧げられるのは、血と苦労と汗と涙、それだけだ」一九三〇年代当初から、チャーチルはナチスの残忍性を見抜いていた。「チャーチルは相手に対してあなたこそすべてを成し遂げられると思わせることができるが、かたやヒットラーは自分こそが何でも成し遂げられると相手に思わせることに長けていた[22]」

チャーチルは美食家でもあった。酒や葉巻など、嗜好品好きだったことはよく知られている。酒屋へ支払う一年分の金額は、当時の肉体労働者の年収の三倍にも及んだという[23]。ポル・ロジェのシャンパンを日に半リットルほど飲み、昼食に白ワイン、夕食に赤ワイン、晩にはポートワインかブランデーを飲んだ。また、キューバ産の太巻葉巻を一日に八～九本ふかし、計算すると一年でおよそ三千本、死ぬまでに二十五万本近くふかしたことになる[24]。モーランは、酒も飲まない健康的な生活を送っていたが、チャーチルの度を越える酒と葉巻の量に関してはあきらめて見ているしかなかった。摂生の強要などしたら、チャーチルの機嫌を損ねるに違いないからだ。それは、普段のこんな毒舌ぶりからも察しがつく。一九四六年、ふくよかな体つきの労働党議員ベシー・ブラドックが、チャーチルに言った。「あなた酔っているでしょ」チャーチルは答えた。「ミセス・ブラドック、あなたは今日も明日もずっと醜くていらっしゃる。でも、私は、明日になったらもう酔ってませんよ[25]」

一九四一年の終わり、チャーチルはアメリカを訪問し、戦局が変わったことを知る。真珠湾攻撃をきっかけに、アメリカは戦争に突入していた。チャーチルの態度が一変したのを見て、モーランはほっと胸をなでおろしたという。「ロンドンではウィンストンにびくびくしていた。[……]そのウィンストンはいま――ひと晩のあいだで――青年のようにやる気に満ちあふれている。［……］一か月前は仕事の邪魔をしようものなら食ってかかってきたのに、今夜は陽気でおしゃべり、ときどきからかってさえくる。この戦争にアメリカが参戦するとわかったいま、もう事実上、われわれの勝利だ。イギリスは救われたのだ[26]」

チャーチルの気分の変化は、しばしば、イギリスの戦況が有利か不利かを写し取った。しかしそれも、第二次世界大戦の焦点が明らかになってくるにつれ、当然のことだと思われた。チャーチルは解決策を探るなかで、自分の果たすべき役割にとりつかれていた。「自分が説得しなければ」そのひと言が頭から離れなかったのである。「彼ら（日本）はいったい何様のつもりなんだ」アメリカ議会でチャーチルがそう発言すると、議員たちはいっせいに立ち上がって喝采を送り続けた[27]。

アメリカ訪問中、チャーチルは部屋の窓を開けようとした際に突然息苦しさに襲われ、胸と左腕に痛みを感じた。チャーチルの要請でホワイトハウスから連絡を受けたモーランは、急いで現場に駆けつけた。軽い心臓発作と思われたが、モーランはジレンマに直面する。心臓発作だということを、チャーチル自身と世間の人びとに伝えるべきか否か。もし世間にチャーチルの心臓に問題があると知られたら、敵国に対するイギリスの立場やルーズベルトへの影響力が弱まるに違いない。さらに何よりも、チャーチル自身が自分の仕事に悪影響を及ぼすことは明らかだった。

「しかし、このままなにも言わなければ、次には深刻な――おそらく致命的な――発作に襲われるだろう。そうすれば、世間は間違いなく私を責める。なぜなら、休養が必要だと強く言わなかったのだから」モーランはチャーチルの胸に聴診器を当てながら、そう自問自答していた。すると、チャーチルが言った。「チャールズ、いまは休養が必要だなどと言わないでくれ。休養などできないし、するつもりもない」それを聞いたモーランは、この発作のことは伏せておこうと決めた。[28]チャーチルただ一人が、「アメリカと手を取り合う」ことができる、そう考えたのだ。この出来事については、二十六年後にモーランが自著に記すまで、だれも知らなかった。チャーチルの妻でさえ、知らされていなかったのだ。しかし、本当にそれが心臓発作だったのかどうか、それは定かではない。一九四二年二月、モーランは念のため、有名な心臓病専門医パーキンソン博士に見解を求めている。そして、検査結果（心電図、血圧、心臓のエックス線写真）の分析からモーランの最初の診断は否定された。せいぜい、狭心症か、一時的に心臓の血管の流れが悪くなったのではないかとのことだった。[29]モーランは、このときのようなジレンマとつねにつき合っていかなければならなくなる。時局の流れに深くかかわっている証しなのだ、とその都度自分自身に言い聞かせるしかなかった。

このアメリカでの発作のあと、チャーチルはそのままカナダに向かった。モーランは、休養を取るよう説得するのは無理だとわかっていたので、その遠征を止めることはせず、すぐそばでつきそうようにした。しかし、患者の抱える病気を患者自身に伝えず、むしろ命を危険にさらすようなことを許して、医者にはなんのメリットがあるというのか。また一方で、モーランはこのような見方を著書に記している。[30]「チャーチルはまさに知性ある優秀な病人で、正当な理由があれば医師が言ったことにすぐ従ってくれる」その正当な理由をしばしば伝えなかったことを、モーランは忘れていたのだろうか。一九四三年十二月、チャーチルがアイゼンハワーアメリカ軍司令官との面会のためチュニジア訪問を望んだときもそうだった。

　このカルタゴ［チュニジアの首都チュニス郊外にあった古代都市］訪問の際、チャーチルはその年二度目となる重い肺炎にかかり、不整脈の一種である心房細動の症状も出ていた。これは「老人の最良の友」といわれる疾患で、痛みもなくあっという間に死に至ってしまう恐ろしい病気だ。チャーチルはその年の二月に、ジョフロワ・マーシャル博士からその診断を受け、治療したばかりだった。

　再びチャーチルを襲った肺炎に動揺した新任の首相主席秘書官は、首相外務秘書官アンソニー・モンタギュー・ブラウンに助けを求めた。彼は皮肉交じりにこう答えたという。「モーラン卿を呼びなさい。彼が本物の医者を呼んでくれる」[31]。その事態に恐れをなしたモーランは、すぐさま専門医チームを召集した。チュニスから取り寄せたエックス線器で検査をしたところ、チャーチルの肺に影が確認された。生来の悲観主義者であるモーランは、チャーチルがこのまま亡くなってしまったときのことまで考えたという。当の本人は、処方されたメイ・アンド・ベーカー（Ｍ＆Ｂ）社のサルファ剤をウィスキーかブランデーで飲み込もうとし、制止に入った看護師にこう言っている。「ねえ、看護師さん、人はＭ＆Ｂだけじゃ生きられないんだよ」ＭとＢはサルファ剤の開発者であるメイとベイカーのイニシャルだが、チャーチルはそれを知っていたのだろうか。あるいは、モーランのＭと彼を診察した心臓病専門医エヴァン・ベッドフォードのＢのことだったのかもしれない。

モーラン自身も、昔から体が弱かった。自身の父親やチャーチルと同じように、消化不良でしょっちゅう腹痛に襲われていたので、食生活を自ら厳しく管理していた。見た目はチャーチルとは正反対だった。骨格は華奢で、骨ばっており、やせこけた顔に高くとがった鼻はつねに実年齢より彼を老けて見せた。

そんなモーランだったが、主治医になったからにはどこに行くにもチャーチルについて回らねばならなかった。疲れを知らないチャーチルは、危険極まりない戦時下で各地を駆け巡り、その距離は十六万キロ以上に達したという。それに同行する報酬を、モーランはすべて辞退している。自分は戦時下のイギリスにおける義務を果たしているだけ、そう考えていたのだ。[32]しかし、チャーチルに同行するといっても、実際モーランは一日じゅうゴルフをしているだけだった。ちなみに、ゴルフのことをチャーチルは「キニーネ〔マラリアの特効薬〕の錠剤を飲んでから牧場を走って横切る」スポーツだと表現している。一九四三年、チャーチルは、その献身ぶりに感謝を表し、モーランを貴族院の議員に任命した。[33]モーランは、マントンの初代モーラン男爵の称号を贈られ、それは医師としては異例の称号であった。

いくつかモーランを批判するようなうわさもあるが、実際のところ彼は確かな診断をする有能な医師であり、とくに必要なときに優秀な専門医を見つけてくるのがうまかったという。医療にかかわらずどんな分野であれ、「ウィンストンの好みはいたって単純、最高のものであれば満足なのだ」

とモーランは言っている。[34] とはいえ、一九四三年二月には次のようにも記している。「ウィンストンはやぶ医者でも本能的に傾倒してしまい、吹き込まれたことを無分別にうのみにしてしまう」

モーランはこんなことも語っている。[35]「二十五年にわたり私はウィンストンを診察してきたが、そのあいだ、体のいろいろな器官を診てもらうために実に多くの医者を呼んでこなければならなかった。だがそれらの医者に対するウィンストンの評価は、彼らの知識と医学的業績に反比例していたといえるだろう」

「モーランはうぬぼれ屋でエゴイスト、はなはだぶしつけである。ただし、人を見る目は、いつも当たっているとは限らないが、たいてい鋭い[36]」と、首相秘書官のジョン・コルヴィルは言っている。たいていの場合、主治医であるモーランとチャーチルを診た他の医師との関係はこじれた。モーランは首相の主治医でいることにこだわり、チャーチルを理解しているのは自分一人だと信じて疑わなかった。他の医師に診察の詳しい内容を伝えるようしつこく求め、評判のよい同僚医師を平気でけなすこともしばしばあったという。自分の能力を自らで高く評価していた。しかし、一九四五年一月、モーランはイートン校の学部長職に立候補したが、明確な理由もわからないまま却下されてしまう。自分こそがふさわしいと、威信ある伝統校の学部長に任命されるのを夢見ていたにもかかわらず……。このときも、チャーチルに推薦してほしいと頼んだが、相手にもしてもらえなかった。[37]

しかし、仕事熱心なモーランの存在がチャーチルを安心させていたことは確かである。チャーチルは心気症を患っていたが、体温の変化がストレスとなり症状を悪化させることもあるので、毎朝、脈と一緒に体温も測るのが日課だった。体温計の目盛りが一定以上に達すると、チャーチルはすぐにモーランに連絡し、「私は死ぬに違いない」ともらして、来てくれるよう懇願した。モーランはよく周囲にこう言っていた。「自分はチャーチルに必要とされ、そばにいてくれとせがまれ、あまり離れるなとつねに念を押されていた」と。

一九四三年五月、クイーン・メリー号でアメリカに渡ったチャーチルは、ホワイトハウスでフランクリン・デラノ・ルーズベルトと会談した。そのときのアメリカ大統領の様子を、モーランに次のように言っている。「大統領はとても疲れていた、気づいたかね？　どうやら心が閉じてしまって、あの素晴らしいしなやかさを失ってしまったようだ[38]」ルーズベルトはそのとき心身ともにかなり弱っていて、姿は病人そのもの、かの名声も消えてなくなっていた。アメリカのマスコミはすでに彼のことを、「世界一の重症患者」と報じていたほどだ。

同年、二人は再会する。十一月末に行われたテヘラン会談[39]に、チャーチル、ルーズベルト、スターリンの三首脳が会した。この会談で、チャーチルは地中海やバルカン半島からの攻撃を主張したが、反対されている。同時に、一九四四年六月のノルマンディー上陸作戦（別名オーバーロード作戦）や、戦争終結後のドイツの分割とヨーロッパ各国への分配について、三国内で方針が固まった。

一九四三年十二月、モーランはチャーチルがひどく疲れていることに気づいた。「風呂から出ると体を拭こうともせず、ただタオルにくるまってベッドに横になり、自然に乾くのを待つ」「今夜、寝室に行ってみると、首相は頭を抱えて座っていた」「ウィンストンは言った『こんなふうに感じたことはいままで一度もなかった。これほどくたくたにならずにすむように、なにか処方してくれないか』」[40]チャーチルはモーランに新しい薬を要求した。体の回復力に任せてはいられない、そう考えたのだ。「ほかにできることもないいんだろう?」責めるように言った。一九四四年の秋の終わりごろになると、チャーチルは気分の変調が激しくなり、モーランが新しい薬をためらい続けることに納得しなくなる。

一九四四年六月、連合軍がノルマンディーに上陸し、八月にはパリが解放された。そしてその八月、チャーチルは、前回よりは軽いが三度目の肺炎にかかる。「私の攻撃的な性格が虫のせいでこわばっているみたいだ。虫はいま栄光のときを送っている」チャーチルは自身のことをこう言った。このときの治療では、サルファ剤が増やされ、「聖なるペニシリン」も使われたのだが、これ以降チャーチルはペニシリンの投与を繰り返しモーランに求めた。ペニシリンは一九二八年にイギリス人アレクサンダー・フレミングによって発見され、一九四〇年からは抗生物質として使われるようになった。しかし、モーランは一度も使ったことがなかったため、これが初めての投与だった。

チャーチルは健康を取り戻すと、九月五日、ルーズベルトとの会談のためケベックを訪れ、十月九日にはスターリンの待つモスクワへ飛んだ。その際、チャーチルはモーランに次のように話している。[41]「スターリンはすっかり年を取った。顔も土気色だ。そう、土の色、まったくそのとおりだ。テヘランに来たときは、カスピ海を船で渡り、車で案内させていた。飛行機には乗っていなかったんだ。オフレコだが」そしてチャーチルは翌月の十一月十日、ド・ゴール将軍との会見のためパリへ赴く。もはやチャーチルの勢いを止めるものはなにもなかった。

一九四五年二月、クリミア半島のヤルタで行われた連合国首脳会談に、スターリン、チャーチル、ルーズベルトが集まった。このときのルーズベルトの様子について、モーランは次のように記している。「口をぽかんと開けてじっと前を見たまま、状況を理解できていないようだった。[42]医者の目から見ると、アメリカ大統領は重病と思われる。もう数か月ももたないのではないか[43]」

ルーズベルトが患っていた病気は、ポリオのほかに、高血圧、心臓の機能障害、低酸素症、パーキンソン病、そして認知機能障害。認知機能の低下に関しては、職務を十分にこなせないほどだった。それでも、一九四四年十一月七日、四期目のアメリカ大統領に選ばれたのは、マッキンタイヤー医師とブルーエン医師による健康診断のおかげである。権力者つきの医師たちには、ヒポクラテスの誓いを破ることなく、誠実かつ客観的でいられる心のゆとりはないのだろうか。

数年後にはモーランも同じように、脳卒中で倒れたチャーチルの衰えと向き合わざるを得なくなる。確かなのは、チャーチルもルーズベルトも、もしもその健康状態が公になっていたら、二期目の首相や四期目の大統領には選ばれていなかったということである。一九五一年十月二十六日、まもなく七十七歳になろうとするチャーチルは再び首相となったが、実はそのとき、脳卒中による老化にくわえ、難聴も患っていた。ただ一つその確固たる意志だけは、変わっていなかった。「決して負けない」という意志だけは。

一九五三年六月二十三日、イタリア首相のロンドン訪問を歓迎するスピーチのあとで、チャーチルは二度目の脳卒中を起こした。当時七十九歳。顔の左側が麻痺し、運動機能は著しく低下した。最初の脳卒中は、二度目の首相就任の二年前、一九四九年八月二十四日、南フランス滞在中の発症だった。今回も奇跡的に意識はしっかりしていたが、言葉を発することは難しく、数分間は立ち上がれなかった。モーランはつねに最悪の事態を想定しているので、十年前チュニジアで肺炎になったときと同じように、いよいよこれが最期だと思ったという。[44]

かなり幼いときから、モーランは心配性だった。子ども時代、体の弱い父が夜のあいだに死んでしまうのが怖くて、家族が住む屋敷の階段にしゃがみ込んで見張っていたほどだった。チャーチルに対してもそれと同じことをしているわけだが、彼はチャーチルの生命力と意志の強さをみくびっていたように思える。歴史家ロイ・ジェンキンスも、その著書で見事な伝記『チャーチル *Churchill*』のなかで述べているが、モーランにはチャーチルの病弱さを大げさにとらえ、その命を守るために自分がどれだけ努力しているかを強調する傾向があった。[45]

静養のため、チャーチルはケント州の西端にあるカントリー・ハウス、チャートウェルへ向かった。そのとき、秘書官のジョン・コルビルには、政権維持のため自分の健康状態がよくないことは伏せておくように伝えている。健康は対立勢力と闘う武器である、チャーチルはそれを知っていた。ふたたび秘密厳守の体制が敷かれ、首相の健康状態は側近以外だれも知らなかった。取り巻きたちが城壁の役割をしてくれるのは、権力者の特権ともいえる。七月九日に予定していたバミューダ諸島でのアイゼンハワーとの会見は、当然日程を変更せざるを得なかったが、ビーバーブルック〔新聞社を複数経営〕とブラッケン〔戦時中の情報大臣〕がマスコミを封じ込めたため、情報はいっさい漏れなかった。それから二か月のあいだ、チャーチルはチャートウェルや英国首相の公式別荘であるチェッカーズで静養しつつ、ジョン・コルビルや義理の息子クリストファー・ソームズの力を借りながら首相の業務を続けた。そして、体が次第に回復してくると、公の生活に戻るべく、一九五三年十月十日にマーゲイト〔ケント州東部の保養地〕の保守党大会に挑んだ。不安はあったが、自分自身と世間に向けて、八十歳を目前にしていてもまだ首相として任務を全うできることを証明しようとした。

その二十四時間前の十月九日、モーランはロンドンである人物に会っていた。そして、チャーチルいわく「眠り売り」のその人物から、初めて「モラン」をもらう。アンフェタミンを主成分とした錠剤で、処方はJ・F・ケネディお抱えの無免許医師マックス・ジェイコブソンによるものだった。[46]

その薬は、一九三〇～四〇年にうつ症状に対抗するために使われた興奮剤である。[47] チャーチルがこの薬を使用したのはこれが初めてだった。これよりも前に、とくに戦争中にこの薬を服用していた証拠はどこにもなく、それはこのときのチャーチルの反応から考えても確かであろう。チャーチルは薬の効果に喜び、翌日、モーランの腕に手を置いてこう言った。

「素晴らしい薬だ。なにが入っているんだ？　きみが考案したのか？　チャールズ、きみが薬嫌いなのは知っているが、この薬がどれだけ効くのかいま目にしただろ。きみはもっと薬の理解に精力を注ぐべきだ。いつも欲しいとは言わない。約束する。たぶん一か月に一度、議会で難しい演説をするときだけだ。いずれにしても、その薬を頻繁に飲んだら、どんな害があるんだ？[48]」

八十近い男性が、自分の責務を果たそうと、これほど強い向精神薬を夢中で飲む姿など、だれが想像できるだろう。ともかく今日では考えられない処方である。

リチャード・ラヴェルが執筆したモーランの伝記によると、モーランはためらいつつも、いろいろな薬をチャーチルに処方している。チャーチルが再び公の場で職務を行うようになった数年前からは、眠りにつきやすくするためにセコナールを一〇〇ミリグラム処方していた。深紅色の鎮静剤で「レッド」と呼ばれており、当時は催眠剤としてよく飲まれていた。日課の昼寝の際、チャーチルは一錠を半分にした「ベビー・レッド」を飲んでいた。モーランは、異常がないか、真夜中にしばしばチャーチルの様子を見にいった。

モーランは、一九四四年十月九日に耳にしたチャーチルとアンソニー・イーデンとの会話を著書に記している。イーデンは、外見こそ遊び人風だったが、有望な保守党員でチャーチルの後継者と期待されていた人物である。[49]

「アンソニー、寝るときはなにを飲んでいるのかね？」

「いつも赤い錠剤を一錠、飲んでいます」

「私は二錠だ。私の体にはあまり効かないのでね」[50]

イーデンはその後、当時は広く服用されていたアンフェタミン（とくにドリナミル）の依存症となった。一部によると、一九五六年のスエズ危機［スエズ運河をめぐってエジプト、イスラエル、英、仏のあいだで起きた戦争。結果としてイギリスはスエズ運河の所有権を失った］における惨憺たる指揮官ぶりは、薬の常習が原因であるという。なぜなら、アンフェタミンは副作用としてパラノイア（妄想症）を引き起こし、現実での判断を狂わせる恐れがあったからだ。しかし、その時代の背景として薬の副作用にまったく注意が向けられていなかったことや、アンフェタミンの服用に加えイーデンは日常的にそうとうな量の飲酒をしていたことも忘れてはならない。アルコール摂取は副作用があるので、やってはいけない危険な行為だ。

チャーチルに首相としての職務をまっとうしてもらうために、二回目の脳卒中に襲われたことも踏まえて、モーランは興奮剤を処方するようになった。当時はいろいろな名前がつけられていたが、「モラン」「メジャー」「マイナー」という名前は、含まれるアンフェタミンの量を示したものだ。

「メジャー」または「すみれ色のハート」にはドリナミル[51]（d-アンフェタミン硫酸塩五ミリグラム、アミロバルビトン三十二ミリグラム）が、「スピード」には鎮静効果のあるバルビツール酸系製剤が含まれていた。より軽めの「マイナー」には痛みを緩和し鎮静効果のある混合剤、エドリサル（アスピリン百六十グラム、フェナセチン百六十グラム、アンフェタミン硫酸塩二・五ミリグラム）が含まれていた。チャーチルはアンフェタミンの効果を称賛し、一九五四年五月二十八日付の妻クレメンティーンへの手紙で、直近の演説は自分でも驚くほど切れがよかったと記している。チャーチルは「モラン」しか服用していなかったが、服用の四十二分後にはオリンピックに出場できるほどのコンディションにまでもっていくことができたらしい。[52]そしてそれ以降、チャーチルは、困難な任務にあたるときは薬に頼るようになる。ところが、モーランの不安は募るばかりだった。チャーチルの気分の浮き沈みは激しくなり、休養不足が気になるようになっていたのだ。一九五三年八月二十六日には次のように進言している。[53]「われわれはともに大きな危険を冒してきました。しかしいま、あなたにお伝えするのが医者としての私の務めです。働き方を見直していただかないと、十月前には辞任しなければならなくなります」

それから二年たらずで、チャーチルは首相を辞任した。辞任の翌日の一九五五年四月六日、シチリアを旅行するつもりだというチャーチルにモーランは同行すると申し出たが、断られた。モーラン自身が健康の問題を抱えていたことをチャーチルは知っていたし、もはや自分の健康がどうであろうと政治には関係ない。モーランは食い下がり、「マイナー」の服用を調整しなくてはという口実まで持ち出したが、結局聞き入れてはもらえなかった。これまでずっと、自分はウィンストンにとって欠かせない存在だと信じ、いざというときはその求めに従ってきたのに、モーランは拒否されたのだ。チャーチルはその後も、季節特有のうつ症状を和らげるため、しばしば南フランスに滞在することがあった。そのときモーランに代わって主治医を務めたのは、モンテ＝カルロに拠点を置くジョン・ロバーツ博士だった。チャーチルは彼を高く評価した。しかし、モーランは、チャーチルいわく「素晴らしい」効き目の白い錠剤が処方されていると知り――モーランがずっと処方してきた合成薬は「レッド」だけだった――、ロバーツ博士にその薬の成分を問いただしたという。違う薬を処方するジョン・ロバーツに対するモーランの嫉妬の表れだった。

一九五九年五月、チャーチルはワシントンを訪問することになったが、このときもやはりモーランの同行を拒んだ。個人秘書のジョン・コルビルによると、モーランはこのとき「あんなじいさん、こちらも願い下げだ[54]」と口にしたが、あとになって本当は未練があったと打ち明けたらしい。政治の舞台から離れたチャーチルにとって、モーランはもはやなんの役にも立たない存在だったのだろうか。それとも、モーランの態度にうんざりしていただけなのだろうか。

晩年、チャーチルはこれまで以上にモーランと距離を置くようになった。モーランは、願いむなしく、最後まで側近に入れてもらえなかった。チャーチルを安心させていたのは妻をはじめとする家族たちで、主治医はもう必要なかったのだ。それでも、気持ちは寄り添っているとモーランは言い張っていたが、現実との差は次第に酷なものとなっていった。一九六〇年三月、チャーチルはギリシャ人のアリストテレス・オナシスのヨットでクルーズに出かけている。モーランの妻は、プライドが高く感受性の強い夫が、気持ちを胸にしまっておけないのではないかといつも心配していた。また、モーランはチャーチルの気持ちがわかっていなかっただけだ、と言う人もいる。モーランが他人の政治信条を取り立てて公然と批判するたびに、チャーチルは腹を立てた。モーランにはその資格も、解決策を提案する能力もないからだ。モーランのこうした人間性を、チャーチルはまったく評価していなかった。聖職者ぶってとり澄ましている人間が大嫌いだったのだ。チャーチルはこう言っている。「私が憎む人間は、ヒトラーと玄人を気取る人間だ」一九五一年、モーランはチャーチルに保健大臣の職を願い出たときがあった。しかし、またも、その器ではないと相手にされなかったという。

一九六二年、モンテ＝カルロのホテル・ド・パリに滞在していたチャーチルは、転んで大腿骨を骨折した。以前から、死ぬならイギリスで死にたいと懇願していたチャーチルは、そのまま王立空軍の飛行機で母国に帰還する。その後の晩年は、最後となったモナコ旅行とオナシスに招待されたヨットクルーズを除き、チャートウェルで蔵書と子どもや孫たちに囲まれながら過ごした。最期を迎えたのはハイド・パーク・ゲート二十八のロンドンの邸宅である。

この期間のことについて、モーランは沈黙を守るべきだと考えた。「ここまでつらいことについては詳しく語らないほうがよい。それでなくても、ウィンストンは首相を辞めたあと落ち込んでいた」[55]黙っていたのは賢明な判断だったと思われる。もしモーランがなにか言おうものなら、抗議の声がいっせいに上がっていたはずである。

一九六五年一月十八日、ロンドンのチャーチル邸前。モーランは世界じゅうのメディアに向けて、チャーチルが一月十五日、深刻な脳卒中を起こしたと発表した。

それから数日経った一月二十四日、歴史という舞台で名演を繰り広げたチャーチルは亡くなった。国民から、二十世紀で最も偉大な首相と慕われたチャーチルは、本来、君主のために行うのが慣例である国葬で見送るに値する人物とされた。パリ・マッチ誌はこう伝えている。「この日、ロンドンでは、二本の川が流れた。テムズ川と涙の川が」ブレナム宮殿にほど近い墓地にある、父親の墓のそばにチャーチルは眠っている。生涯その愛情と関心を求め続けた父親のそばで、やっと、一緒に眠ることができたのだ。

翌年の一九六六年、モーランは『回想録――チャーチルに寄り添った二十五年間、一九四〇～一九六五』を出版する。その本には、チャーチルの健康状態が政治家としての職務にどのように影響したか、そこにモーランがいかに深くかかわっていたかが記されていた。モーランは、自分の知っていることを公にすることが歴史を理解するために必要だと判断したのだ。この判断に迷いはなかった。「ウィンストン卿の晩年の二十五年間をたどるには、医学的な出来事に触れないわけにはいかない」[56]そして、それができるのは自分しかいないと思っていた。自分は、チャーチルの健康状態を把握していた数少ない人間の一人である、と。公式訪問にもつねに同行し、なんでも打ち明けられる親しい友人でもあったのは確かである。人の名前をあまり覚えなかったチャーチルが、周囲――大臣、秘書官、タイピスト――の反対を押し切ってまで、モーランのことをファーストネームの「チャールズ」と呼んでいたことでも二人の親しさがわかる。頻繁に呼び出されては、そのたびに長い時間つき添った。モーランは、チャーチルにとって自分は中心的存在だった、必要不可欠で無視できない存在だったと主張している。しかし、この本は医療界とメディアで手厳しい批判を受けた。一部からは、医師の守秘義務を冒瀆する悪しき前例をつくった、医者と患者の信頼関係を崩壊させないために決して繰り返してはならないという声が上がった。ウィンストンの息子ランドルフ・チャーチルは次のように記している。[57]「父のために事実以外のなにものも求めない。この国のすべての人が地元の一般医から受けるのと同じ治療を、父は主治医から受けていた」この本の出版後、モーランは「アザー・クラブ」から除名される。それはチャーチルが創設したクラブで、たびたびイギリスのエリート政治家たちが集まっては夕食をともにする社交の場でもあった。モーラン自身は、除名の理由がまったくわからなかったという。

一方、ウィンストンの娘メアリー・ソームズは寛大な態度を示している。「モーラン卿は父を完璧に理解していました。彼と出会えて、父は幸運です。彼は父の健康管理に責任を持っただけでなく、父の健康状態がつねに政治的職務に影響することを自覚していました[58]」

しかし、モーランを詳しく知る人の一人、神経学者で「ロイヤル・カレッジ・オブ・フィジシャンズ（王立内科医協会）」の会長を務めたラッセル・ブレイン卿は、モーランの取った行動と他人への影響を顧みない姿勢を非難した。ブレイン卿も首相を診察した専門医の一人であり、この本の出版は遺憾だと主張した。事前になんの知らせも承諾もないまま、診察に関する内密の情報や、チャーチルと意思疎通もままならなかったことが書き記されていたからだ。しかも、一九四九年十月の最初の診察の日付が間違っていることを指摘している。[59] この年の八月二十四日、七十五歳のチャーチルは、モナコの近くにあるビーバーブルック卿の別荘で最初の脳卒中を起こしていた。

モーランが言うには、彼にとってチャーチルの健康を逐一書き留めるのは習慣になっており、手元に手帳がないときは封筒の裏側に書き込んでいたという。あくまでも、メモの内容を集約して分析し、チャーチルの病気の原因を探るのが目的だったと主張している。モーランは次のように述べた「これらのメモを使って、チャーチルと交わした話を、夕方過ぎや夜中に原稿に書き起こした。そしてその原稿を、時代に委ねるつもりで印刷に引き渡した。それ以降、私は原稿に触れていない」[60] 実際、モーランの著書はあとになってから事実を振り返って書かれたものなので欠陥や間違いも見受けられる。

当初は書き留めたメモを出版するなどとは考えてもいなかった、とモーランは述べている。とはいえ、比較のためにヒトラーの主治医モレルのメモを見てみると、こちらは総統の健康状態と治療内容の走り書きで、明らかに出版には適していない。モーランもチャーチルの症状から医学的に考えられることを書き留めただけだったが、あとから自分の仕事を歴史の一部にしたいと思い立ち、主治医という立場の自分と首相という立場のチャーチルとの関係を公にしたのである。したがって、本のなかでは、同行した旅のことや私的な会話、また、同席しなかった歴史的な公式会談についても語っている。

モーランは、たとえそれがチャーチルという人物だったとしても、自分の患者であるあいだはチャーチルについて書かないということを自分のルールとしていた。医者には守秘義務があると考えていたからだ。しかし、その考え方がのちに非難されることになる。政治に関しても医者の守秘義務があるのか、とモーランの著書をきっかけに大きな議論になったのだ。[61]

とりわけこの議論で問題になったのは、モーランがチャーチルのうつ症状を取り上げ、それが政治上の決定に影響したのではないかとにおわせていることだった。その記述はチャーチルの家族を深く傷つけた。当時、精神的な病に関することは繊細な問題であり、ましてや政治家の場合は慎重に取り扱われるべき問題だった。

モーランはこう記している。「ウィンストンが生まれつき臆病であることを私はこの目で見抜き、ずっとそう信じてきた。しかし、だんだんとわかってきた。ウィンストンには自己防衛機能が欠けているのだ。それは、戦争を『生き延びる』人間に共通して備わっている唯一の能力、つまり自分を保ち続けられるように考え方を調整できる力のことである。第一次世界大戦中、人びとのあいだで『耐え抜く』人間が話題となった。当時、私も著書のなかで、『耐え抜く』人間というのは自分自身をうまく調整して外界からの情報を遮断していると述べた。賢明な人間はいまこのときだけを生きている」

くわえて、モーランは次のようにも書いている。「ウィンストンはチャンスに恵まれなかった。戦時下の英国首相という孤独な任務を果たすなかで、当然、深く傷ついた。その傷は戦闘による負傷よりも深く、痛みは長く続いた。どこまでも落ち込んでいく、やりきれない思い。そこから自分を守る能力は、ウィンストンにとって命にかかわる重要事項だった。必要なのは忘れること、たとえ短いあいだでも、いま抱えている不安を忘れることだった。ところが、ウィンストンにはそれができなかった[62]」

チャーチルが好んだのは、あらゆる危険やどんな活動よりも、時局の中心にいてその圧力に自分が耐えていると感じていることだった。ゆえに、政治は彼の天職ともいえるが、情勢に従い政治活動から離れざるを得なかったとき、意外にもチャーチルが求めたのは執筆と絵を描くことだった。とくに明るい色の水彩画が好きで、描くことをやめたら自分は生きていけないとまで言っていたほどだ。パレットを片時も手放さず、最後の最後まで絵に没頭していた。ほかにも、ポロ、競馬、ゲーム遊び、そして杭打ちとれんが積みにも夢中だった。「一日二百のれんがと二千の言葉」とよく口にしていたそうだが、それほどチャーチルはなにかしてないではいられない性分だったのだ。

なにもしないでいるとうつ症状につけ入る隙を与えてしまう、チャーチルはそれを知っていた。チャーチルを苦しめる「黒い犬《ブラック・ドッグ》」のことだ。人生の第一部では、とくにそれを説明できる外的要因があったわけではないのだが、うつに陥らずにうまくやり過ごせていた。そして、一九一〇年、三十五歳のとき初めてうつ症状が現れた。そして、八十歳で公の場から退いたとき、彼のなかでうつ症状から守ってくれていた堤防が決壊した。「政治では、戦争と違って、人は何度も殺される」とチャーチルは言った。一九四五年[63]のときとは違い、今度はどうやっても政治の場に戻れないことをわかっていたのだ。

チャーチルは感受性が強く気分障害を患っていたが、月日が経つにつれ、とくに政界引退後はうつ状態の期間が長くなっていった。その症状は、軽いのか深刻なのか、一極性なのか双極性なのか、数年後には、診断を下すのも原因を見つけるのも難しくなったようだ。その時代のチャーチルについてはほとんど語られることもなく、往年のチャーチルはもうそこにはいない。いずれにせよ、すべては症状の程度が問題だった。

近しい家族を除いて、だれもチャーチルのうつ症状について知らなかったという。長年の友人であるビーバーブルック卿は次のように言っている。「チャーチルは自信の絶頂にいたと同時に、落ち込みのどん底にもいた」モーランはチャーチルから打ち明けられた「黒い犬《ブラック・ドッグ》」のことを著書で公表し、「チャーチルが苦しんでいた長期にわたるうつ状態」と説明した。一九四四年八月十四日には、突然チャーチルが、バルコニーや鉄道が嫌だと口にし始めたこともあったという。だれかに背中を押されて飛び降りてしまいそうで怖い、と。[64] ウィンストンの別の友人ブレンダン・ブラッケンは、チャーチルのうつ症状は遺伝によるものだと言っている。というのも、七人のマールバラ公爵のうち五人がうつ病だったのだ。子孫たちの何人かにも症状が現れ、チャーチルの娘であるダイアナは一九六三年に自殺している。

チャーチルを診察した高名な神経学者ラッセル・ブレインによると、チャーチルが思っていたのは気分循環性障害で、うつ病ではないという。気分が高揚する期間と落ち込む期間を頻繁に繰り返すのがこの病気の特徴であり、躁やうつの症状が明確に現れるとは限らない。不安や疲労で症状が強くなることもある。[65] チャーチルの場合、気分の落ち込みがないときは軽躁状態にあった。その期間には、首相であれ、作家であれ、画家であれ、生産性が並外れて高まる。妻のクレメンティーンは、たびたび夫にスタッフの負担を減らすよう言い聞かせていたという。チャーチルの仕事のペースについていくためには、スタッフたちは休みなく働かなくてはならなかったからだ。ルーズベルト大統領はチャーチルの仕事ぶりについてこう言っている。「チャーチルには一日に百個ぐらいアイディアが浮かぶが、そのうちまともなのは四個ぐらいだ」

ウィンストンの息子ランドルフ・チャーチルは、父親が精神科医をよく思っていないのを知りながら、ロナルド・フィーブ博士に父親のことを相談していた。フィーブ博士の診断は「双極性障害

Ⅱ型」だったが、特性「B」を伴う、つまり「beneficial（有益な）」ということだった。この病気の患者は、気分の「高揚感」を自分や家族、社会のために創造的に活用できるというのである。[66]

精神科医のアンソニー・ストーは著書『チャーチルの黒い犬 *Churchill's black dog*』のなかで、チャーチルのうつ症状をかなり重要視して、このように書き記している。「絶望と向かい合うすべを知っている人だけが、ある種の能力で同郷人を説得し、国民すべてを導くことができる」[67]また、少し皮肉を込めて、次のようにも記した。「チャーチルがもっと幸福で、政治活動をもう少し控え、気分障害に立ち向かう必要性がもう少し減っていたら、一九四〇年、イギリスはドイツと対峙していなかっただろう」そして、別の何人かの研究者はさらに検証を深め、精神的な病が指導者としての資質に必然的に影響したという見解を示した。ナシア・ガミーは著書のなかで、チャーチルのうつ症状と政治的現実感覚のあいだには関係性があったという見解を記している。そして、健全な精神の持ち主だったアーサー・チェンバレンがヒトラーの思惑に幻想を抱いた［一九三七年の首相就任後、ドイツへの融和政策をさらに進めた］のに対し、うつ症状を疑われたチャーチルは一九三〇年代初めにいち早くヒトラーの危険性に気づいていたと指摘した。[68]

医学史の専門家で整形外科医でもあるA・W・ビーズリーは、モーランの影響でチャーチルに関するつくり話が広がったと述べ、モーランは詐欺師であり、「栓抜き」というあだ名がその常軌を逸した性格を裏づけているとした。[69]チャーチルの娘メアリー・ソームズはこのように言っている。[70]「実際、うつ状態よりも、父が立ち向かわねばならなかった出来事に関係しているのです。父はうつ状態に陥るのを避けられず、そのあいだは心身ともに衰弱しました。それが戦争下の首相または政治家としての能力に悪影響を与えたと、いかなる場合も見なされてしまうのです」

　チャーチルを、躁鬱を抱えたただの気分屋でときには間違いも犯す人間としてとらえると、もしかしたら見方が変わってくるかもしれない。一九四〇年に救世主となったチャーチルは、同郷人のかたわらで彼らの魂により深く触れた。一九三九年に海軍大臣として内閣に復帰したときは、ファーストネームで歓迎された――「ウィンスト・イズ・バック」ド・ゴール将軍――彼は「入浴中に不意を突かれたメスのラマ」と呼ばれていたが――が「シャルルが戻ってきたぞ」ともてなされることはまずなかった。

　二〇〇二年と二〇〇六年、論争を鎮めるために、モーランの息子ジョンは、父の著書の増補版を出版した。全二巻からなるその本は、混乱を避けるため、記憶による言及は削られていた。第一巻『戦時のチャーチル *Churchill at war 1940-45*』では一九四〇年五月〜一九四五年七月の活動的な時期を、[71]第二巻『生き延びるための闘い *The Struggle for Survival 1945-1960*』では戦後を取り上げている。欠落が多いと非難を受けた初版原稿に、第一巻では三十一箇所、第二巻では三十三箇所、加筆された。息子のジョンは第一巻の序文を書き、父親に対する批判の嵐を振り返っている。そして、この著書は間違いなく歴史研究家にとって第一級の重要な資料であると記している。一九六六年の初版本には、『モーラン卿の日記より』という副題がついていたが、本来の意味での日記ではなく、なにか出来事があった日だけを書き連ねたメモをそのまま文章にしたようなものである。しかし、内容の間違いや、チャーチルの死からわずか一年後の出版ということに対して、批判が必要以上に上がった。それについて息子のジョンは、当時父親はすでに高齢で存命中の出版を望んでいたと主張している。しかしジョンと同様にわれわれがとりわけ疑問に思ってしまうのは、生前チャーチルがモーランの著書の出版に同意していたのかということである。明確に断言できるほどの証拠はなにもなく、チャーチルの妻と息子は強く異議を唱えている。チャーチルは、モーランの取っているメモが、自身に関する本の執筆に使われると知っていたのだろうか。

しかしながら、こうも考えられる。チャーチルの死後出版されたこの本によって、信頼の上に築かれていた首相と主治医の友好関係に終止符が打たれたのだ。チャーチルはモーランについてこう言っていた。「私の命があるのはおそらく、確実に効く治療を彼がしてくれるからだ」われわれは互いに忠実な友となった」モーランは、どれだけ非難を浴びても、亡くなるまでずっとチャーチルの病状を公表した決断を後悔しなかった。彼にとって、詳細な記録を本に記すことは歴史への重要な貢献であり、それ以外は取るに足らないことだったのである。ゆえに、除名処分にしようとした英国医師会に対して起こした名誉棄損の訴訟も、モーランは途中で取り下げている[72]。彼はアメリカで出版が見送られたとわかったときには肩を落としたが、イギリスで大反響を呼んだことに満足し、優秀な同僚たちが自分の本を引用してくれることを誇りに感じた。チャーチルが亡くなった年齢の九十歳を間近にして、モーランは公の生活から引退、それからおよそ五年後に亡くなった。

モーランは、自分も執筆という聖なる手段によって栄光のときを手にできると考えていたのだろうか。あるいはその主張どおり、純粋に歴史への貢ぎ物を後世に残したかったのだろうか。難しい問題である。モーランが主治医を務めたイギリスの元首相、チャーチルは、自伝のなかでこう言っている。「私はどんなときも間違ったりしなかった。その私の歴史を書くのだから、この自伝は私に理性を与えてくれるだろう」チャーチルのように文筆で身を立てたいと願っていたモーランは、なにがなんでも、たとえ論争を巻き起こすことになろうとも、首相の診療日記を執筆したかったのだ。もしチャーチルが存命だったとしたら、こう言ったかもしれない。「私はなにも知りたくない。この男は私の友人だ」チャーチルはいつかミステリー小説を書くと明言していたようだが、そのなかに登場する悪人はきっと医者に違いない。[73]

フィリップ・ペタンとベルナール・メネトレル

すべて想定済みだった。フランスが一人の医者に支配されるということを除いて。

ピエール・ラヴァル、一九四二年

国家の父が取ったコラボラシオン（対独協力）政策は確かに行き過ぎだったかもしれないが、疑問に思うことがある。ペタンは主治医のベルナール・メネトレルにどれほど影響されていたのだろうか。メネトレルはペタン元帥の生活すべてにつき添い、どこへ行くにもついていった。二人はつねに一緒にいた。ペタンは親友の医師が成長していくのを見守り、その医師は身も心も捧げた相手が英雄から祖国の裏切り者となっていくのを見守りながら、遠慮も慎みもかなぐり捨てて、どこまでもペタンを擁護し続けた。二人は数日たりとも離れたことがなかった、という人もいる。ペタンは、どこにいようと、メネトレルの決めた予定どおりに日々を過ごした。そのなかで日課の一つになっていたのが、十二時三十分の散歩だった。その散歩は、一九四〇年からはアリエ川沿いのヴィシーで、そして一九四四年九月からはドイツのジクマリンゲンで続けられた。雨の降りそうなどんよりとした天気でも、マイナス二十度にもなる冬の厳しい寒さのなかでも、彼は歩いた。のちにナチスの親衛隊から疑いをかけられたときも四人の警官に監視されながら散歩をし、その姿を写真に撮られている。外の空気を吸うと元気になり、調子のよい、ときには猟師のように素早い足どりで、きっかり一時間散歩する。歩いているとき、時間は穏やかに流れ、日常の喧騒を離れて静かに考え事もできる。ペタンもそれに気づいていた。彼にとって散歩は必要不可欠、唯一心を緩めることのできる時間だったのである。

ペタンはいつもフエルト帽をかぶり、季節によって帽子の色を変えていた。外見には気を遣い、成熟した穏やかな人間に思われるよう、はつらつとした顔で、必要もないのにステッキを手に、つねに姿勢よく立つようにしていた。プロパガンダ用ポスターでは、国民を指差してこう言った。「フランス国民のみなさん、あなた方は売られたわけでも、裏切られたわけでも、見捨てられたわけでもありません。私を信頼してついてきてください」どんな状況にあっても落ち着き払っているペタンには、相手の心をつかむ力があった。

散歩する彼の横には、もちろんいつもメネトレルがいた。身長はほぼ同じだがペタンより体格がよく、明るいまたは濃い色のウエストを絞ったスーツを着て、同じような帽子をかぶっていた。人からは「お医者さん《トュビブ》」と呼ばれていた。ペタンは健康だったので、この「散歩の医者」をつねに連れて歩く必要などないだろうと思われていたかもしれない。しかし、八十代のこの老人の健康を維持し、穏やかな彼の機嫌までもコントロールしていると言われ[1]、だれよりも熱烈な彼の支持者であったのは、ほかでもないこのメネトレルであったのだ。

小さな温泉の街ヴィシーが政府所在地として選ばれたのは、いくつもの豪華ホテルを役所代わりに利用できたからである。ペタンの宿泊しているホテル・ドゥ・パルクでは連日、フランスの「救世主」をひと目見ようと、ファンややじ馬たちが鉄門の陰で何時間も待ち受けていた。メネトレルはいつも、ペタンと同じように帽子を少し持ち上げて通行人にあいさつし、彼がにっこりしながら子どもたちの頭をなでるのを感心しながら注意深く観察した。メネトレルの次女ソフィーがペタンのステッキに寄りかかっているところを撮った、有名な写真がある。ペタンはそのとき自慢げに言ったそうだ。「きみを持ち上げることもできるぞ！」メネトレルのことを「すぐ隣の対独協力者」と中傷する人もいた。その陰の影響力を、歯ぎしりしながら疎ましく思っていた人たちは、少なからずいた。しかし本当に、プロパガンダの役割まで担っていたのだろうか。メネトレルは「灰色の猊《げい》下《か》」とか「専属のお笑い芸人」などと呼ばれていた。だが実際には、フランコ将軍の主治医ビセンテのように、ペタンとはほとんど親子のような関係だったといわれている。出会ったのは、メネトレルがまだ幼いころである。子どものいないペタンは彼を息子のようにかわいがり、メネトレルも実の親のように慕うようになった。若く――ペタンの五十歳年下――、賢く、はつらつとして、陽気な性格のメネトレルは、どこであろうとその場に欠かせない存在として評価されるすべを心得ていた。この聡明な医者は、ペタンに徹底した健康管理を日々実践させていた。七時三十分に起床、散歩をして、バランスのよい食事をとったあと、休息。食べる量を減らすようしょっちゅう注意されても、ペタンは言いつけを無視し、いつもたっぷり食事をとり、満腹感にぼうっとしているうちに、うとうとと寝入ってしまうのだった。ペタンの体と心の保証人、それがメネトレルだった。

メネトレルの主治医としてのあり方は様々な憶測を生んだ。彼の元帥への影響力と政治的役割は、大げさすぎるほど世間に非難された。ペタンは彼の代父〔カトリックにおいて、洗礼式に立ち会い、証人となる役割を果たす者〕と言われたが、それは違う。ペタンの隠し子だった。もちろん、代父だった可能性もあるが、実際のところは定かではない〔一般には、この両方の説とも事実とは異なるとされている〕。とにかくメネトレルは、事実とはまったく異なる言われ方をされている。カグラール（革命秘密行動委員会）のメンバー、対独協力者＝レジスタンス、共産党員、悪魔、ナチスの卵、ドイツの諜報活動機関「アプヴェーア」のメンバー、元帥の政治活動の相談役、陰謀計画の出資者……。確かに、ピエール・ラヴァル暗殺未遂の原因をつくったのは彼だったかもしれないが、一九四二年四月にラヴァルが政界復帰した際にはいろいろと便宜を図っている。また、ペタンの側近で、極右派の対独協力者だった海軍中将シャルル・プラトンが、一九四四年八月に義勇兵とマキザール（対独レジスタンス運動員）によって死刑に処されたきっかけとなったのもメネトレルだった。また彼はルネ・ブスケ〔一九四二年に警察署長に任命されユダヤ人の強制連行を指揮した〕ともつながりがあり、ジャン・ムーラン〔レジスタンス活動家〕がカリュイールで逮捕されたときは巻き添えもくらっている。世渡りのうまさはもはや伝説的といっても過言ではなく、フランソワ・ミッテランとペタンの会談の手はずを整えたのもメネトレルだと言われている。[2] 彼は、人びとの想像と現実のはざまで、さまざまな呼ばれ方をした。なんでも屋、誓いを立てたおべっか使い、忠実なごますり屋、個人的には反ユダヤ主義者、有名な宣伝マン、ペタンのユダヤ人に対する「優しさ」を抑制できる唯一の人間[3]。要するに、メネトレルはいわれもない多くの濡れ衣を着せられていたのだ。黙っていれば陰謀を企んでいると言われ、なにかしゃべれば人を操っていると言われた[4]。彼のことを「高齢者誘拐」の共犯者だとまで言う人もいた。実際、職務の範囲を越えて彼ほど権限を手にした医者はほかにいない。やはり、一部の人が主張するように、ペタンに政治的影響力を及ぼしていたのだろうか。あるいは、あくまでも個人的影響力にとどまっていたのだろうか。

ベルナール・メネトレルはごく幼いときからペタンのそばで生きてきた。ベルナールの父で医者のルイ・メネトレルは、ペタンの友人であり主治医でもあったのだ。この父のもと、ベルナールは、祖国を崇拝する第一次世界大戦の兵士たちに囲まれながら育った。ペタンのほうは結婚には消極的で、離婚歴のあるユージェニー・アルドンと遅くに結婚し、二人のあいだには子どもがいなかった。そのぶん、妻を愛する一方で、ベルナールに格別の愛情を注いだ。敬語にこだわっていたにもかかわらず、ベルナールが成人になるまで、ペタンは自分のことを、なれなれしく「フィリップ」とファーストネームで呼ばせていた。

ベルナールはペタンからいろいろなことを教わったが、何よりも第一次世界大戦の英雄が自分に関心を寄せてくれるということが嬉しかった。父であるルイは、子どもを寄せつけず、すぐかっとなる人だった。それとは正反対に、ペタンはベルナールのことをよくほめて、アドバイスもくれた。大人になるにつれ、ベルナールはこの元帥に敬意を払うようになった。そして、彼のために医者になると決め、理工科学校に入る。ところが、そこでもペタンと親密であることが災いし、周囲からはペテン師のように見られた。反感を持つ人たちはインターン試験さえもやり玉にあげたが、一九二九年、ベルナールは二十三歳で無事試験に合格している。元帥を診察したい、その一心で。

ペタンはベルナールの父親の性格を把握しており、彼に教養があることも知っていたが、ベルナールへの影響力は自分のほうが強いとつねに自信を持っていた。一九三〇年七月十日、ベルナールがモロッコで兵役に就くとき、彼はこう言った。「気晴らしにやりたいことがいくつもあって困る、などと言ってはならない。それらを利用して、モロッコ人の生活を習得しなさい。何より、批判する前によく観察しなさい。すべてのことには理由がある。そして、判断を下すという行為は、間違った自分自身に対する行為では決してなく、自分に由来する原因に対する行為である」一九三四年、ルイ・メネトレルが主治医としての仕事をこなせなくなると、ペタンはベルナールに体調を相談するようになる。一九三六年にルイが亡くなったあとはベルナールがそのあとを継いだ。そのとき、彼は三十歳。この若く気力に満ちあふれた医者に、ペタンは移動先に同行するようにと頼んだ。ベルナールは元帥の「精神のステッキ」だった。

ペタンがマドリードでフランス大使の職を辞して、二人の関係はよりいっそう強まった。このときメネトレルは、パリに戻る準備のためにペタンを何度も訪問している。そして、ポール・レノーの新内閣に呼ばれた元帥は、パリのモンテーニュ通りに居を構えた。そこは、メネトレルの父ルイの診療所だった邸宅で、メネトレルはつねにペタンのそばで眠り、いつでも治療できるようにした。そこでの二人の一日は、「温風あるいはマッサージ、ときにはその二つ」で始まる。昼食は毎日、アンヴァリッド広場のすぐ近くにあるレストラン、ショラールでとった。ペタンは言った。[6]「状況が変わり私の財政状態がひっ迫しようとも、私は立ち向かう」移動には、公用車ではなくメネトレルの私用車がしばしば使われた。

ペタンが心の内を聞かせてくれるようになると、すぐにメネトレルは話を書き留めるようになった。[7]二人は政治についても話したが、メネトレルは真剣に政治に関する話を聞くことはなく、ペタンのほうもいつも主治医の意見を受け流した。それでも、メネトレルは彼の話で多くのことを学び、そのすべてを書き留めていった。「私は政治と政治家を憎んでいる」とペタンは繰り返しメネトレルに言った。政治家への嫌悪が込められたこの言葉を、軍人しか尊敬していない主治医にどうしても理解して欲しかったのだ。第二次世界大戦後、メネトレルはこう述べている。[8]「私は医学を熱愛しています――政治は、ひと言でいえば、嫌いです。ですから、決してかかわりませんでした。どの公認政治団体にも、どのレジスタンス運動にも属したことはありません」一九三九年、ペタンはメネトレルを軍医中尉として自分のそばに住まわせた。一九四〇年、八十四歳になった元帥に医者が必要なのはだれが見ても明らかで、ごく当然に主治医に頼るようになっていく。「きみの父親がこのあいだの戦争でやったようにきみもしたいだろうが、状況はもう同じではない。私は年を取った。きみは私のことをよくわかっているし、治療もできる。きみは私のたった一人の医者だ、信頼している。きみが義務を果たすのはもっともなことだ。しかし、義務を果たすこと自体は難しくはないが、義務がどこにあるのか見分けるのはときに難しい。きみの義務ははっきりしている。私の近くにいるべきだ。ぜひそうしてほしい」とペタンは懇願し、彼の側近たちもこれは申し出ではなく命令だ、と主治医を説得した。これは、フランスに対する義務である。メネトレルはそのときのことをこう言っている。「そのときから、私の運命はペタン元帥の運命と結びついた」[9]

それからというもの、メネトレルは朝から晩までずっとペタンにつき添った。二人のあいだには、互いへの信頼が存在していた。彼はペタンがフランスを救ってくれると信じて疑わず、ペタンは彼さえいてくれれば健康でいられ、自分の責務に立ち向かえると信じた。そしてついにペタンはメネトレルにこう打ち明ける。後輩のなかに彼こそという人物がいたら潔く政界から引退していた、そうではなかったので国への責務を引き受ける覚悟を決めた、次期政権の樹立を目指している、と。[10]

一九四〇年六月九日、ペタンはパリを去り、非占領地区のボルドーに向かう。メネトレルも同行するが、それからの毎日は政治講義のようなものだった。父親やペタンと同様、メネトレルも政治に対し嫌悪感しか持てず、目に入ってくるのは日々繰り返されるいざこざと駆け引きばかりだった。ペタンを老いぼれと見なす人もいたが、メネトレルは彼の力を疑わず、六月十六日にペタンが首相に任命されると全幅の信頼を寄せた。七月一日、ペタンがヴィシーのホテル・ドゥ・パルクを居住先にすると、メネトレルは、日中は執務室の控えの間、夜は元帥の隣の部屋で過ごすようになる。ホテルの四階、一二四号室と一二五号室がペタン、一二六号室が彼の部屋だった。メネトレルはどこにいても、部屋を隔てる壁を元帥がコンコンとたたく音が聴こえるようにしていたという。[11]

当然、食事は二人一緒だった。会食者もつねに八〜十二人おり、ホテルの食堂の奥についたてで隠すように食卓が用意された。ホテルから数キロ離れたところで暮らしていたメネトレルの子どもたちがたびたび同席すると、重苦しい会食の空気は明るくなった。メネトレルは給与として四千〜九千フランほど受け取っていたが、その給与は一九四〇〜四二年のあいだには福祉事業予算から出され、その後一九四四年七月までは国家元首関連予算から出されていた。[12]

一九四〇年の夏、「フランス共和国」に代わり「フランス国」が成立する。ヴィシー政権にとって必要なのは、権力の分立を解消して元帥のもとに集中させ、十分な支配力を手に入れることだった。つまり、この権威国家の基盤となる新しい秩序をつくるのである。国民議会は延期となり、ラヴァルが副首相に就任することになる。

七月十日の憲法的法律で通知されたとおり、フランスに命を取り戻す「国民革命」が始まる。「自由、平等、博愛」のスローガンは「労働、家族、祖国」に取って代わられ、ユダヤ人排斥法が制定される。ペタンは二つの官房を置いた。一つは軍人のカンペ将軍が指揮し、もう一つは民間人のムーラン・ド・ラバルテットが指揮し、ここが秘書官を管轄した。

シャルル・ド・ゴールは「ヴィシーの宮廷」と皮肉ったが、そこでは絶えず陰謀が企てられていた。一九四〇年十二月十七日のウーヴル紙には、「メネトレルが悪党と売春仲介人たちのあいだで居住指定令を破った」と告発する記事が載った。[13] そして、ピエール・ラヴァル（副首相、一九四二年からは首相）のほかに、悪行で有名な政権関係者や大物たちの名があげられた。マキシム・ウェイガン（国防大臣）、イヴ・ブティリエ（財務大臣）、シャルル・アンツィジェール（国防大臣）、ポール・ボードウィン（外務大臣、情報大臣）、ラファエル・アリベール（国璽尚書《こくじしょうしょ》［現在の法務大臣］）。そこには、ペタンの側近の名もあった。レオン・ボノム（秘書官でメネトレルの後継者）、エミール・ロール（参謀長）、アンリ・モアセット（幕僚長）、ルシアン・ロミエ（国民議会委員のちに国務大臣）。一九四四年からは、ドイツ人たちに思想を吹き込まれた右翼派の名があげられるようになる。フェルナン・ド・ブリノン（フランス政府委員会議長）、ジョゼフ・ダルナン（親独民兵組織である民兵団〈ミリス〉の指揮官）、フィリップ・アンリオ（民兵団の一員、のちに通信、プロパガンダを担当）、マルセル・デア（労働大臣）。

ヴィシー政権の副首相に任命されてから五か月後の一九四〇年十二月十三日、ラヴァルはその職を解任され、カグール団に捕らわれる。[14] その状況をペタンに伝え、助けてくれるよう頼んだが、ついに狸寝入りを決め込まれてしまう。ラヴァルはこの「見かけ倒しの操り人形」に激怒する。きっと主治医の入れ知恵に違いないと、メネトレルへの憎悪を募らせた。そしてラヴァルは、逃亡を図ったという理由で、夜の野原で殺されそうになった。結局、このラヴァル暗殺計画は失敗に終わったが、それはメネトレルが企てた陰謀だったといううわさが流れた。[15] 実際には、この件に彼はかかわっていない。[16]

このヴィシーで、メネトレルは元帥のフィルター役として影響力を広めた。主治医の仲介なしにはだれもペタンに面会できず、ペタンはメネトレルの仕事部屋を通ってから自分の執務室に入った。支持者のだれであろうと、主治医の判断次第で面会時間が切り上げられる可能性がある、部屋のドア越しにメネトレルが聞き耳を立てて監視している、とまでいわれていた。自分の支持者に対するメネトレルのこうしたぶしつけな行動に、ペタンも気づいていた。フェルナン・ド・ブリノンは次のように言っている。[17]「会話の内容や決定事項をメネトレル博士に知られないように、元帥がドアを閉めてしまうことがよくあった」

メネトレルのやり方にはペタンの側近たちも戸惑った。「彼は、たびたび悲しみに打ちひしがれるこの宮廷に、カルティエ・ラタンのからかい精神や陽気なエスプリを持ち込んだ」と言う人もいた。彼の友人たちは、「駆け引きの機微を知らない少々粗野な行動」や「一貫性のない軽率な態度」を大目に見ていた。なぜなら、メネトレルのペタンに対する誠実さといちずな愛国心を知っていたからである。[18]

メネトレルには野心があった。当初から元帥の秘書官の職を買って出て、首相宛の郵便物の処理をおもに引き受けていた。多いときには一日三千通にもなる手紙を受け取り、わずらわしい用件のものは退け、返事を口述した。[19] 手紙は三つに分類され、密告文書、私文書、公文書のうち、必要な手紙をメネトレルが選び出し、そのなかの一部だけを元帥に読んで聞かせる。メネトレルはペタンの目であり、ペンを持つ手でもあった。そのほかに、財務管理も引き受けていた。しかし、それでもまだ十分だとは思っていなかったようだ。メネトレルは、国民に元帥の力強さと優しさをアピールするため、日々の世話に勤しんだ。

この頃から、彼は影響力をより拡大していく。政権組織にこそ名を連ねていないが、プロパガンダに関する非公式の指令を出していたとされる。もっとも、それについて本人はこう否定している。「秘書やパリにある元帥の福祉事業事務所によるプロパガンダはない」[20] 一年後の一九四一年、プロパガンダの調整役としての働きが公式に認められ、メネトレルの側近ルイ・クルーゼットがそれを担うことになった。メネトレルにとっては大きな喜びである。クルーゼットはすぐに、ペタンにはイメージ戦略が必要だと気づいた。そして、宣伝活動の仕組みもすでに理解していたので、ペタンの肖像画を配って「救世主」としてのイメージを定着させることを思いつく。確かにペタンはハンサムだったが、この場合それは大した問題ではなかった。メネトレルは、毅然としながらも愛情深い、二十歳は若く描かれた元帥の肖像画をつくらせた。この肖像画をより美しいイメージにするために、そこに子どもたちを描くことも忘れなかった。しかし、何よりも必要だったのは、元帥の目指す社会像をアピールすることだったのである。権威、家族、祖国、信仰、大地。ペタンには、主治医と同様に、プロパガンダの才能があった。新聞は彼のことを、「フランス軍元帥」「国家元首」「元帥」など、よりふさわしい言い方で呼ぶようになった。[21]

一九四〇年九月、信念のあるペタン派のために、フランスと元帥の栄光を象徴する記章バッジをつくろうという案が出される。製作には宝石商のエーレットが指名された。そして、秩序あるフランスの統一を表現する象徴として選ばれたのが、ガリア人とその指揮官ウェルキンゲトリクスが持っていた戦闘用の斧「フランシスク」である。両刃で柄にはフランス軍元帥の星印が施されていた。一九四一年二月、最初の記章バッジが資格のある二千八百人に配られた。[22] メネトレルは主要な授与者の一人として二百七十七人に贈り、ペタン自身が直接贈ったのは二十数人だった。[23]

彼はほかにも多く元帥の仕事を担っていたが、とくに重要視していたのが戦争捕虜に関連する仕事だった。ペタンの側近ポール・ラシーヌはこんなことを覚えている。捕虜からの手紙に軍官房室から出された返事を見たラシーヌは、その文面があまりにも人間味に欠けていると思い、メネトレルに言った。「先生、軍長官が手紙の草案をどこで書いているのか知っているのですか？　捕虜たちは元帥を信頼して手紙を書いているのです」それを聞いて、彼は軍官房室に命じた。「今日からは捕虜に関する手紙はすべて私に見せてください」それ以降、彼の「送付許可」なしにはどんな手紙も出せなくなった。[24] 手紙のほかにも、あらゆるものを小包にしてメネトレルは捕虜たちに送った。元帥の肖像画が印刷されているタバコ、バッジ、小物、挿絵入りの本、切り抜き、ジグソーパズルなど。[25] また、国民革命の思想を普及させるために、「フランス友の会」や「元帥の友」のような機関が創設され、定期的に会報が発行された。これらの機関の責任者たちは全員個人的な知り合いで、そのなかにはガブリエル・ジャンテとレイモン・リシャールがいた。

ペタンのためにメネトレルは情報収集に奔走した。とにかく元帥に満足してもらえるまで、あらゆる手を尽くした。「元帥からは、ほかにかかわっている人間はいないと確信できるまで、すべての情報筋にあたってほしいと繰り返し頼まれた」と述べている。[26] 陰では、「元帥の警察」を設置したと非難された。

メネトレルは、情報を得るためならば、リシャールなどのカグール団メンバーとの接触もいとわなかった。情報を発信する際には、ラヴァルの支持者たちに妨害されないよう、複数の出どころを設け、今後の方針を記したメモや指令書の作成を指示した。そして、もう一つの彼の重要な仕事は、女好きのペタンのためにお楽しみを用意することだった。疲れを知らないドン・ファンは、長いこと独身だったこともあって、つねにご婦人方の関心の的だった。彼はうまく手回しして、正妻の目につかないように、ホテル・ドゥ・パルクへ「お嬢さん方」を招き入れた。[27] ペタンが「最後の愛の夜」を過ごしたのは一九四二年である。一夜をともにした若い女性からはその後、長い手紙が届き、そこには「激しい夜」のお礼が書かれてあった。どうやらペタンは、八十六歳になってもまだセックスに積極的で、見た目にも健康な元帥だったようである。[28] とはいえ、これが本当のことかどうかはわからない。元帥のたくましさを印象づけるためにつくり上げられた伝説かもしれない。

副首相として初めにラヴァルのあとを継いだのは、ピエール＝エティエンヌ・フランダン。一九四一年二月十日からはフランソワ・ダルラン海軍元帥が副首相となった。ダルランはメネトレルの政治介入に批判的で、なんとかその特権の及ぶ範囲を小さくしようとした。同年七月、メネトレルはダルランから、ペタンの秘書官を辞めて主治医に徹するよう迫られる。代わりの秘書官には、レオン・ボノムがなった。だが、これは戦術的後退だったとも言える。というのも、メネトレルは元帥からの愛情を変わらず保ち続けたからだ。[29] ペタンが「自分と離れてから一気に老けた」ことに、メネトレルは気づいていた。二人が距離を置いていたのはつかの間で、その年の十月になるとすぐに、彼はペタンの仕事をいくつか非公式に引き受けるようになった。主治医の支えなしではこなせない、と元帥が判断した仕事はすべて彼のもとに回ってきた。

一九三〇年代、医師団体は確固たる反ユダヤ主義を表明するようになる。医療業界で、東（とくにルーマニアやドイツ）からやって来たユダヤ人の数があまりにも増えすぎたという理由からだ。メネトレルも、うわさでは、ユダヤ人患者を拒否したと言われている。こうした非難を受けるのも、もとはといえば父親の態度が原因で、メネトレルは父の反ユダヤ主義に影響されていただけとも言える。しかし実際に、ユダヤ人議員ともめ事を起こしたこともあった。[30] 彼は「よいユダヤ人」と「悪いユダヤ人」がいると考えていたという。インターン時代の同僚に宛てた一九四〇年八月二十二日付の手紙では、次のように記している。[31]「こんなことを言ってもなんの教えにもならないと思うが、いまの反ユダヤ主義の動きは、ますます明確で巨大なものになってきている。その原因は、やつらが暴力的だからというより、やつらに見識や分別がないからなのだ。〔……〕それでも、一つ思うことがある。あまりに大勢の悪いユダヤ人が、フランス人の公的生活において、あまりに多くの重要なポストを無分別に占領している。彼らは、かつてわれわれを大惨事に追いやった連中のなかにいた。もちろん、悪いのはそのユダヤ人たちだけではない。それどころかほかにもたくさんいる。しかし、民衆の怒りは真っ先にこの悪いユダヤ人たちに向けられる」[31]インターン時代の別の友人アンドレ・メイエから、ドランシーのユダヤ人仮収容所に移送された両親のためにドイツ軍の関係者に掛け合ってほしいと頼まれたときも、断ったどころか、気にもかけなかったという。[32]

一部の証言によると、メネトレルはユダヤ人に対して憎しみしか感じていなかったという。その証拠に、元帥に届いた手紙の余白にこんな書き込みをしている。「法の網をくぐろうとする典型的なユダヤ人の手紙」「この人間のくずどもがわれわれの美しいフランスから出ていって、みな殺しにされたら、どんなにせいせいすることか！」ペタンとのあいだでは、ユダヤ人についてはかなり辛辣なことを口にしていたようだ。[33]ペタン夫人は、ある人からイスラエル人の友人のために軍の関係者に働きかけてほしいと頼まれたとき、メネトレルについて次のように言っている。[34]「私はベルナールの知らないところでは動けないのです。でも、目の前でユダヤ人の話をすると、ベルナールは顔を赤くして怒ります。それに話を聞くと、ユダヤ人と同じくらいドイツ人も嫌いなようです」ペタン夫人は主治医をまったく評価していなかった。彼の両親がペタン夫妻の結婚に反対したことも関係しているだろう。たいていの場合、患者の家族と主治医はしっくりいかないものである。元帥の相談役を数年間務めたルネ・ジルアン――極右だが反ユダヤ主義政策には反対――によると、メネトレルの反ユダヤ主義は際立っていたという。[35] 歴史家のベネディクト・ヴェルジェ＝シェニョンは、彼のユダヤ人に対する冷淡さをもっと取り上げるべきだと述べている。ユダヤ人強制収容所の悲劇を、フランスを見舞った不幸な出来事のなかの一つの挿話としか考えていなかったのだ。[36]

ペタン同様、メネトレルは矛盾など気にする男ではなかった。つまり、メネトレルもドイツ人が嫌いだった。ドイツ人たちも彼を敵だとみなし、医者はペタンに悪影響を与え、主治医という立場を隠れみのにして政治的活動をしていると考えていた。ユダヤ人とフリーメーソンを目の敵にしているのに、自分たちとも信頼関係を築こうとしないこの男に、当惑もしていた。

それゆえ、ドイツ人たちはメネトレルをいつも近くで監視し、必要となれば元帥から引き離すこともあった。彼のことを、レジスタンスの上層部の一人なのではないか、と疑っている者もいた。ドイツ帝国外務大臣のヨアヒム・フォン・リッベントロップは、一九四三年十一月二十九日にペタン元帥宛に脅迫状を送りつけ、主治医が「対独協力に反対する言葉」を口にしていると伝えた。一方メネトレルは、駐仏ドイツ大使オットー・アベッツ宛の手紙に、リッベントロップは「レジスタンス運動の隠れた指導者」だと書き反撃している。[37] 一九四三年十二月、ドイツ公使は、メネトレルのドイツ嫌いが元帥に影響していると判断し、彼を秘書職から外すようペタンに命じた。[38]

主治医としてのメネトレルの役目は、ペタンの健康状態によってさまざまだった。彼の影響は多かれ少なかれ大きく、過大評価されることもあれば、過小評価されることもあった。

ペタンは体が丈夫でつねに健康だった。ただし、唯一呼吸器官が弱く、一八九一年には腸チフスにかかり、一九一四年の落馬でひざを負傷している。ヴィシーでは、風邪を数回ひいただけだったが、元帥の老いは容赦なく確実に進んでいた。ただの老いぼれじいさんと見る人もいれば、とてつもなく元気な男性と見る人もいた。

「元気であっても、元帥には診察が必要だ」メネトレルは何度も繰り返しそう言ったが、それはペタンの衰えを表しているということに、自分でも当然わかっていた。一九四〇年に外務大臣ポール・ボードウィンが書き留めたメモによると、あれほど頭脳明晰だった元帥が、夜になると記憶力や意欲が低下していたらしい。この頃からペタンは、仕事をするのは一日に三時間までと決め、仕事量を減らしている。政治家としては驚きの短さだが、彼の能力を持ってしてみれば、その地位にとどまっていることは難しくなかった。たとえ周囲から年老いたと見られても、本人はまだまだ元気だと思っていたという。

ペタンのこの永遠の若さは、主治医の献身的な世話によるものだと言われていた。前任者の父と同じように、メネトレルは元帥を「元気づける」ために、マッサージ、酸素または活性炭の注入、自身で開発した機械による温風吸入などさまざまなことを行った。また、昔ながらの瀉血法にも頼った。

これは絶対に口外されなかったことだが、ペタンの頭の働きがよくなったり悪くなったりするのは薬物のせいではないかというわさがあった。彼の伝記のなかには、アンフェタミン（ベンゼドリンあるいはエフェドリン）でエネルギー補給をしていたに違いないと記述しているものもある。[39]確かなのは、処方箋がまったく残っておらず、たとえ風邪薬でさえ、薬が使われた形跡がまったくないということである。

一九四〇年、パリでこんなことがささやかれ始めた――ペタンは耄碌《もうろく》している、第一次世界大戦の話ばかり繰り返し、まったく仕事にならない。「元帥はお飾りなのだ」ラヴァルは声を大にして言った。ド・ゴールにしてみれば、彼は「何年も前に死んだ」敗北主義者だったが、[40]それはリーフ戦争［スペインとリーフ族の間で起こった一九二〇～二六年の第三次リーフ戦争のこと。ペタン将軍率いるフランス軍も参戦した］のことを言っていたのだろうか。ペタンの衰えがとくに目立ち始めたのは、一九四二年以降である。リヨンで病院を訪問した際、彼は市長の腕を取ると涙ながらに言った。「ここはどこですか？　私はここでなにをしているんでしょう？」[41]ユセルやテュールでも、ぼんやりとして、明らかに音が聞こえにくくなっている様子も見られた。ペタンはたびたび年齢を口実にしたが、逆に年齢を気にとめないこともあった。連合軍のあいだでは、ペタンは休戦中の老いぼれと見なされていた。チャーチルはルーズベルトに、次のように言っている。「第一次世界大戦中、一九一八年の四月と七月、元帥率いるフランスはイギリスにとって大した援軍とはならなかった。そして私がいま危惧するのは、年老いたペタン元帥がフランスのために、自分の名と威光を平和条約に貸すよう仕向けられたのではないかということだ」そして、チャーチルはこう結論づけた。「明らかにこの情勢においてペタン元帥は危険だ[42]」ヴィシーでアメリカ駐仏大使を務めたウィリアム・リーヒ提督は、ペタンを優柔不断な男とみなして「くらげ」と呼んだ。「最後に話した人が正しい」ペタンに関する話題でよく耳にする言い回しである。「どの風にもなびく風見鶏」とラヴァルは言った。決意を見せてくれるだろうという予想に反し、いつもペタンは別の道を選んだ。そして、一部の人はそれを主治医の仕業にしていた。メネトレルはヴィシーで、「灰色の猊下」「伝令官」「悪霊」「王さまつきの道化師」などと呼ばれるようになった。メネトレルの意見はペタンの意見だった。ヴィシー体制が敷かれ、ペタンがそのなかで孤立していくにつれ、メネトレルの影響力は増した。「権力や駆け引きが好きで、あらゆることに口を出す男[43]」だれが見ても、メネトレルは元帥のお気に入りで、優柔不断な元帥への影響力は絶大だった。

一九四〇年から四四年のヴィシー体制下で、メネトレルが権力を持てたのは、元帥のことを健康で決して老いぼれたりしないと言い張っていた人たちよりも、すっかり耄碌したとみなしていた人たちのおかげだともいえる。だが結局、その他の人たちに対しても、メネトレルの影響力は年ごとに強くなっていく。元帥の健康状態と同じように、主治医の役割も当事者、国、時期によってさまざまだった。ある人たちにとってメネトレルは、元帥がコートを着るのを手伝う、影響力など行使しないただのお医者さんで、別の人たちにとっては、ペタンの手足であり、有力な政治のアドバイザーだった。

ペタンの心の健康を確信していた人たちは、その消極的で用心深い面が、第一次世界大戦中からいつも彼に老けている印象を与えてきたと主張している。しかし、それは性格的特徴の一つでしかない。ペタンは、現在の戦術には反するが防衛作戦を支持しない積極的な一面もあった一方で、この老けた印象と生まれつきの芝居のセンスを巧みに活かし、強さと、平静さと、平和主義をアピールしてきた。なにかあれば年のせいにして、居眠りをしたり、訪問者や聴衆の前で退屈そうなふりをしたりしたが、難聴を理由に質問をうまくかわしたかと思えば、上品さと鮮やかな青色の突き刺すような視線で人びとを魅了した。同一人物についてこれほどさまざまな言い表し方ができるとは、驚きである。

ドイツ人たちも八十七歳の元帥を見て驚いていた。つねに背筋を伸ばしてすっと立ち、軽快で、健康で、たくましい。一九四三年の各時期にペタンとドイツ人たちの会話を伝えた人たちは、ペタンの言葉には旺盛な好奇心や細部へのこだわりが感じられたと証言している。フォーゲル将軍とヴェンク将軍は一九四一年に、ペタンの若々しさと力強さについて語っている。一九四三年にド・ゴールが「老いて遭難した船のようだ」と述べたのに対して、ペタンと面会したドイツ人たちはみな、はつらつとして元気なフランス人という印象を受けていたようだ。

メネトレルも、ペタンがその年齢としてはまれに見る健康体だと認めていた。難聴の症状は見られたが、本人はそれを認めなかったので、ぼけている言い訳にも決して使わなかった。それでもメネトレルは、ペタンにより多くの休息と日々のケアが必要だと念を押した。[44] そして、なるべく肉体面の心配をさせないように努めた。確かに体力は落ちていたかもしれないが、知能にはまったく問題なかった。

メネトレルは、一九四〇年十二月にラヴァルが政府から追放された件への関与を疑われていたが、一九四二年四月にラヴァルが首相として復帰した際にもかかわりを持っていたと取りざたされている。その裏には、メネトレルを対独協力の唯一の引受人と考えていたドイツ人たちによる情報操作があったとされる。

一九四二年六月二日、ラヴァルは政権復帰の演説のなかで言った。「ドイツの勝利を祈ります」メネトレルは、この発言が元帥に影響を及ぼすに違いないと確信していた。ゆえに、ペタンとラヴァルがランダンの森で会えるよう手はずを整えた。しかし、メネトレル本人はのちの尋問でそれを否定しており、とにかくすべて元帥の命令でやったことだと主張している。[45] 一方ペタンは、主治医の仲介を覚えていないと言っている。[46]

数か月後、戦争が新たな局面を迎え、連合軍が北アフリカに上陸、海軍元帥ダルランはアメリカとの停戦協定に署名した。ドイツは反撃に出てこれを消滅させ、一九四二年十一月十一日、フランス南部に侵攻した。メネトレルはアルジェリアの首都アルジェでダルランと会うようペタンを説得したが、元帥はフランスを離れることを拒んだ。だが、その理由は話す相手によって異なった。ラヴァルはこう言っている。「元帥は高齢で衰弱していた。もう事態を十分に理解できていなかった」一九四二年十一月十五日、ペタンは法律とデクレ（政令）に関してのみ、署名権をラヴァルに委任した。

途方に暮れたペタンは、ヴィシーのスイス大使ヴァルター・シュトゥッキに相談する。[47]「私はもう瀕死の人間でしかない……」八十六歳の心と体は、強力な圧力にたちまち打ちのめされていた。[48]しかしそれでもなお、彼の側近の分析——本人からも裏づけをとったという——では、ペタンになんらかの肉体的衰弱があったとは認めていない。十一月十七日、疲れ切って意気消沈したペタンは、数日自分を休ませるよう診断書を出せと主治医に命じた。そしてついに、メネトレルが医者の権限を使って弱みにつけ込もうとしていると思うようになり、面会時間を短くした。

一九四四年夏、ヴィシー体制はドイツの敗北とともに崩壊する。八月十九日、要塞と化したホテル・ドゥ・パルクはいっとき沸き返った。出発が迫り、メネトレルは妻に最後の忠告として、その手に青酸カリのカプセルを忍び込ませた。「先のことはまったくわからないが、おそらくこれが必要になる」[49]

八月二十日、朝六時、ドイツ軍の命によりペタンはヴィシーを去り、その後はベルフォール［フランス東部、スイス国境沿いの都市］を経て、ドイツのバーデン＝ヴュルテンベルクへ移されることになる。ベルフォールに着いたときには、むせ返るような暑さのせいでくたびれ果てていた。メネトレルはなんとかドイツ軍に掛け合って、彼を街から一五キロのところにあるモルヴィラール城へ移した。そこには小さな村があり、静かに散歩することができる、とペタンは喜んだ。

フランスでは、元帥が逃走したといううわさが流れた。ドイツに移された最初の夜、フライブルク・イム・ブライスガウにいたペタンは、ドイツのラジオ放送から流れてきた「元帥が隠れ家を要求した」という言葉を耳にする。自分は自らフランスを離れたのではなく強制されたのだ、ペタンはそう世間に知らしめたかった。しかし無情にも、新聞は次のような見出しを載せた。「重要裁判前の啓示：ペタン、レジスタンスに屈したか」また、主治医も引き合いに出され、元帥の側近のうちドイツ軍から逃げるよう助言しなかった唯一の人物だ、と書かれた。だが、メネトレルは実際にはペタンにこう言っていたのだ。「マキザール（対独レジスタンス運動員）たちが元帥を殺しにやって来ます！……」[50]。ペタンはこの忠告を聞き入れたが、ヒトラー総統に対しては抗議した。「八月十九日、私はいかなる状況でもフランスの地に残れると保証されていた。その正式な契約に反し、私はいま、捕虜となってドイツに連れてこられた」

二週間ほどかけて移動したすえに、一九四四年九月八日、二人は最終目的地に到着した。ドナウ川流域のジクマリンゲンにあるホーエンツォレルン公の城である。ペタンはここに一九四五年四月まで居住することになるが、メネトレルはその少し前にここを立ち去っている。あとに続いたのは、ピエール・ラヴァル、フェルナン・ド・ブリノン、ジョゼフ・ダルナン、アベル・ボナール、マルセル・デア、ウジェーヌ・ブリドゥー、ジャン・リュシェール……、そして連合軍やレジスタンスと険悪な関係にあった一般市民、そのなかの一人にルイ＝フェルディナン・セリーヌがいた。

ドイツに連れてこられた元帥は、まるで囚人のように城の最上階の下の階にこもった。くしくも、城主のホーエンツォレルン公も城の明け渡しを目的にとらわれていたという。ペタンはすることもなく、いまにも死にそうな様子で、毎日同じ日課をひたすら繰り返す日々を送った。車で城を離れ、トゥットリンゲンあるいはメスキルヒの街を数キロ行ったところで、散歩をする。メネトレルを連れていくこともあったが、一人のときもよくあったという。[51] ナチスの秘密国家警察、ゲシュタポがついてきたこともあった。ラヴァル派とペタン派の連絡係は、いまやメネトレルが務めるようになっていた。

城には「能動的大臣」と「受動的大臣」の二つのグループがあった。「能動的大臣」たちは、ドイツ軍の立て直しは可能だと考え、全面的に手を組むことを望んでいた。そのうちの一人がフェルナン・ド・ブリノンで、ドイツが設置した「フランス政府委員会」の議長に就いていた人物だ。「受動的大臣」たちのほうは、もう政治活動から外されたと認識していた。ペタンとラヴァルもそちら側で、元帥にはつねに主治医がついていた。ところが、ブリノンが躊躇なくペタンの名前を持ち出しては遠巻きに干渉してくるので、メネトレルは激怒した。ペタンがいくら交渉をきっぱり断っても、ブリノンは自分の正当性をアピールするプロパガンダに無断で彼を利用した。もしメネトレルがいなかったら、ペタンは、ドイツのために働く共同生活者たち――ブリノン＝デア委員会――にもっといいように使われていたかもしれない。

メネトレルは財務と配給券の管理も担っていたので、元帥のために奔走し、毛布、下着、食糧、そのほか生活に必要な物を見つけてきては、世話していたという。ベルリンで戦争捕虜のために活動していたジョルジュ・スカピーニや、その友人でスイスに戻っていた元大使のヴァルター・シュトゥッキのおかげで、欲しいものは手に入った。しかしメネトレルは、そうしてもらってきた必需品を城の共同生活者たちと分け合うことはなかった。そんななか、十月一日、ブリノンが自分の政治活動に元帥を参加させると発言する。これに対し元帥がなんの否定もしないので、メネトレルは心配になった。ペタンは意見が変わりやすいことで知られていたが、極右派のなすがまま、自ら進んでドイツに滞在しているように思われてもよいというのだろうか。彼は抗議した。ペタンは四人も同然であり、ブリノンの庇護者向けにつくられたこの悪しきプロパガンダが広がらないことを望んでいるはずだと。このときばかりはメネトレルも、元帥の高齢と健康を前面に出して主張せざるを得なかった。

一九四四年十月二十八日、メネトレルは、ジクマリンゲンに派遣されたドイツ人外交官宛に次のような手紙を書いた。[52]「私はつねに元帥閣下の健康に責任を持ってきました。ところがそれに加え、ベルフォールでボリランド氏が教えてくれたのですが、フォン・リッベントロップ大臣によると、私は『自分の首』にも責任があるようです。この警告を考慮し、元帥の健康について私が不安に思っていることをお知らせしておかなければなりません……。元帥は何人かの重要人物との関連でジクマリンゲンに滞在していますが、その状況のせいで不安に陥っています。心配事が頭から離れず、神経質になっていらいらしたり、動揺したり、そのせいで不眠にも陥っています。これでは健康を大きく損ねることもあり得ます。医者ならだれもがこう言うと思いますが、何歳であろうと、ましてや元帥の年齢にもなれば、心の問題が体に深刻な影響を与えるのは確かです。ですから今後は、深刻に考えすぎないようにするしかありません。なぜなら、私の役目はもう薬を与えることではないからです。こうした理由から、元帥閣下が命の危険さえ懸念される状況にあるということを、あなたにお知らせしたいと思った次第です」

だがともかく、ペタンは防衛策の準備を進めていた。論拠を文書に起こし、裏づけとなる資料をまとめるよう、主治医に指示した。また、遺言書を作成した一九四三年三月二十一日以降、遺言執行人役を引き受けていた主治医に、彼の遺言書を管理し、万が一必要になった場合には破棄するよう命じた。こうして、ドイツに到着して一か月後には、すでに裁判を視野に入れ、抗弁用の資料を用意し始めていたのである。一九四五年四月二十七日、フランスに戻りすでに逮捕されていたペタンは、モンルージュに到着する。差し押さえられた彼の資料には、おもに二つの事柄が記載されていた。一九四〇年六月の独仏休戦協定の条件と、一九四二年十一月の北アフリカの情勢についてである。

モルヴィラール城では、元帥は実質的に、他の「亡命者」とはいっさい連絡を取らないようにしていた。ますます孤立し、そのうえ、彼の協力者たちは逮捕され、強制収容所に送られていた。ペタンに忠実で最後まで献身的だったメネトレルも、連合軍との仲を疑われ、一九四四年十一月二十二日、「ベルリンの上層部の命令」により、ブリノンに扇動された群衆のなかで逮捕される。実は、一九四四年十月四日、ブリノンは元帥宛に次のような手紙を送っていた。[53]「メネトレル博士はもういかなる政治活動もしないとはっきり約束したのに、いまさらそれを知らなかったふりなどできるでしょうか。彼は、約束したにもかかわらず、文書を作成して配布しました。それは、この四年間のあなたの活動を、強制されたものだという理由で非難する文書です。しかし実際は、あなたは反体制派が気に入るように努めたのに、彼らがそれに無礼にも軽蔑をもって応えたのです」

メネトレルの逮捕を知ったとき、ペタンは言いようのない怒りにとらわれた。[54]ペタンにとって唯一信用できる存在であり、日々の生活に欠かせない人間だった。彼がいなければペタンはなにもできない。政治的影響力を彼からどれほど受けていたかはわからないが、少なくとも個人的に、依存していると言っていいほどに影響を受けていたのは確かだからである。他者からの孤立が深まるとともに、ペタンのメネトレルへの感情的な依存は強くなる一方だった。一九四五年四月二十日の非公式文書には次のようなことが記されている。「彼の存在は私にとって肉体的な安心であると同時に、精神的な慰めでもあった。いまのようなつらい状況では、彼の不在がなおのことこたえる」初めてメネトレルと引き離されたときは力づくで彼を呼び戻し、ペタンは彼を主治医として枕元につき添わせることができたが、今回はなにもできず、一週間に一時間の面会すらかなわなかった。[55] 一方ブリノンにとって、いまや心身の支えを失った元帥はより思いどおりにできる相手だった。しかし、ブリノンの元帥に対する見解は甘かったとされる。ペタンは以前、「ブリノンは協力者なしでも、難なくあっという間に事を済ませる。なんの言葉も躊躇もなく、協力者を解雇する人間だ」と証言していた。ペタンがどれほど怒りを表してもドイツ人への仲裁はうまくいかず、彼はあきらめて現実を受け入れるしかなかった。そして、ドイツ人医師の治療を受けるなら死んだほうがよいとさえ口にした。この「フランス最後の君主[56]」はその後、フランス人医師ルイ゠フェルディナン・セリーヌの治療だけ受けた。彼もまた城にやって来た亡命者である。ペタンはセリーヌに言った。「死んだほうがましだ、いますぐに！[57]」

逮捕後の一九四五年一月八日、メネトレルは最後の弁明を、ドイツの外交官で元帥を監視していたセシル・フォン・レンテ゠フィンクに送った。[58]「[……] 大臣閣下、あなたに申し上げておかなくてはなりません。現在の状況を続ければ、遅かれ早かれきっと、元帥閣下の健康に深刻な影響が出るに違いありません。私は元帥からご信頼いただきましたので、医者の守秘義務に従い、その健康状態についての発言はいっさいできません。ですから、詳細には触れませんが、医学上あるいはその他のやむを得ない理由から、元帥にとって私は必要な存在でした。その理由は昔も今も政治においては完全に異質なものですが、医者にとってはあり得ることなのです」

メネトレルは城から十数キロ離れたところに幽閉され、三日も続く尋問を二回受けた。そして数か月が過ぎた一九四五年三月、ボヘミアの収容所に移送される。そこにはヴィシー派の友人ガブリエル・ジャンテもいた。五月七日、ナチスの親衛隊によって解放されたメネトレルはいったんアメリカの戦列に加わり、その後、バンベルク収容所を経て、リンダウでナチスの親衛隊とともに地下室に放り込まれ、それから軍事刑務所に投獄される。さらにその後、フランスにブリノンと一緒に送還されるが、五月二十二日、フレンヌ刑務所に拘置された。そして、対独協力者の粛清が始まる。帰国するとすぐに、メネトレルは厳しく糾弾され、悪いうわさもあとを絶たなかった。一週間後、ル・モンド紙は、この策謀家はファシスト団体「フランス友の会」[59]の機密費横領を企てた張本人であると記した。

一方のペタンは、一九四五年四月二十四日にスイスに到着、公判に向けての予審に出席するため、二十六日、パリに帰り着く。メネトレルが裁判のために準備していた文書は押収され、高等法院で手続が行われた。その高等法院で、元帥は敵と内通したとして国家反逆罪を問われることになる。しばらくのあいだ、有名弁護士モロ＝ジアフェリに弁護を打診していたが、ペタンのほうが、かの殺人鬼ランドリュと同じ弁護士は嫌だと言って断った。最終的に、弁護士会会長フェルナン・パヤンのもと弁護団が結成され、ジャック・イゾルニとジャン・ルメールが加わった。ペタンは若い弁護士たちに囲まれてご機嫌だったが、とくに才能輝くイゾルニのことが好きだった。裁判では、このイゾルニがメネトレルの代わりを務めていくことになる。元帥への献身を伝えるために、イゾルニはペタンの一九四〇年の発言を持ち出した。「この身を捧げます」他の人と同じように、弁護士たちも元帥の体にみなぎる意外な力強さに驚いた。しかし同時に、元帥には記憶力の衰えや思考の混乱も見られ、言葉もすぐに出てこず、まるで「野菜を盗んで起訴された年老いた庭師」のようだった。このペタンを弁護する唯一の方法として、パヤンは、高等法院に「耄碌《もうろく》」による軽減情状を願い出ようと考えた。[60] しかし、イゾルニは、メネトレルと同様、元帥は心身ともに健康だと主張し、耄碌を弁解に使う作戦は元帥にふさわしくないと反対した。

メネトレルの裁判は、被告人が一般市民ということで、セーヌ裁判所［対独協力者の軽犯罪を裁くため解放後に設置された民事裁判所］に委ねられた。問われたのは、敵に内通した罪とその事実を補う告発文について、また、「元帥の友人たち」との活動が内乱罪にあたるということだった。とくに、元帥の政治的相談役としての役割と、ラヴァルの政権復帰への影響力が非難の対象になっていた。ピエール・マルシャ判事による予審が行われ、そのなかで、警察調書にあるペタンへの明白な個人的影響が取り上げられた。判事が喚問した証人の一人が、一九四四年八月三十日のル・パリジャン・リベレ紙に掲載された記事「ヴィシーの謎」の筆者、アンドレ・ボアロルジョン・ドリヴィエだった。「主治医が患者をいつも注意深く世話することで生まれた、取るに足らない仲よし関係、そうみなしてしまったらなにも理解できない。医者は高齢の元帥につねに寄り添い、元帥は医者の若さと聡明さと心理を見抜く洞察力に影響を受けた。そして何より、この医者は自分のやるべきことがよくわかっており、相手を説得する力に優れ、自分をアピールするすべも知っていた」この記者の主張によると、[61]メネトレルは策謀家で、対独協力政策にかかわる政治家に資金援助をしていたという。また、元帥に対して「多大な影響」を持っており、元帥を完全に支配し、モントアール［一九四〇年十月、ペタンはここでヒトラーと面会した］までお連れしたと自慢していたらしい。

一九四五年七月六日、判事は対独協力の主要人物の一人、ジョゼフ・ダルナンを尋問した。ダルナンは、被告人は国内政策については保守主義者、外交政策については日和見主義者だと断言し、一九四〇年以降ずっと政治において重要な役を担ってきたと証言した。[62]関係資料としては、軍艦フェアの艦長から軍官房長に送られた一九四二年九月一日付けの手紙が提示された。そのなかで艦長は、政治問題にメネトレルが介入することに激しく抗議している。「耳をふさがれてしまわないうちに、どうしても申し上げておかなければなりません。数か月前から貴殿が行っている元帥とフランスに対するおぞましい悪事についてです。［……］貴殿は完全に官房長の職から離れ、たった一人でフランスの政治を指揮しようとしました……。評価も下がり、政治の中心からも離れ、それでもドイツに向き合う元帥のそばに自分一人きりでいたいと思ったのはなぜですか[63]」

メネトレルは起訴の内容、敵方へ内通した罪と内乱罪の二つについて反論したが、自分の潔白を証明できるのはペタン一人であることに改めて気づかされた。そこで、首相の行動や政策に決定的な影響を与えることはできなかったと証明するために、元帥の年齢と自分の年齢（メネトレルはまだ三十六歳）を強調した。そして、自分は裏の相談役などではまったくなく、元帥からは単に大きな子どもと思われていたと証言している。ル・モンド紙の伝えたところでは、いつもこう言われていたとメネトレルは証言したという。「黙りなさい、きみは子どもなのだから！」[64]

ペタンの身辺警護の責任者、グルサール大佐は次のように述べている。「私の考えですが、ペタン元帥は相手によって意見をころころ変えますから、そのような人を相手に、自分は影響を与えていたと言い切れる人は一人もいません。メネトレルも、ときには元帥に対する自分の影響力を確信できたかもしれませんが、長くは続かなかったと思います」最後に、ヴァルター・シュトゥッキが証言した。それによると、メネトレルは「ラヴァルのような極右＝対独協力者を憎んで対立ばかりしていた」、ゆえに、ラヴァルの政権復帰を後押しすることなどあり得ないということだった。

メネトレルはまた、自分のドイツ嫌いとレジスタンス気質を強調し続けた。そして、一九四一年にドイツ人たちが、自分の追放とそのうえ処刑まで企てていたと主張した。[65]駐仏ドイツ大使のアベッツは繰り返し言った。「彼はずっと前に銃殺されるべきだった。われわれは彼を逮捕し、殺しておかなければならなかった」

担当の弁護士アルベール・ノーがラヴァルの弁護も引き受けたとき、メネトレルは、この弁護士にそんな時間があるのかと不安になった。実際、ノーは効率よく時間をもっとつくりたいと思っていたが、彼にしてみれば、もっと身を入れて自分の弁護にあたってほしかったという。そしてそのころ、妻から、次女が事故で亡くなったことを告げられる。動揺して頭が混乱するなか、メネトレルは自ら裁判官に手紙を書き、自分の置かれていた状況をはっきりさせ、レジスタンス気質の持ち主であることを改めて強調した。その証拠として、抵抗運動で立てた手柄を証明する資料も一緒に送っている。実際に、彼は通行許可証をつくって、元帥とドイツ当局の接触を完全に避けるようにしていたのだ。ジクマリンゲンでも「国益保護のためのフランス政府委員会」と同じことをしていたのである。

一九四五年六月八日、ペタンは自身の予審での尋問において、メネトレルを救済するべく、その主張が正しいことを証言した。「メネトレル博士は私に対していかなる政治的役割も担っていなかった。しかしながら、周りの人間がメネトレルの役割を勝手に推測し、彼らの下品な言い方を借りれば、メネトレルにおべっかを使ったのだ」また、自分の主治医がドイツを嫌っていたこと、レジスタンスが組織されるとすぐに連絡を取るよう彼から指示されたことも証言した。さらに、こう弁解した[66]。「私はメネトレルに少しずつ事を進めるよう命じた……。だが、望んだ結果が得られず、私は彼を叱責した。レジスタンスと連絡が取れず、非常に困惑していたのだ」

一九四五年七月二十三日、パリ司法宮（パレ・ド・ジュスティス）にある高等法院でペタンの裁判が開かれた。イゾルニは、元帥がドイツの手に落ちた老いぼれではないことを証明してみせるつもりでいた。しかし、ペタンのほうは、政府が要求するいくつかの刑の執行を遅らせるために年齢を利用し、裁判に疲れるとしばしばイゾルニを呼び止め、こう尋ねた。「私はいまも首相なのか？」[67]また、尋問のあと、あからさまにののしられることもあったという。「私はうまくやっていたのか？」ペタンは法廷で発言するとき以外は、静かにしていてうとうとすることもしばしば見られた。みなの目に映るその姿は、どう見ても時局に置き去りにされた老人であり、記憶を失くし責任を他人に押しつけているようでもあった。

一方のメネトレルは、元帥に対する世間の激しい糾弾に動揺し、距離を置くようになった。支援委員会の会議にも二回しか出席せず、ペタンの裁判の証人にもならなかった。[68]彼は、自分の身を守るために、元帥から離れていたかったのだろうか。それとも、ペタンとイゾルニのどちらかが、証人席に呼ぶべきでないとメネトレルの出廷を拒否したのだろうか。しかし、どちらにせよいったいなぜなのか？　元帥を守るため、あるいは、イゾルニはメネトレルの証言が弁護に悪く影響するかもしれないと踏んでいたからなのか。のちにメネトレルは、このときなにも証言しなかったことを悔やんでいると述べた。

一九四六年一月十五日、メネトレルは健康上の理由から仮釈放の決定を手にした。重篤な扁桃周囲膿瘍《のうよう》にかかり痛みが首にまで広がり、また、インフルエンザの合併症で左耳が炎症を起こして顔の一部が麻痺していた。病状は深刻であると判断された。数か月後、メネトレルに免訴の決定が下るが、今度は対独協力罪で再び公民法廷に送られた。ドイツ嫌いということは予審判事にわかってもらえたが、「この都合のよい影響」が精神的な面だけではなく政権へも及んでいた、という疑いは消せなかったのだ。国家はそれを重大な悪習として罰したのである。[69]

彼は言った。[70]「私は元帥のためにすべてを犠牲にした。家族、医者の地位、利益、そして自由。それが医者としての義務だと思っていたし、私の立場では精神的にも物質的にも利益は少しもなかったが、元帥からの愛情は感じていた。この身をすべて捧げたことで、ドイツびいきが著しいなか、とがめられるべき行為に一度も手を染めずに済んだのだ」

一九四七年三月三十日、メネトレルは一晩じゅう運転し、南仏ヴォクリューズ県のマルモールで家族を降ろすと、朝七時三十分、パリへの道を引き返した。そして、彼を乗せた車はエクス＝アン＝プロヴァンス付近で木に衝突する。即死だった。メネトレルはなぜ、それほど急いでパリに引き返したのだろうか。「フランス友の会」の訴訟のためだろうか。数年後、妻アリーヌは、ペタン元帥の記憶を守る会の会長に就任した。息子は、父親がレジスタンスだったと信じている。

ペタン元帥は十四対十三で死刑宣告を受けたが、年齢を考慮して恩赦が与えられ、ポルタレ要塞に投獄されたのち、ユー島に送られた。そして、メネトレルの死から四年後の一九五一年、九十五歳で亡くなる。晩年、完全に監禁されている環境のなかでも、いつか解放されるという希望を失わなかったという。しかしユー島での一日は長く、読み書きはできていたが、退屈な余生を過ごした。

ペタンとメネトレルは愛情でのつながりを超え、医者と患者の歪んだ関係に陥った。そこに垣間見えたのは、弱さであり、無謀さであり、ご都合主義であった。患者の政治的悪癖のせいでこれほど非難された医者は、どこにもいないだろう。ペタンの人格や年齢のせいなのか、それとも、医者としての資質以上に過大評価をされたことでメネトレルに隙があったせいなのだろうか。ペタンの大ファンだったフランシスコ・フランコとその主治医ビセンテ・ヒルの関係もまた、感情と献身的な治療が混ざり合う医者と患者の関係に、新たな見方をもたらしてくれるだろう。

フランシスコ・フランコ・バアモンデとビセンテ・ヒル

わが「祖国」に仕えること——それが私の人生のすべて、ほかに望みはない。

ビセンテ・ヒル・ガルシア[1]

フランコを一番愛していたのはだれかと訊かれたら、それはビセンテ・ヒルだと答える。

フランコの孫、フランシスコ・F・マルティネス＝ボルディウ[2]

マドリードから百七十キロ、カスティーリャ・イ・レオン州アヴィラ県のグレドス山脈。大の狩猟好きであるフランシスコ・フランコ・バアモンデ将軍は、ここでよくイベリアアイベックス、別名グレドス〔山岳地帯にすむ野生ヤギの一種〕を射止めた。この氷河期につくられたカール（圏谷）にはいくつもの峰々がそびえ立ち、最高峰のアルマンソルは標高約二千六百メートルに達する。世界屈指の美しい山並みの一つであり、フランコの愛するスペインアイベックスの代表種を見ることができた。神話にも登場する濃灰色の毛並みをしたその姿は、たくましい山の男「マッチョ・モンテス」とも呼ばれていた。

日曜の朝、銃を手にした六人の男を乗せて、一台の黒いビュイックのオープンカーが山腹に止まった。そのあとから、リムジンと、別の護衛六人を乗せたセダンもやって来た。

護衛たちが持ち場に就くと、リムジンのドアが開き、笑顔のフランコがしゃれた身なりで現れた。フエルト帽をかぶり、ムートンの袖なしジャケットの下に、ツイードのベージュのスーツに明るい色のシャツ。そして皮の手袋をはめると、おつきの者がさし出した二連銃を手に取った。獲物をしとめる準備はすっかり整った。そのそばには、フランコに影のようにつき従う男がいた。その男は好きでもない狩猟に辛抱して一緒にやって来た。ビセンテ・ヒル――フランコが愛情を込めて「ビセントン」と呼ぶ、彼の主治医である。肩からライカを下げたフランコは双眼鏡を手に取ると、グレドス山脈の支脈の一つに登っていき、辺りを見渡した。竪琴の形をしたアイベックスの角がどこかに見えないか探しているのだ。するとついに、岩と岩のあいだから角が飛び出した。フランコは喜びいさんで銃を撃った。動物に対し、自分のほうが優れていると知らしめるために。フランコは長いこと狩猟を愛好していたが、その情熱は偏愛にも近かった。精神科医のゴンサレス・デュロによれば、フランコにとって狩猟は性生活の代わりだったという。そのことに関する詳しい情報はほとんどないが、性的なことがなくなりつつある日常の不満が狩猟に向けられていたようだ。[3]

フランコは、アイベックスのほかにも、ウズラ、カモ、キジ、ハトを狩るのが好きだった。パルド宮や、マドリード西部のアランフェスに近いカーサ・デル・ラブラドールでも狩りを楽しんだ。時間が三十分しかなくても、猟銃を手にしたという。

　フランコが泊りがけで狩猟に出かけると、たいてい三〜四日間は狩りが続いた。狩猟熱が一番高まったのは一九五〇年代で、たとえば一九五五年十一月には、国政に費やした日数が十三日間であるのに対し、狩猟には十七日間も出かけている。しかも、狩りに出ているときに経済問題の話を持ち出されるのをフランコは嫌がった。[4]

「いいかね、全員準備完了の合図があるまでは撃たないように。幸運を祈る」フランコは一行に向かって言った。その多くは、おべっか使いか仕事上の利害関係者だった。

　フランコは一日でカモを四十羽しとめることもあった。多いときには数日間でウズラを五千羽も狩ったという。国内で最も優秀なハンターの一人を自負するフランコは、狩猟中の姿をたびたび写真に残している。しとめた獲物のうしろで、銃を手にして堂々と立つ全身像。それらの写真は、すべての公共建築物の壁にフランコの肖像画が飾られていたという伝説に加えられ、その栄光に花を添えた。「カウディーリョ」（総統）――一九二〇年代からフランコは、独裁的軍事指導者を意味するこの名で呼ばれていた――は、火薬のにおいを愛し、数日間で六千発の銃弾を使った。[5]

　フランコが狩りをしているあいだ、ビセンテは退屈しのぎになるものを考えた。バスク地方で生まれたカードゲーム「ムス」は得意ではなかったが、フランコの運転手たちの熱戦に加えてもらった。新聞を読むこともあったが、紙をめくる音がするとフランコが振り返り、叱りつけるようにこう言う。「ビセンテ、獲物を逃がす気か？　いま読まなくてもいいだろ」それでは……とタバコを吸っていると、今度は咳が出てしまい、ますます総統の邪魔になった。狩りでは沈黙が鉄則なのだ。「タバコはやめなさい。きみのせいで一日が台無しになる」とフランコが言うと、ビセンテはまるで叱られた子どものように、小さく咳をした。するとフランコは「ほかにすることがないので、ならば一日を台無しにしてやろうと、タバコを吸ってそんな質の悪い咳をしているというわけか」と声を荒げたが、半分は怒っていて、半分はおもしろがっているようだった。[6] こうなるともう昼寝しかない。ビセンテは眠ることにした。少なくとも眠っていれば、ビセンテが人生を捧げたフランコの邪魔をせずにすむと思ったからだ。

　ところが、ビセンテはおちおち眠ってもいられなかった。フランコの喜ぶ声に目が覚め、飛び起きる。「どうだ、見なさい、この獲物！」そう言われても、寝起きで取り乱すばかりのビセンテは、狩りの興奮を分かち合うこともできない。フランコはかっとなって言う。「もういい、二度ときみを狩りには連れてこない！」とはいえそのあとも、獲物をしとめると、フランコはうれしそうに何度もビセンテのところにやって来た。この二人にはわかっていたのだ。フランコがなんと言おうと、次の狩猟にはまた一緒に出かけることになると。いつものことだ。

　総統は気晴らしのために時間を惜しみなく使った。ゴルフをしたり、海や川での釣り遊びの一行に加わったり、二千本以上のフィルムがあるパラド宮の個人映画館で西部劇を延々と見たりもした。また、狩りの絵もよく描き、その際は十六〜十七世紀のスペインの油絵を手本にした。肖像画も描いたが、とくに娘のマリア・デル・カルメン、別名ネヌカのものが多い。仕事上のストレスに強くなれるといって、なにかに夢中になることをビセンテから勧められていた。一九四六年には、こうした日常生活について、フランコは独創的な考えをこんなふうに言葉にしている。「仕事と瞑想が私の人生のすべてだ」

フランコとビセンテは、ペタンとその主治医メネトレルのように、ずっと昔から互いを知っていた。その関係は、フランコがビセンテの父親と陸軍士官学校でともに学んでいた青年時代にまでさかのぼる。当時、ビセンテのおじは士官学校の教官を務めていた。一度見たら忘れられないほど体が大きく、おまけに巨大な足をした人だった。「きみのぺぺおじさん［ホセという名前の愛称］[7]から名前を呼ばれると、われわれ学生は声も出なくなって、自分の足元を見つめていたものだよ」フランコは若いころを振り返り、懐かしそうにビセンテに語った。

ビセンテがフランコに初めて会った——フランコが「情熱」を捧げる存在になった——のは、アストゥリアス州のポサダ・デ・ジャネーラにある実家の廊下で三輪車に乗っていたころである。そこには両親の友人であるフランコが頻繁に訪ねてきていた。幼いビセンテは、制服の折り返し襟の星がきらきら光るこの人物が気になって仕方がなかった。

フランコ将軍、本名フランシスコ・フランコは、一八九二年にガリシア州の港町フェロルの軍人居住区で生まれた。家はブルジョア（中産階級）で、五人きょうだいの三番目。母親は献身的だが信心に凝り固まっていて、父親は祖父と同じ海軍主計官だった。父は飲んだくれで女好き。フェロルの売春宿で一晩中過ごすような人だった。フランコがまだ十五歳のとき、父はマドリードに配属され、愛人と暮らすために家族を残して一人で赴任してしまった。

フランコは父と同じように海軍へ入りたいと思っていたが、トレド陸軍歩兵学校へ入学することになる。背が低くて他の新入生よりも年齢が下だったので、学校になじむのは大変だった。上級生たちのしつこい新入生いじめにも腹が立った。しかし彼は、同級生から尊敬を勝ち取る。下級生いじめについては黙っていたのに、いじめられた相手とけんかになって相手の頭に燭台を投げつけたときには、自分がやったと罪を認めたからである。[8] ここで三年間学び下位の成績で卒業すると、警備隊で二年間過ごし、それからスペインの保護領だったモロッコへ派遣されることになった。

フランコは、父親に見捨てられても、寂しいと思うことはまったくなかった。しかし半自伝的短編小説『ラサ *Raza*』を読むと、そのことが人格形成に与えた影響がよくわかる。ペンネームで出版されたこの小説は、一九四一年に映画化もされた。フランコは小説という形で理想の父親をつくり出したのである。[9]

父親にとってフランコは「間抜けなばか」でしかなく、くそまじめで退屈な男だった。その息子がどうやって国の指導者になれたのか、父はまったくわからなかった。「笑わせるよ！」[10]と言ってはからかっていた。反保守主義で反教権主義の父親は、息子のなかに自分につながるものをまったく見出せなかった。息子に対する父の評価は、反フランコ派が言っていることと重なり、二流で能力に乏しい平凡な人間というものだった。フランコは父親とは二度と会わなかったが、母親のことはつねに模範としていた。母は、夫が出ていってしまったあと、死ぬまで未亡人の服装で過ごしていた。母の厳格さ、冷静さ、快楽を求めず家族と信仰を大事にする資質を息子は受け継いだ。この時期のフランコについては何も書き残されておらず、わかっていることはごくわずかだ。唯一、彼の妹ピラールが、一九八〇年に出版した『私たち、フランコ一家　*Nosotros, los Franco*』のなかで、兄のことに触れている。

激しい独立運動のさなかにあったモロッコに派遣されたフランコは、そこで真価を発揮する。軍の指揮管理が乱れるなか、野心を燃え上がらせて勇気を示したのである。一九一五年、二十二歳で隊長に昇進。戦況は厳しく、味方に多くの犠牲者が出るなか、フランコに「幸運な男」という評判が立つようになる。「あの人にはつき《バラカ》がある」、フランコが指揮するアルジェリア人やモロッコ人の兵士たちはそう口にし、フランコ自身も自分にそう言い聞かせた。それはやがて伝説となる。また、体が丈夫だったことも、過酷な環境のなかで困難に立ち向かっていくのに大いに役立った。軍隊にいた数年のあいだに、フランコは一気に昇格していく。下腹部に弾を受けて重傷を負い生死をさまよったが、そのあと司令官に任命され、オビエド駐留中には最初のスペイン外人部隊を指揮することになる。このオビエドの街で、フランコはカルメン・ポロと出会う。地方のブルジョアの家の娘で、のちに妻となった。それから、モロッコに戻って外人部隊を指揮し、アブド・エル・クリムが起こしたスペインとリーフ族の戦い、第三次リーフ戦争を鎮圧したのである。フランコの躍進は一九二六年、三十四歳のときに頂点を極め、最年少で欧州担当指揮官に任命された。

一九二八〜三一年には、フランコはサラゴサの士官学校の校長に就任し、規律を厳しくして教育内容もより充実させた。ところが、スペインが君主制から共和制になると、フランコの学校は有害なエリート主義の温床であるとされ、廃校となる。フランコは休職したのち、一九三二年にはラ・コルーニャへ、一九三三年にはバレアレス諸島に左遷されたため、サンフルホの起こした軍事クーデター未遂には参加していない。一九三四年からはカナリア諸島の司令官に任命されたが、一九三六年、混乱と暴力のなかでスペイン共和国の転覆に参加することにためらいを覚えていた。

フランコは反乱軍の動きにあとからついていくだけだったが、七月に君主制を支持するホセ・カルボ・ソテーロが警察官に殺害されたことで決心がついた。皮肉にも、フランコ自身はいかなる反乱組織にも加わらなかったにもかかわらず、反乱軍の動きから、フランコを頂点として、二十世紀で最も長い独裁政治の一つが始まったのである。[11] 七月十七日、反乱軍を指揮する将軍たちが敗北を喫すると、フランコはアフリカ軍の三万人の兵士を率いてナショナリスト派の指導者となった。

三十万の死者と四十四万の難民を出した戦いのあと、フランコは政府を指揮して独裁体制を敷き、保守主義者、カトリック教徒、断固とした反共産主義者を従えた。軍隊と教会、そしてファシスト団体のファランヘ党が権力の三本の柱だった。

フランコにとって、ライバルとなりそうな人物が次々と不幸な出来事に見舞われたことは大きかった。事故、暗殺、死刑などでライバルがいなくなったことで、独裁への道が開けたのである。

フランコと主治医ビセンテとの仲はほとんど親子のようになっていた。フランコはビセンテを「ビセントン」と呼んだ。フランコのことは、みなが「猊下《げいか》」と呼ぶなか、ビセンテだけが「ミ・ヘネラル（私の将軍）」と呼んだ。

ビセンテはフランコより二十歳若かった。アストゥリアス州の田舎の医者の息子だが、フランコと出会ったことで自分の使命に目覚め、当時フランコが校長をしていたサラゴサの士官学校に入学する。将校になるにはそこで授業を受けなければならない。この学校で学んだ二年のあいだに、フランコ一家はビセンテの第二の家族となり、日曜日の昼食はいつもホアキン・コスタ通りのフランコの家でごちそうになった。フランコはとても優しくて、ときどき「これでアメでも買いなさい」と言ってポケットにコインをそっと入れてくれたが、学校では距離を保ち、彼を守るのを差し控えているようだった。ビセンテは粗暴で、衝動的で、政治色の濃い生徒だった。

ビセンテに対し、フランコは以前にも増して、親切だが毅然としたおじさんのように振る舞った。

その教育方法は、ペタンのメネトレルに対する教育方法とは違っていた。ビセンテは、著書『フランコとの四十年 *Cuarenta años junto a Franco*』のなかで、フランコが自分に親身になってくれたことや、フランコの一人娘ネヌカの最初の写真を自分が撮ったことを誇らしげに語っている。[12]
ビセンテは次にバリャドリッド大学に入学し医学を修めた。そして学士号を取得すると、ファシストの政治団体であるファランヘ党へ入党する。内戦の際にはナショナリスト派についた。
一九三七年、ビセンテとフランコの道が新たに交差する。フランコが師団を指揮していたマドリードの戦線に近い、サン・マルティン・デ・ラ・ベガの小さな村でのこと。迷路のように小道が入り組むなかで、ビセンテは、子どもの頃からひたすらその背中を追ってきたフランコにばったり出くわしたのである。

再会に大喜びしたフランコはその後ビセンテに手紙を送り、サラマンカの司令部に数日間、彼を招く。内戦が始まって以来、サラマンカの司教館がフランコ側の拠点となっていた。

夏の終わりにビセンテが司教館に姿を現わすと、護衛たちは、一歩一歩確かな足どりで近づいてくる若い男を見て、銃を構えた。すると、フランコがいち早くビセンテに気づき、中に招き入れた。フランコは部下たちの無礼をわびると彼を抱きしめ、指令部のすぐ近くまで連れていった。その後、ビセンテがそこを去ることはなかった。

それからは、ビセンテが健康管理の責任者としてフランコのそばにいるのが日常となる。ビセンテはフランコを非凡な人だと思っていた。「謙虚な人。多くの点で他の人より優れているのに、本人は決してそう思っていない」[13]と語っている。こうして主治医としてのビセンテの時代が始まった。それは、三十六年というフランコ支配の年月を超え、三十八年もの長きにわたった。

ビセンテはフランコと大きな年齢差があったにもかかわらず隔たりを感じることはいっさいなかった。二人の関係は、患者と医者というより、父と息子のようだった。

一九三八年のエブロ川の戦い[14]の際、敵機が弾薬庫の一キロ以内にまで接近するなか、フランコと当時二十歳のビセンテは一枚のトルティーヤ［トウモロコシの粉を薄くのばして焼いたもの］を分け合って食べたという。ビセンテがおびえながら言った[15]。

「ミ・ヘネラル、マーチン・ボンバーです！（敵方である人民戦線側の爆撃機はどれもそう呼ばれていた）」

「違う、あれはわが軍の戦闘機だ」

「いいえ、マーチン・ボンバーです！」

「そうか、でも、だからどうした？　怖いのか？」

「いいえ、怖くありません」

「よろしい、私も怖くない」

共和国軍が最後の敗戦を迎え、一九三九年四月一日、フランコの独裁体制が確立する。内戦が終結するとフランコは、スペイン王室の住居だったパルド宮で暮らし始める。ビセンテにも健康管理のために毎日そばにいるよう頼んだ。ビセンテは、毛沢東の主治医と同じく、外科医になる夢をあきらめ、総統に身を捧げる。

パルド宮に暮らし始めたとき、ビセンテは二十歳だった。そしてその後、昼も夜も、自分にとっての英雄であるフランコを見守り続けたのである。

フランコはなぜ、まだ四十五歳で体も丈夫だったのに、ビセンテにそばにいてほしかったのだろうか。その理由はおそらく、情愛からだろう。自分の話に耳を傾けてくれるビセンテの存在は、フランコにとって癒やしであった。子どものいない彼の息子役だった。そしてビセンテは、冷静であると同時にとても情熱的でもあった。

権力の座についてから三十年のあいだに、フランコが病になったのは三回だけ。風邪をひいたのが二回、そして食中毒を起こしたのが一回だ。

この食中毒がフランコとビセンテの絆をいっそう強くした。ビルバオの市長宅で昼食をとったあと――メニューは海産物だった――腹痛に襲われたフランコはビセンテを呼ぶよう命じ、「むかむかして吐きそうだ」と言った。ビセンテはお腹にガスがたまっているだけだと思ったが、フランコを安心させるため、ヒメネス・ディアス博士を呼ぶよう指示した。ディアス博士は次のような診断を下した。「腎結石。お母さまと妹さん同様、将軍も」フランコがいぶかしげにビセンテのほうをじっと見ると、「どうかしましたか？」とビセンテは尋ねた。

「母は肺の感染症で亡くなったし、結石ができたことなど一度もなかった」とフランコが答えた。「お母さまと妹さんが流産しなくて幸いでした。診断は遺伝性の結石だということです。食中毒のおかげで、それがわかったのです」[16]とビセンテが説明すると、フランコは満足げにほほ笑んだ。

いつもは厳格で感情を表に出さないフランコだったが、このときはビセンテを前に気を緩めた。二人の関係は絶妙だった。ビセンテはその著書のなかで、二人で冗談を言い合って楽しく過ごしたことを記している。

ビセンテは自分を、飼い主に忠実な犬のように思っていた。そしてある日、フランコにこう言った。

「人間を知れば知るほど、私は自分のなかにいる犬がますます好きになっていきます。あなたもそうでしょう。結局、私はあなたの忠犬なんです」

「確かにそうだ」フランコが答えた。

「でも、忠犬といっても、かみつきますよ、ミ・ヘネラル！」ビセンテは言い返した。

「あっちへ行け、このばか者め」フランコはそう言うと、心底楽しそうに笑った。[17]

フランコの強靱さはどこから来ていたのか。彼は酒を飲まず、タバコも吸わず、上手にリラックスができて、すぐに深い眠りにつくことができた。そうした健康的な生活が心の平静さにもつながった。フランコは毎日、ビセンテとさまざまな娯楽を一緒に楽しんだ。ときには、マッコウクジラを捕りにいくこともあった。「ミ・ヘネラル、なんだか『老人と海』みたいですね」と言うビセンテに、フランコは答えた。[18]「こちらはクジラを釣り上げた、そこが違う。老人にはつきがなかったのだ」サンティリャーナ・デル・マルに川釣りの小旅行に出かけたこともある。ビセンテはパエーリャとマス料理をつくった。ところが、マスは火が通っていないうえに味つけもされておらず、さんざんな出来だった。フランコがビセンテを呼び止めて言った。[19]「おまえは料理に手を出すな！　人にはそれぞれに役割がある。よく言うだろ、靴屋は靴に専念しろとな……」

ビセンテは著書のなかで、自分だけが知っているエピソードを数多く記している。密かに二人だけで「エスケープ」して、サン・セバスティアンに映画『兵隊と同郷人 *Militares y paisanos*』を見にいったこと。公営のサッカー賭博「キニエラ」に興じたこと。賭けをするときは「フランシスコ・コフラン」という偽名を使っていたこと。一九六七年五月二十六日、フランコは賭けに勝ったが、配当金を受け取りにいったのはビセンテだったという。[20]

しかし、何よりもフランコを安心させたのは、ビセンテがそばにいてくれることだった。フランコは孤独な人で、娘のネヌカさえ訪ねてこないときは、ビセンテがまるで心理学者のような口調で「こんなものですよ。子どもっていうのは、親がいなくなって初めて、親のしてくれたことに気づくんです」などと語りかけたという。[21]

狩りや釣りのときは別だが、フランコはいつも朝八時に起き、マッサージとストレッチ運動で一日を始めた。それから、妻、娘、ビセンテと一緒に朝食をとった。[22] 一九七〇年代になっても、ビセンテは毎朝フランコに向かって、かかとを鳴らして右の拳を上げるファランヘ党のあいさつをしていた。フランコのほうはそれに応えて、パルド宮の向こうの端まで聞こえるほどの大きな声であいさつをした。

また、フランコは「非常に活動的」で、日々スポーツに励んだ。テニス、馬に乗っての散策、ゴルフ。彼が見事な健康体を維持できたのは、スポーツのほかにも狩りや「アゾール［大鷹］号」でのクルージングなど、頻繁に屋外で一日を過ごしていたおかげだろう。[23] ビセンテは次のように語っている。「フランコが健康なのはいたって当然、驚くようなことではない[24]」

それでも、ビセンテは心配になって、医者としてフランコに注意を払い続けた。つねにフランコを見守り、食事に気を配り、疲労や年齢への配慮を怠らなかった。老化現象についてもっと知りたいと思い、周りにいる七十代の人たちにいろいろと聞いて回ったりもした。老化による衰えを見据え、備えを万全にしておきたかったからである。

もしも、フランコがその権力の大半をヒトラーやムッソリーニから得ていたら、つまり内戦中に兵士や軍需品の援助を受けていたら、スペインはどうなっていただろうか。おそらく、自ら進んで戦争状態に戻り、ナチス・ドイツ側につかないという選択はしなかっただろう。

フランコは枢軸国側に加わることはなかったが、有名なアンダイエ会談が一九四〇年十月二十三日――ヒトラーとペタンのモントワール会談の前日――に行われ、フランコはヒトラーと面会している。軍服姿で三十分以上遅れてやって来たフランコは、再び戦争状態になることを考えるとやはり慎重になり、参戦を決める前にヒトラーに条件をつけた。こちらの領土要求を実行に移すことと、スペインへの軍事援助である。

フランコがこうした条件を出したのは、内戦で疲弊した国内の経済を案じてのことだった。ヒトラーは激高したが、スペインという国は大義に忠実だと思っていた。なにしろ、内戦で反乱軍を支持しなかった人たちが、軍事裁判所で「反逆者」とされたのだ。二万人が死刑となり、フランコの独裁体制下での犠牲者は十五万人に上ったと言われている。[25]

結局、フランコはナチズムには傾かず、スペインと同じカトリック国であるポーランドへの侵攻を非難した。ドイツ軍に自国の扉を開放し、労働力や資材、軍隊の提供を了承したが、あくまでもスペインは中立と参戦のあいだの「非交戦状態」だと主張した。スペインの内戦で反乱軍側を公然と援助し続けた枢軸国は、フランコに同意した。やがて戦況は、ファシズムと共産主義の対立となり、共和主義者たちもソ連に対し軍備を整え始める。

一九四五年、連合国軍が勝利すると、あらゆる状況から見て、フランコ体制は消滅する運命にあると思われた。しかし、そうはならなかった。政治的にも経済的にも痛手を被ったが、フランコは慎重さを失うことなく発言にも気を遣った。そのため、国際社会からは非難されたものの、権力の座にとどまることができた。しかも、その手腕がさえ渡り、巧妙な駆け引きによってヨーロッパやアメリカの反共産主義勢力との歩み寄りが図られた。一九五九年、フランコはマドリードで、アメリカ大統領アイゼンハワーを温かく迎える。フランコとアイゼンハワーは二人並んで歩いた。

フランコ政権を支えたのは、国内の観光産業と近代化だった。それに加え、冷戦で運がめぐってきたことによりフランコは予想外の威光にも恵まれた。

栄光の頂点に立ったフランコだったが、六十歳を過ぎると徐々に国政には無関心になっていき、相棒であり特別な話し相手であるビセンテと趣味に興じることのほうが多くなった。フランコはビセンテに全幅の信頼を寄せ、ビセンテは贈収賄などの政治的落とし穴からフランコを守った。そしてフランコに忍び寄る老いと病の陰を心配した。

さらにビセンテが懸念していたのは、フランコの権力に便乗しようとする者たちの存在だった。主治医になって以来、フランコが手放しで称賛した人たちが実は欲の塊であるのを目にしてきた。狩りや釣りを利用してフランコに近づき、公金を横領したり、特別の計らいを受けようとしたりする連中ばかりだった。というのも、フランコ自身はぜいたくをしていたが、周囲の人間は経済的に苦しい状況にあったからだ。

フランコに便宜を図らせた何人かの大臣や重要人物から、ビセンテも影響を受けていた。ビセンテによると、彼らの術策やうそによって危険に陥ったこともあるという。たとえば、フランコの長年の友で海軍大臣のペドロ・ニエト・アントゥネス大将が、今夜は満月でマグロの大群がいるので釣りに出よう、と言い出したことがあった。これに対し、ビセンテは夜釣りに誘い出す口実にすぎないと疑い、猛反対した。だが、周りはみな賛成だったため、ビセンテは不満を抱いた。海に出ているあいだにもしミサイルが飛んできたり、ダイバーが襲ってきたりしたらと思うと心配で仕方なかったのだ。[26]老いが見え始めたフランコを守ることを、ビセンテは自分の使命としていた。何より、堕落した取り巻きたちのなかでそれができるのは自分だけだと思っていたのである。

フランコのいとこで協力者でもあったフランシスコ・フランコ・サルガド＝アラウホは、一九五四年に次のように記している。[27]「猊下の主治医ビセンテ・ヒルは、道理にかなったことを言い、猊下に見事に忠誠を尽くしている。その彼が、昨日の狩りの最中、私にこんなことを言ってきた。みなこの丘で狩りをしながら猊下を食いものにしている、と。というのも、その丘にはオレガノしか生えておらず、狩りにはあまり向いていない。それをいいことに、おべっか使いたちが取り入ろうとしているだけだというのだ。猊下は狩りで疲れ切っているうえに、あまり寝ていないらしい。その日も六千発撃ったということだったが、六十二歳の体にはかなりこたえる数だ。もう少し減らしてくれないと、大動脈破裂などということもありうる。彼は私に重ねて言った。猊下は山を登ったり下ったりさせられ、夜遅く寝て、朝早く起きる。みなは元気だというが、そうやって気をよくさせてつけ入ろうとしているのだ、と」

神がお守りくださると信じているフランコは、保安担当のエドゥアルド・ブランコ・ロドリゲス大佐が指揮する治安措置よりも神を頼っていたのかもしれない。神はつねに隣にいると確信することで、死刑執行――それは頻繁に行われた――の書類に署名するときにはいつも、責任感をしっかりと保っていられた。[28] 流通硬貨にはこう刻まれていた。[29]「神のご加護により。総統」

神は人間の悩み事に耳を傾けてくださるが、ビセンテの悩み事は、小柄で耳の大きなフランコの体重だった。ビセンテはフランコに規則正しい食生活をするよう注意した。身長一メートル六十三センチに対し、体重が九十キロを超えてしまうこともあったのだ。ところが、フランコは「きみは文句ばっかりだ」と言いながら、子どものようにこっそり隠れて、取り巻きたちが持ってくる甘いものを口にしてしまう。ビセンテはそれを見つけるたびに叱りつけた。フランコの娘も、ビセンテに賛同してくれなかった。どうして食事制限が必要なのかわからない、父は食べ物にほんのちょっと興味があるだけだし、それに肉よりも魚が好きだというのだ。[30] 確かなのは、晩年のフランコは、十年前までは見られていた肉づきのよい体ではなかったということである。

すべての月日をかけて、ビセンテはひたすらフランコに献身した。熱愛していたといってもよい。パルド宮で暮らし、つねにフランコのそばにいた。ただしそれは、女優のマリア・ヘスス・バルデス・ディアスと結婚するまでのことである。ビセンテが結婚するとき、フランコの妻ドーニャ・カルメン（とても保守的な人で、ビセンテの結婚に賛成していなかった）がパルド宮にマリアを迎え入れるのを拒否したのだ。多かれ少なかれ、女優のマリアを娼婦のように思っていたようである。

ドーニャ・カルメンはそれをこんなふうにビセンテに伝えた。

「ビセントン、あなたがフランコに忠実なのは知っています」

「奥さま、私はあの方の忠実な犬です」

「そんなふうに言うのはおよしなさい、あなたは動物ではないでしょう。あなたの……奥さまは、ここに来ないほうがいいわ[31]」

ビセンテはパルド宮から数百メートル離れたところへ引っ越さざるを得なかった。その後も、主治医として仕えているあいだに、妻子をパルド宮に招いてもらえたことは一度もなかった。


平穏だったフランコの暮らしが、狩りの最中に起こった事故で一変する。一九六一年十二月二十四日、パルド宮の自然保護区に狩りへ赴いた際、左手で握っていた銃身が爆発し、第二中手骨と人さし指の開放骨折を負ったのだ。ビセンテは激高し、「ペペ・サンチェス」ことホセ・マリア・サンチェスを非難した。この「大ばか野郎」は、フランコの婿ビリャベルデ侯爵のおじである。サンチェスがだれにも知らせずにフランコを連れ出したことをビセンテはとがめた[32]。そして改めて、フランコを守れるのは自分しかいないと思った。

一歩間違えば死んでいたかもしれないこの事故で、フランコは考えを変えた。後継者について心配するようになり、それにふさわしいのは国王しかいない、国王にあとを任せたいと考えるようになったのだ。この事故が報道されたのは三か月後の翌年三月になってからで、フランコは手に包帯をしていたものの元気な姿でカメラの前に現れた。六十九歳だがせいぜい五十五歳にしか見えず、その頑健さにビセンテはいまさらながら驚いた。アメリカの情報機関と極秘に話をしたときも、フランコの健康状態について尋ねられた。[33] ビセンテは元気なフランコのアピール役を買って出て、権力闘争から離れたらまだまだ健康でいられると信じた。だがそれも長くは続かず、やがてフランコの衰えを思い知ることになる。

ビセンテは一時の感情に駆られて行動する性質だったので、思ったことをすべてフランコにしゃべるとうわさされていた。影響力のある助言者、フランコの心の守護者とも思われていた。実際、長いあいだビセンテはフランコから政治的意見を求められてきた。毎日、新聞の記事について解説し、大臣たちの堕落ぶりに文句を言った。「ビセンテ、そこまで厳しく言わなくてもいいだろう」と、フランコはよくたしなめたが、そのころ、フランコ体制は腐り切っていると世間からは見られていたのである。[34] フランコのヨット「大鷹号」の上でも、贈収賄の話が繰り返された。ビセンテはフランコに言った。「ミ・ヘネラル、私は外見をとやかく言うつもりはありませんが、ときに外見は人柄を如実に物語ります。たとえば、(フランコにうまい投資話を紹介した) ペペ・サンチェスですが、あいつは悪党です。ええ、何度だって言います、あいつは悪党です。あなたの周りは無作法な人間ばかりですよ」ビセンテはまた、フランコの寵愛を受けようとするあまりマロングラッセやフォアグラをヨットに持ってくる連中も非難した。[35] しかし、こうしてビセンテが口出しすることにいら立つ者は少なくなく、フランコの家族も同じだった。フランコの権力を利用して利益を得ている者たちにしてみれば、ビセンテが入ってきて邪魔するなどもってのほかだった。

一九六〇年代の終わり、フランコはパーキンソン病にかかった。極秘のうちにビセンテが看護にあたり、当時は革新的な治療法であるドーパミンの前駆体「L-ドパ」を投与した。これにより症状は落ち着くが、フランコは始終眠気に襲われるようになる。閣議のあいだに眠ってしまうこともしばしばだった。なにも知らない周囲の者たちは、主治医のビセンテに、猊下はどうかしたのかと尋ねた。ビセンテは自信をもってこう答えた。「眠っているように見えますが、よく集中できるように目をつぶっているのです。事実、ひと言も聞き逃していませんよ」[36]

フランコの健康状態が悪くなっていくのと時期を同じくして、フランコ体制はより民主主義へと傾いていく。そのころ、スペインは近代化が進み、ヨーロッパの国々からも受け入れられるようになっていた。一九六九年には、フランコが権力を国王に譲り渡す準備に入る。後継者に指名されたのは、前国王の息子であるドン・ファアンではなく、その息子で前国王の孫にあたる民主主義者のファン・カルロスだった。歴史家のポール・プレストンによれば、フランコは自尊心が高かったので、自分のあとを継ぐのは王家の血を引く者しかいないと考えたという。

翌年から、フランコは政権に君臨し続けるも指揮はとらず、内閣に仕事を任せるようになった。議会は相談のうえで決定を下した。このころ、フランコは病状が悪化すると、ビセンテに対する態度を変えることがよくあった。

それ以降、フランコとビセンテの仲はときおり険悪になる。もう冗談や文句を言い合う雰囲気ではなかった。フランコは、ビセンテが政治問題に口出ししてくると、いらいらして仕方がなかった。ビセンテは陰で「タフなビンセ」と呼ばれていたが、実は至近距離で殴り合うボクシングが大好きだった。主治医という立場で長いことフランコにかばってもらっていたが、しょっちゅう大臣たちと口論になり、手を出すこともあった。

スペインでは、武装集団「バスク祖国と自由（ETA）」のテロによって多くの犠牲者が出ていたが、一九七〇年十二月十七日、フランコを迎える民衆からこんな歓声が上がった——「いいぞフランコ！　ETAをやっつけろ！」情報大臣で観光大臣でもあったアルフレド・サンチェス・ベージャが、それを見て「やったぞ、われわれの大成功だ！」と叫んだ。そのとき、ビセンテはかっとなって言い返した。「これはスペイン国民の勝利であって、あなたのいる無能な内閣の勝利ではありません。内閣はスペインを崩壊へ向かわせているじゃないですか」それだけではおさまらず、ベージャをさんざんののしったのである。そのひと悶着《もんちゃく》をマスコミが見逃すはずもなく、フランコにとってはさんざんな結果になった。

翌日、フランコはひどくいらいらしながらビセンテに言った。「口を慎め、きみが私の内閣をののしるのにはもううんざりだ」ビセンテはその場で暇を出されたが、数日後にパルド宮に再び呼ばれた。フランコは黙ってビセンテの髪を優しくなでた。[37] しかしそこにはもう、愛情もからかいもなかった。一九七〇年代の初めにフランコの健康に陰りが見え始めたときから、ビセンテは何かと気を配ってきた。たとえば、軍の隊列行進を見学するときは、肘掛けつきの座面の高い椅子に腰掛けてもらい、遠目には立っているように見せることができた。[38]

二年後、フランコは間もなく八十歳を迎えようとしていたが、ビセンテとの仲は取り返しのつかないほど悪くなっていた。いつも口をつぐんでいて、言葉を発するのは直接質問されたときだけ。それも二言、三言話しておしまいだった。ビセンテがそばにいるときも同じだった。[39]

一九七二年三月、二人の関係はいっそうひどくなる。引き金はレアス社のスキャンダルだ。四百万リットルのオリーブオイルを横流しして、総額一億六千万ペセタを不当に得ていた。この事件に兄ニコラスが巻き込まれたことで、フランコは神経質になり、なにがなんでも事態を鎮静化しようとした。

ファランへ党員のなかから逮捕者が出ると、ビセンテはフランコに言った。「あなたの取り巻きたちのなかに『汚れた手』をした者が現れたということです」フランコは怒り狂った。「ビセンテ、きみらファランへ党員は、結局、ならず者集団だ」

ビセンテは目を潤ませながらも毅然としていた。そして唇をかみしめ涙をこらえながらパルド宮をあとにした。[40]

ビセンテはしばしば感情を爆発させた。一九七三年十二月、首相のルイス・カレーロ・ブランコがテロの犠牲になったときのことだ。副官がその死をフランコに伝えにいくと、ちょうどビセンテのマッサージを受けている最中だった。副官はビセンテに席を外すように言い、すぐさま総統に報告しようとしたが、機嫌を損ねたビセンテが大きな声で言った。「この卑怯者のげす野郎！……」[41] ビセンテは新聞を読んでいても政府に対して下品なののしり言葉を吐き捨て、フランコの毎日の診察のときも汚職に手を染めた無能なやからをこきおろした。ブランコの死を受けて、その後任にペドロ・ニエト・アントゥネス大将はどうかと考えたフランコが相談すると、ビセンテはこう言って反論した。「スペインにとってそれは大惨事です。あの男は腐り切った実業家でしかありません」フランコは、当時の内務大臣だったアリアスを首相に任命した。

ときが経つにつれ、フランコはお気に入りだったビセンテにうんざりするようになった。ビセンテは思いも寄らないことにすぐかっとなるので、いらいらさせられるのだ。ビセンテのほうも、これまで人生を捧げてきた「ミ・ヘネラル」が、もう味方にはなってくれないと気づいた。とくにこたえたのは、政権の場や内輪の集まりから遠ざけられたことだった。一九七三年十月の金婚式のお祝いにも呼ばれなかった。

独裁者フランコはどんな情報もすべて把握していたはずだが、側近たちがかかわった横領や不正取引に気づけなかったのだろうか。いや、そんなはずはない。実際、ビセンテがそのことに触れるのを嫌った。彼はむしろ、そうした汚職を側近たちの忠誠心の現れだと受け止めたかったのだ。ゆえに、政権の腐敗を非難するビセンテに我慢ならなくなったのである。ビセンテは情報収集役でもあったが、体制の終盤になると、うるさくつきまとう耐えがたい存在になった。

多くの主治医がそうであったように、ビセンテも自分は人の上をいっている、権力者を囲む親しい人間の一人であると思っていた。しかし苦い経験を経て、そうでないとわかった。主治医が医療面や精神面で影響力を持つことに、権力者の家族や側近たちがいい顔をするのはまれだ。権力者の主治医という道のりを歩んできた他の者たち同様、ビセンテもこれまでの思い上がりの代償を払わされることになる。

ビセンテがフランコと仲たがいするようになったそもそもの原因は、「ミ・ヘネラル」の家族、とりわけ婿であるクリストバル・マルティネス＝ボルディウ、ビリャベルデ侯爵である。ビセンテは根っからのポピュリストで、六十年代は物質主義全盛のスペインに辟易し、けばけばしいスパンコールも嫌いだった。フランコにも愚痴を言ってばかりいた。そんなビセンテに対し、婿のビリャベルデ侯爵が反感を抱いているのはフランコにもわかっており、実際、敵意がむき出しになることもあった。ビセンテが侯爵に嫉妬していると主張する人もいれば、嫉妬しているのは侯爵のほうだと言う人もいた。

ビセンテはひるむことなく、言葉だけでなく体も使って何度でも立ち向かった。ビセンテから見てビリャベルデ侯爵は、いつでも日に焼けたプレイボーイ、金としゃれた車にしか興味がない男だった。心臓外科医で、フランコの娘カルメン（ネヌカ）と一九五〇年に結婚。一九六八年にはスペインで初めて心臓の移植手術を行ったが、術後二十七時間で患者が亡くなり失敗に終わった。

　ビセンテとその不倶戴天の敵ビリャベルデ侯爵は一触即発の状態だった。とにかく、すべてにおいて反りが合わなかった。トレドでは、食事のメニューでけんかになった。ビセンテはフランコの食事を一人で管理しており、五〇年代にはダイエットさせることにも成功していたので、侯爵に口出しされることに我慢ならなかったのだ。夕食後のパーティーで、自分をかばってもくれないフランコに対して、「総統の主治医」を守ってくれないのかと、涙ながらに訴える始末だった。

　その後も、ビセンテとビリャベルデ侯爵が殴り合いになり、大臣たちが二人を引き離す場面があった。フランコが友人たちと狩りに出かけたときのことだ。侯爵がまたビセンテをけなすようなことを口にした。「この男は食事を台無しにしようとしているんだ。なにせ、ソースに水を入れたんだ」ビセンテは激怒して言い返した[42]。「いいか、クリストバル、この医者とかこの人ならいいが、〝この男〟だけは許せない。だけど、おまえとはもうめごとを起こさないって将軍に言ってあるんだ」二人のけんかは数年前から広くうわさになっていたが、ビリャベルデ侯爵については権力を掌握するために結婚したと言われており、公爵家の貪欲さは際立っていた[43]。

　ビリャベルデ侯爵は、フランコの娘カルメンに対しても横柄な夫で、ビセンテを有能な医者だとは思っていなかった。だが運命のいたずらとでも言おうか、数年後、侯爵自身が医者としての能力を問われる事態に直面することになる。

侯爵は、ビセンテの医者としての力量を疑っていた。そのため、彼をフランコの側近から外そうと奔走したり、代わりの医者を連れてきたりした。ビセンテと侯爵の対立がいよいよどうにもならなくなった一九七五年七月、フランコが血栓性静脈炎にかかり入院することになった。このとき、主導権を握ったのはビセンテだった。他の医師たちはフランコに対する彼の影響力の大きさを見せつけられた。だが、ビセンテは患者のフランコに有無を言わせず医師の決定をただ伝えているだけだと口にする人もいた。

医師の一人は、ビセンテが診断内容と入院の必要性をフランコに説明していたことを覚えている。フランコはしばらく沈黙してからこう言った。

「それが爆弾になるというのだな」

「ミ・ヘネラル、その爆弾が、体のなかでよくないことを引き起こすのです」

長い静寂のあと、フランコが口を開いた。「政治にも影響が出るな」

フランコを納得させるために、ビセンテは、政治的影響うんぬんより死んでしまったら元も子もない、アイゼンハワーやスターリンも入院したことがあると言い聞かせた。[44]

ビリャベルデ侯爵がフランコの入院を知ったのは、フィリピンを旅行していた七月八日だった。侯爵は帰国すると、ビセンテを専門医と交代させるようフランコに助言した。その後、国民に病状が安定していることを知らせるために病院でフランコの写真を撮ろうとすると、ビセンテに止められてまたもや衝突する。数日が経ち、侯爵は病院長と一緒に記者会見に臨み、フランコの症状は軽いと強く主張した。

病院には最先端の人工心肺装置があったのだが、その医療機器をめぐっても、ビセンテと侯爵のいがみ合いが続いた。実のところ、一部では、その人工心肺装置は試作品にすぎずメーカーは製造を断念しているとの声も上がっていた。だが侯爵は、フランコのいる六〇九号室の控え室に置いておくよう命じ、肺塞栓症を起こしたときの処置について指示を出した。万一の場合は、フランコを装置につないだまま手術室へ運ぼうというのだ。ところが、エレベーターが小さすぎて、それができないことが判明した。医者の一人がビセンテにそのことを伝え、侯爵の医療スタッフが介入してきたらどうなるのか尋ねると、ビセンテは静かに答えた。「彼らはなにもしない」そして、フランコの病室の前で護衛にあたっていた警官に向かって怒鳴った。「おいおまえ、将軍の部屋にだれかが入ろうとしたら、どうしろって言われてるんだ?……くそっ、なんて命じられたのか、私に言ってみろ!」警官は銃を振り上げ、強いアンダルシアなまりで答えた。「ドン・ビセンテ、将軍の部屋にはだれ一人、入ることはありません。たとえ神であっても」[45]

フランコは病状が悪化し、一九三六年に内戦が勃発したことを記念する七月十八日の式典に、初めて出席できなかった。体を動かすこともできず、目は天井を見つめたまま。何か言おうとしても、途切れ途切れにしか言葉が出てこなかった。

権力をファン・カルロスに完全に譲り渡すべきという事態になっていた。フランコは血の塊を吐き、医師団のあいだには激しい口論が起こった。七月十九日、フランコは王政移行の命令書に署名することになった。ビリャベルデ侯爵は、首相のカルロス・アリアス・ナバーロが病室に入っていけないように、ドアのところに立ちふさがった。それをビセンテが乱暴に押しのける。そして、アリアスが病室に入り、フランコに署名させた。

公爵がビセンテに大声で言った。「猊下になんてつらいことをさせるんだ！　おまえは、あのばか小僧のファンにお膳立てしてやったんだぞ！」するとビセンテは、いつものように口汚い言葉で激しく言い返した。二日後も、二人はやはりこの件でやり合った。言い争いが始まるとビセンテはわれを失い、周囲から冷静さに欠けると非難された。ビセンテに向けられるこうした手厳しい評価を、フランコも見過ごせなくなった。

フランコの妻カルメンもこの状況に黙っていられなくなり、ビセンテに主治医を辞めるよう言った。[46]医者はどこにでもいたが、カルメンにとっては婿のビリャベルデ侯爵だけが医者だったのだ。ビセンテの仕事は、ビセンテ・ポスエロ・エスクデーロ率いる医療委員会に引き継がれた。エスクデーロは社会保障の内分泌学の部門長を務めていたのだが、まず抗凝固薬を減らし、次にうつ症状が見られていたフランコに軍歌や兵隊行進曲を聞かせた。この型破りにも見えた治療の効果なのか、フランコは七月三十日に退院、九月三日、職務に復帰する。それに先立って七月二十日からは、フアン・カルロスに権力譲渡するための簡単な引き継ぎを行っていた。その後しばらくのあいだ、フランコは狩りやゴルフにも出かけていた。

ビセンテはフランコのあまりにも無情な仕打ちに傷ついていた。[47] ある時期は政治や人事にも意見を言える立場にいたというのに、なんの配慮もなく解雇されたのだ。まるで粗野な下っ端役人のように。[48]

父親だと思ってきたフランコのことを考え、ビセンテは毎日、涙をこぼした。再び呼び出されるのを期待して電話のそばから離れず、夜も眠らなかった。そんなビセンテに、四十年間の奉公への感謝としてフランコの妻カルメンから届けられたのは、カラーテレビ一台だった！　人をばかにしたようなその仕打ちを、ビセンテは生涯忘れなかったという。

ビセンテの解雇をフランコがどう思っていたのか、それはだれにもわからない。フランコは他人の運命にはいつも無関心だったが、ビセンテの場合もそうだったのだろうか。ビセンテが感情を爆発させたり、周囲とのいざこざが絶えなかったりするのに嫌気がさしたのだろうか。それとも、婿のビリャベルデ侯爵から別の優秀な医者に任せたほうがよいと説得されたのだろうか。

フランコが生きている限り、内戦状態に後戻りする恐れはなく、平穏が続くと思われていた。だからこそ、フランコができるだけ長生きすることが、王政移行を円滑に進めるためにも必要だったのである。このころ、フランコと後継者に指名されたファン・カルロスの会話には、冗談が飛び交うようになっていた。

「よいお知らせと、悪いお知らせがあります、猊下」

「よいほうを聞かせてくれ」

「フランコが亡くなりました」

「そうか！ では、悪いほうは？」

「あなたは彼にそれを伝えなければなりません！」[49]

フランコの腹心ルイス・カレーロ・ブランコは、こんなことを言っていた。「フランコには欠点が一つしかない。不死身でないことだ」そのブランコは一九七三年十二月二十日、バスク地方の独立を求める極左組織、バスク祖国と自由（ＥＴＡ）のテロによって亡くなる。政府はこうした反政府グループのメンバーの死刑を強化し、フランコ体制を維持していく。ちょうど、経済不況に再び襲われ、暴力の嵐が吹き荒れていた時期であった。その間、ビリャベルデ侯爵はフランコの体や心の不調にいつもつけ込んで、代理人にのし上がるチャンスをうかがっていた。そして、ビセンテを追い払うと、権力の掌握を夢見るようになったのである。

一九七五年十月半ば、フランコの健康状態が悪化する。死期が近いと悟ったフランコは、十八日、遺書を作成した。それから数日間、胃、肺、腎臓と、体のあちこちが次々と機能不全を起こす。フランコは手術を受け、輸血が行われた。
臨終がゆっくりと近づいていた。「神様、死まであと何日かかりますか」とフランコはつぶやいた。世界じゅうの新聞が第一面でフランコの病状を伝えた。一週間に少なくとも五回は起きる心臓発作が、そのたびにニュースになった。そんななか見舞いに訪れた人たちは、フランコは「元気」だと証明しなければならない気がして、政治問題についても語っていたと話した。ある日刊紙は次のように報じた。「フランコの楽天主義は衰えてはいない。新聞を読んで、テレビを見て……。フランコが話したがるのを家族が止められなくても、それは仕方がない……」[50]
十月三十日を過ぎると、フアン・カルロスへの権力譲渡が再び確実になった。フランコは、ある日は心臓発作で心肺停止に陥り、その翌日には小康を得て体が動かせるようになるといった状態だった。また別の日には、見舞いにきた人の前で制服を着て机に向かってみせたが、それはビリャベルデ侯爵の演出だった。
フィガロ紙のマドリード特派員は次のように伝えている。「不気味ともいえる奇跡の光景。思い起こすのは、ゴヤの描いた狂気の絵画、病で隠棲したカール五世が行ったという生前葬、かつてフェリペ二世のエル・エスコリアル修道院を舞台に繰り広げられた嘆かわしい内紛。現実ではあり得ないことに触れているのだ」十月二十九日にフランコの病状が急変すると、フィガロ紙は紙面いっぱいにフランコの肖像写真を載せ、「冷酷で用心深い打算的な人間」と見出しをつけた。[51] しかしこのときは、王政移行は差し止められた。

新聞にはビリャベルデ侯爵の肖像写真が掲載され、皮肉たっぷりの言葉が添えられた。「快活なクリストバル」「メスの名人」――これには同僚たちが異議を唱えた――「マルベーリャにある超最先端病院の院長、アメリカ人の金持ちの年寄り相手にその腕前を存分に振るう。肌はいつもこんがり日に焼け、髪はポマードでつやつや、立ち居振る舞いも美しい」侯爵はファン・カルロスに対抗すべく裏で画策し、カルテを改ざんしてフランコが不死身であると思わせていた。一方フランコは、三十五日間毎日、病と闘い続けていく。

十一月一日、フランコは胃から出血し、手術を受ける。七日と十四日にも手術を受け、このときは運に恵まれ切り抜けることができた。だが数日後、今度は予想外の消化管出血に見舞われ、再び手術を受ける。是が非でも延命させ、対応策を考える時間をつくらなければならなかった。医師団はせわしなくフランコに処置を施し、治療について意見を戦わせた。いわば異様ともいえる事態について、フィガロ紙には次のようなコメントが紹介された。[52]「白衣のマキャベリ［イタリアの政治思想家。『君主論』を執筆］と死の天使の戦い、まるでティンゲリーの動く彫刻のなかでブニュエルの映画のシーンが演じられているよう」二つの派閥が対立した。ファン・カルロスに反対するフランコ派と、ファン・カルロス支持者。前者は、フランコに十二月二十六日までは生きていてほしかった。その日、ファン・カルロスに勝手な政権運営をさせないように、フランコによって王室評議会と首相が刷新される予定だったのである。[53]

　フランコが危篤に陥ると、医師団は人為的に体温を三十三度まで下げ、昏睡状態に置くことにした。つまり、肉の塊を冷蔵するようなものである。医師団は瀉血もした。そして、さまざまな医療機器を取りつけ、心拍や血圧を管理し、栄養剤を注射した。そのおかげで、フランコは呼吸を続けていた。若いころは肉づきがよかったというのに、いまや体重が四十キロしかなかった。生き続けることを強制された彼自身の影のようだった。死ぬか生きるかだけで、権力闘争の場にとどまり続けられるかどうかはもう問題ではなかった。だがいずれにしても、政権を指揮してほしいと請われていたわけではまったくなく、形だけでもいいから存在してくれればよかったのである。一年後の毛沢東や、二十年前のスターリンの臨終のときと同じだった。

　生きる屍《しかばね》と化したフランコの周りでは、これからのことが密かに話し合われ、政治的算段が着々と進められた。そうしたなか、フランコの家族は反発を覚え、とくに娘は、父親が自然に死を迎えられるように執拗な治療はやめてほしいと願っていた。どうして威厳ある死に方をさせてあげないのかと、医療チームの責任者である夫のビリャベルデ侯爵を責めた。娘から見れば、他の医者たちもみな、父を拷問する共犯者だった。

　フランコの娘――「カルメンシータ」と呼ばれていた――は、ついに望みを押し通した。十一月十九日、体に取りつけられていた医療機器が外され、フランコはベッドの上で死を迎えた。三十六年間、絶対的な権力を握り続けてきた末の死だった。翌二十日に出された公式声明には以下の一節があった。「パーキンソン病、心疾患、複数回の大量出血を伴う重篤な消化性潰瘍の再発、細菌性腹膜炎、重篤な腎不全、血栓性静脈炎、気管支炎および肺炎、エンドトキシンショック、心停止」これこそが、ビセンテが完全なる健康体とみなしたフランコの疾病の一覧である。

あともう少しで八十三歳になろうとしていたフランコの死にあたって、国民全体が二十日間の喪に服すよう命令が下された。ビセンテはファランヘ党の青いシャツを身につけ、泣きながら繰り返し言った。「私は最期のときまで将軍のおそばにいたかった」そして、運び出される棺にしがみついて離れなかった。一方フランコの娘は、改めて思った。父親はつねに「スペインの救世主」であったのだと。彼女は言った。[54]「父は軍人であり、何よりも秩序を求めた」

まだ若かったにもかかわらず、ビセンテはフランコの死から五年後にこの世を去った。フランコ亡きあと、彼は生きる理由をすべて失ってしまったのだ。権力者の主治医たちの多くがそうしたように、ビセンテも晩年を思い出の執筆にあてた。ビセンテの著書『フランコとの四十年 *Cuarenta años junto a Franco*』は、ビセンテの死から一年後に出版された。そこでは、フランコ政権の舞台裏で過ごした素晴らしき年月が、なつかしさと愛情を込めて語られている。同書はフランコへのオマージュであり、フランコ支配については触れていない。ちなみに、第二版の表紙カバーには「二万五千部を突破！」と記されていた。

ベニート・ムッソリーニとゲオルグ・ザカリエ

「私は、ムッソリーニの重い病が多かれ少なかれ彼の過ちの言い訳として使うことができるなどと言うつもりはない。しかし彼が政治に携われなくなったとき、ある医師の目は異なる判断を下した。彼の病は少なくとも何かを意味していた。ムッソリーニは、体のバランスと体力が常に十分だったというわけではなく、その結果、自分が導いた過去の決断の重要性について理解していなかったと考えなければならないのではないだろうか」

ゲオルグ・ザカリエ、ムッソリーニについて

もはや彼には決定権はなかった！　ムッソリーニをドイツに服従させるために派遣された彼の主治医であるザカリエは、そのことがムッソリーニを内部から蝕んでいたと考えていた。かつては救世主として扱われ「超人」とまで言われたムッソリーニは、爆撃を逃れるのにはうってつけの街、イタリア北部に位置するガルニャーノのガルダ湖畔に隔離されていた。彼は、自分がアドルフ・ヒトラーの操り人形にすぎなくなったことを自覚していた。力を失ったこの独裁者を特別な男だと感

じたザカリエは、彼に全身全霊を捧げた。ザカリエは、いつでも賞賛を受けていないと気がすまないドゥーチェ（統領）［一九二二～一九四五年にムッソリーニが用いていた称号］を称える術を知っていた。ヒトラーはもはやムッソリーニの意見を聞かず、信頼もしていなかったが、ヒトラーが派遣した医師はムッソリーニに尽くしたのである。

軍の敗北と連合軍の激しい攻撃で安定を欠いたイタリアでムッソリーニがヴィットーリオ・エマヌエーレ三世［イタリア国王、一九〇〇～四六年在位］に呼び出されたのはまさに半年前、彼の六十歳の誕生日の前日のことだった。正装の軍服を着た王を前に平服で現れ、体制の危機に立ち向かえると自負と興奮を感じていたムッソリーニは追放された。そして一九四三年七月二十五日のファシズム大評議会で立憲君主制への回帰が採択される。絶対的権力を有していた指導者の最初の死だった。その晩の議事録はすべて、やつれて灰色がかった顔をしたムッソリーニが苦しそうに腹部を押さえている様子について書かれている。この動作は以後よく見られた。議論と議論のあいだに、ムッソリーニは自分の書斎へ牛乳を一杯飲みに行った。牛乳が腹部の痙攣を鎮めてくれると信じていたからだ。その日の朝、彼は毎日、注射を打ちに来る看護師に「今日は注射はいらない。あまりに血が沸き立っているからな」と言っていた。七月初旬に米英連合軍がシチリア島に上陸し、翌月には島全体を支配下に置いた。イタリア本土への上陸が近づいていた七月十九日には、《スピード》［覚せい剤の一種］で極度の興奮状態にあったヒトラーがイタリア北東部のフェルトレに連合国側との単独講和に調印しないよう説得をしにやってきた。その六日後にはファシスト政権が転覆され、ムッソリーニは拘置された。首相に任命されムッソリーニの逮捕手続きを行ったピエトロ・バドリオ元帥とドイツ軍とのあいだでムッソリーニ探しのゲームが繰り広げられたため、彼は一月半のあいだ刑務所を次々に移動させられた。

　だが一九四三年九月十二日、ドイツ帝国親衛隊隊員のオットー・スコルツェニー率いるパラシュート部隊がグライダーを使ってムッソリーニを解放する。このとき彼は標高二千メートル、イタリア中央部のグラン・サッソ山塊のスキー宿に幽閉されていた。果たしてムッソリーニは解放されるのを望んでいたのだろうか？「絶大な権力を奪われたムッソリーニは打ちひしがれていた。（中略）かつての独裁者はもはやヒトラーに調教された操り人形でしかなく、残された日々はあまりなかった」[1]囚われの日々のせいでムッソリーニは瀕死状態だった。精神的にも身体的にも傷つき、もはや往年の独裁者の影でしかないように見えた。何事にも動じない、その鋼鉄のような精神をヒトラーから賞賛された、芝居じみた衝動的な男は、イタリア社会共和国のトップに置かれた執行人でしかなかった。イタリア社会共和国の領土は北イタリアに限られていた。首都はローマだと主張していたものの、この傀儡政権には一時的に政府機関が置かれていたガルダ湖畔のサロ村の名前が付けられ、サロ共和国とも呼ばれていた。ムッソリーニはサロから数キロのところにあるガルニャーノの《ヴィッラ・フェルトリネッリ》に居を構えた。気の滅入るようなガルダ湖畔に隔離されてしまったムッソリーニは、人びとから遠ざけられたのは彼をこれまで以上に監視するためだとわかっていた。

身体的外見がいわば強迫観念となっていたムッソリーニはかつて、完璧な体をもたない男は女性に好まれず、女性に好まれない男にはなんの価値もないと何かにつけて言っていた[2]。だが、それもすっかり昔のことだ。いまや、頭は禿げ上がり顔つきは憔悴し、体はやせ細ってすっかり輝きをなくしていた。ザカリエは落ちぶれてからのムッソリーニしか知らなかったが、失脚によってむしろ彼は人間らしくなり、以前よりうぬぼれも小さくなっていた。権力の絶頂にあったときのムッソリーニは「私は思い違いをするのが好きなんだ。だが今日に至るまで私の予想に反することは一度も起きていない。すべてが私の予想通りに起こっている[3]」と言い切ることで、失脚後も自分を正当化している。

　失脚以前の二十一年間、ムッソリーニの敏腕ぶりのなすところによって、イタリア国内だけでなく多くの外国の指導者や知識人や国際世論においても彼の熱心な信奉者がいた。それは当時、ヒトラーやスターリンといった未来の独裁者にインスピレーションを与えるモデルとなっただけではない。第二次世界大戦以前はウィンストン・チャーチルもムッソリーニを「師」と仰いでいた。チャーチルは一九二六年に彼を「存命している最も偉大な政治家」と評し、一九四〇年になってもなお「偉大な人物」と言っていた。またローマ教皇はムッソリーニを「救世主」と呼び、一九三二年に黄金拍車勲章［ローマ教皇が授与する五つの騎士団勲章のひとつ］を授けている。一九三三年にはヨーロッパの多くの人が彼を「平和の守り神」と呼んで、フランクリン・デラノ・ルーズベルトでさえ彼にこびへつらう発言をしている。

それぱかりか、ムッソリーニは一九三一年にマハトマ・ガンジーを招き、ローマ教皇ピウス十一世やイタリア王のことさえ拒否していた彼をして「総統《ドゥーチェ》は最高の指導者だ。私利私欲がまったくない完璧な人物だ」と評されているのである。

ムッソリーニの力、それは人びとを魅了できる点にあった。しかし、いまや失墜した彼の傍らにいるのは軍医のザカリエだけだ。ザカリエはムッソリーニより少し背が低く、眼窩が落ちくぼみ、顔は瘦せこけ、鼻の高い骨ばった男だった。ムッソリーニのうつ症状と胃潰瘍を治療するためにヒトラーが賢明にもザカリエを派遣したのである。ムッソリーニが、自らが解任されるに至る策謀をまったく予測できなかったのはひとえに病気と精神的な弱さのせいであったことはだれの目にも明らかだった。

ムッソリーニは一生のうちに、二人のドイツ人に胸の内を打ち明けている。一人は一九三〇年代（つまり彼の権力の絶頂期）の偉大な記者、エーミール・ルートヴィヒ。もう一人は、それから十年以上がたってから、荒廃したイタリアで出会った主治医のザカリエに対してだ。ザカリエが書いたムッソリーニの数々の言葉を紹介した、いわば暴露本『ムッソリーニの告白 *Mussolini si confessa*』は一九四八年にイタリアで出版されている。外国人で教会とも関係のない医師のザカリエはムッソリーニの唯一の友だった。ムッソリーニは若いときでさえ親しい友人を必要とせず、一度もつくったことがなかった。彼は長いあいだ社会的な生活をあきらめていて、自身の宮殿からほとんど外に出ようとしなかった。自分にはだれも必要ない、相談役も必要ないということをいわば自慢に思っていた。なぜなら、自分はいつも正しく、議論をする必要がないからだ。こうしたいわば滑稽ともいえる性格は、第三帝国が崩壊したときのあの「悪魔にとりつかれたかのような」ヒトラーをして好ましい印象をもちつづけさせたのである。ザカリエの著書のなかでムッソリーニは率直に自らの過去や恋愛や心残りを語っている。一九三七年に出版された著書『健康への新しい道 *Der neue Weg zur Gesundheit*』で、自分は精神療法と催眠療法に通じた内科学のスペシャリストであると自慢しているザカリエは、ムッソリーニに最も必要なのは、とにかくだれかと話をしつづけることだと考えていた。

ザカリエはムッソリーニと親密になろうと考えていた。統領が遠慮せずに心の内を話せる唯一の人物になろうとしたのだ。ムッソリーニのほうは時勢にうんざりしていたところにやってきた外国人、自分が指導者として何をしてきたかとか、サロでの事件やイタリア社会共和国の終わりが切迫していることなどを知らないこの外国人に心を開くことにこのうえない幸せを感じていたようで、ザカリエはそんな彼に大きな愛着を感じていた。互いに得るところがあった二人のあいだには信頼と親密さが築かれた。ザカリエは誤解や裏切りを恐れない信頼感を勝ち取ったのである。それは医師としての秘密保持といった問題を超え、本質的にムッソリーニの人格や地位や孤独と結びついた関係だった。最後の主治医は、裏切りを恐れてずっと人と関係を結ぶことから逃げていたムッソリーニに絶対的な忠誠を示してくれた唯一の人物だったのである。ザカリエがやってきて数か月後、もう医療的に彼の存在は必要なくなっていたにもかかわらず、彼をそばに置いておいてほしいとムッソリーニがベルリンに頼んだほどだった。

ザカリエがムッソリーニのもとに来たのは一九四三年十月の初めである。地図と必要な書類と胃腸病の治療効果が証明されている薬をいくつかもってやってきた。彼は経験上、胃腸病は身体的にも精神的にもその人を変えてしまい、抵抗力を奪うものだと知っていたのだ。たとえ強いられた仕事であっても、患者から信頼されたいという思いを抱いていた。ザカリエは「私の前で人間的、歴史的な悲劇が起こっている。私はまだだれもがその重要性を測ることができない問題を解決するために呼ばれたのだ」と自慢げに書いている。

ザカリエはムッソリーニと初めて対面したときの様子を死ぬまで覚えていた。到着して数日後の十月十日の朝、彼のもとに連れていかれたのだが、《ベッラ・リヴァ》という宿にザカリエを呼びにきたのは精神療法医でナチスのゲシュタポのメンバーだったM・ホルンという男だった。毎日ムッソリーニをマッサージしているというホルン医師はヒトラーの主治医のテオドール・モレルの治療法と処方を厳密に守っているのだろう、とザカリエは見て取った。監視人は常に監視されているものだ……。

ホルンはザカリエを《ヴィッラ・フェルトリネッリ》へ連れていった。湖のほとりにあるピンク色の大きな邸宅には美しい庭があった。ムッソリーニのいる二階の中心の広い部屋はドアで直接、寝室や浴室につながっている。彼の妻のラケーレ・グイーディは一階の部屋で寝泊りしていた。いずれにせよ夫婦はあまり一緒に過ごしていなかった。愛人であるクララ・ペタッチはそこから数キロ離れたところに住んでいる。

ラケーレは、夫のような独裁者は医師の手にかかるとそれはそれは従順な態度を見せると述べている。たしかにムッソリーニは医師や治療法に毒づくことはあっても、その存在を受け入れていた。いつも着ている上質のパジャマをナイトシャツに着替えることさえ承知した。[4] ザカリエを初めて迎えたときも、ナイトシャツの上に質の悪いバスローブを羽織っていた。

ザカリエがムッソリーニの寝室に入り軍隊式の挨拶をすると、ショック状態にあるムッソリーニは言った。「私はどんな状態に見える?」それから、ムッソリーニは寝室のソファに横になったまま、痩せて冷たい手を伸ばしてきた。この初回の診察でザカリエは「非常に驚いた」という。「写真で何百回と見ていたローマ皇帝のようだったムッソリーニの顔は、血の気が引いて黄色味がかり、痩せこけて頬骨が張り出し、すでに痩せている頬をよりこけて見せていた。にもかかわらず、私はすぐに彼のまなざしと飛び出た大きな瞳に魅了された。瞳から統領《ドゥーチェ》の頭のなかを読み取れたのである。計り知れない期待と静かな助けを求めている様子、それでいて深いあきらめと途方もない疲労が感じられた。彼は非常に温かく私に話しかけ、完璧なドイツ語で病気の進行状態について語った」[5]と回想している。「危機に瀕し、だれが見ても死にかけている男を前にしていた」ザカリエは「二十年前に民衆に新しい時代の到来を告げて盲目的な信奉をかき立てていた男が、どうやって、こんな状態で世界一強大な権力をもつ職に就き、四年間も戦争状態のイタリアを統治していたのだろう?」と疑問を抱いたという。自分の殻に閉じこもった統領は責任に背を向けて、もはやドイツ人の手の内でもてあそばれているにすぎない境遇を嘆いていた。「やつらときたら、ヒョウの毛皮の斑点のようにいつでもそこにいるんだ[6]」

時が経ち政治情勢が変化するにつれ、ヒトラーとムッソリーニの友情で結ばれた関係は依存関係へと変わっていった。生徒が師になったのである。いつの間にか「アドルフ・ヒトラーはドイツのムッソリーニである」と皆がヒトラーにお世辞を言うようになっていた。ムッソリーニは解放してくれたヒトラーに感謝はしていたが、彼がまったく敬意を払わなくなり駆け引きの余地も与えないことに失望し、苛立ちを感じていた。ムッソリーニはドイツの外交官であるルドルフ・ラーンと、駐イタリアドイツ軍の保安責任者で親衛隊の将軍であるカール・ヴォルフの監視下に置かれていた。

解放後にヒトラーから「レプブリッカ・ディ・サロ」（サロ共和国）の樹立を命じられたとき、ムッソリーニは部下のように進んで従った。ムッソリーニのファシスト党イタリアに始まった支配政治はもはや問題ではなかった。地中海を支配下に置く栄光あるローマ帝国を復活させるのも、ドイツ帝国から独立するのさえもはやどうでもよかったのである。一九四三年九月十五日、亡霊のようなムッソリーニはヒトラー総統の司令部が置かれていたケントシン［現ポーランドの街、ドイツ語名はラステンボルク］の空港の滑走路に下り立った。「ムッソリーニは神のみぞ知る病に混乱し疲れ切った様子で、彼には長く大きすぎるコートに埋もれて黒い帽子をななめに深くかぶっていた。かつて輝いていた瞳にはいまや恐怖と疲労が浮かんでいた」[7]ヒトラーは、よく知っていた独裁者がいまや精彩も生気もなくした影の薄い存在になっているのを見て愕然とした。神に逆らうこともためらわず、十年近く前から非凡な存在だとヒトラーが尊敬していた男は、敗走した瀕死の男になっていたのである。

ローマに拠点を置くドイツの諜報機関は、一九四三年四月にムッソリーニの身体的・精神的損傷状態に関する報告書を作成している。こんな状態で国を指揮できるのかと、その能力を疑っている内容だった。ヒトラーは長いあいだムッソリーニの体調が不安定であるのを知っていたが、そこまで深刻だとは思っていなかった。そもそも、イタリアの医学をまったく信頼していなかった。ムッソリーニを診察した多くの医師はだれも彼を治せなかったのである。ドイツ人の医師だけが彼を治療できると考えていたヒトラーが、信頼するやぶ主治医のテオドール・モレルにこの任務にふさわしい人物を選ぶように助けを求めたのもごく自然なことだった。自分と同じくらいの重要人物とはいえ、他人を治療するために自らの主治医を送ることはさすがにできない。しかし、モレルにしてみれば、名誉ある人物の主治医の地位をあきらめきれなかった。ムッソリーニは尊敬する「患者A（アドルフ）」に続く「患者D（ドゥーチェ）」だ。一九四三年九月十七日、すでにモレルは友人たちにイタリアの独裁者の主治医の地位を自慢する手紙を書いている。「かの偉大なる私の患者（ヒトラー）

は健康だ。だが私は次の偉大な患者を手に入れた。その患者は南にいる。残念だが、期待していたのとは裏腹に、ここ数週間のあいだに彼のもとには行けない……。体調はまったく問題ないのにヒトラーが私を行かせてくれないのだ。飛行機で移動しているあいだに私に何かが起こるのを恐れているのだろう」[8]

モレルが代わりに選んだのは病院のインターンだったゲオルグ・ザカリエだった。一九三九年八月二十六日に採用されたザカリエは、一九四三年からベルリン・ヴェステント地区にある一〇一病院の将校付きとして働いていた。貴族の爵位を得た著名な法律家《ザカリエ・フォン・リンゲンタール》家の出身で筋金入りのナチ派だ。一九三〇年八月一日にナチ党に入党し（党員番号は二七二四六六）[9]、一九三一年三月一日には突撃隊［ナチ党の準軍事組織］に入隊している。その後、住民九百人のヴァルトジーヴァスドルフ村の突撃隊地区指導者を務めた。

一九四三年九月二十三日、モレルは彼の代理としてムッソリーニの主治医となるよう、ザカリエにヒトラーの命令を伝えた。モレルはザカリエと友人ではなかったが、彼ならば自分の忠告と治療法を忠実に実践するだろうと見込んで、この繊細な仕事を託したのである。だが、なぜ、ザカリエだったのだろう？　ザカリエはモレルに特別に共感を抱いていなかったので選ばれた理由がわからなかった。それでも新たな権限を非常に喜び、この仕事を受け入れた。同時に、モレルとは裏腹にだれかを介してムッソリーニを治せる可能性には懐疑的だった。そこでこの職に就くことが命じられるとすぐに、厄介な助言者のモレルから解き放たれて、ムッソリーニのレントゲン写真を直接見たがった。モレルの診断だけを頼りにしたくなかったのと、自分自身の診療法を確立したかったからである。そして自らの臨床検査から、胆汁管の一部の詰まりと肝臓肥大による十二指腸潰瘍であると診断を下した。一方、心臓と肺は健康で心電図も問題ない。うわさで言われているような梅毒の兆候は見られなかった。ザカリエはこのときから自分の診断だけを信頼しようと決めたのである。

ザカリエのベルリン出発はそうやすやすとは運ばなかった。彼の仕事は秘密で他言無用が言い渡されていたからだ。移動手段を口にするのも禁じられていた。「のちに私のこの仕事を秘密にしておきたがったのはモレルだったとわかった」とザカリエは語っている。戦争の転換期においてムッソリーニの健康状態を隠しておくためだったのだろうか？　それともムッソリーニが回復したり小康状態になったりしたときに、モレルが手柄と名誉を手にするためだろうか？　ザカリエはモレルの態度を警戒するようになった。一見は好意的で礼儀正しいモレルという男が、じつは虚栄心が強く、どんな人に対しても病的な猜疑心を抱いていたのを知っていたのである。失敗すればすべてザカリエのせいにされ、成功したらザカリエの名前は世に出ないに違いない。

統領の体調を考えるとこの仕事は危険だ、とザカリエは思った。ムッソリーニは食事をせずトイレにも行かず睡眠も取っていない。消化管の痛みを避けたいがために食事の量は少なく、食べるのは火を通したフルーツだけで大量の牛乳を飲んでいた。また便秘予防のために下剤を多く飲んでいた。ドイツでもイタリアでも、胃ガンになると死が近いと考えられていたとザカリエは記している。

実際、ムッソリーニの病気に身体的な原因があるかどうか疑いを抱いている人はいた。ドイツ帝国国民啓蒙・宣伝大臣のヨーゼフ・ゲッベルスは、ムッソリーニは人びとが言うような病気ではないのではと疑い「彼を診察したモレル医師は深刻で危険な症状の兆しは何も見られなかったと認めている。とくに彼が性病にかかっているというのは間違いだとされた。ベルリンでモレル医師が診察したところ、循環器のトラブルも精神的弊害も消化機能の乱れも見つけられなかった。つまり、多かれ少なかれだれもが悩まされている現代の革命的政治家に典型的な症状は見られなかったのである。彼の病気は進んではいるが治る見込みはあるとモレル医師は考えている」[10]と記している。ガンや胃潰瘍や梅毒の兆候はなかったが、ストレスと疲労からくる症状はたしかにあった。モレルの患者であるヒトラーだって、身体的不調から胃痙攣を起こしやすかったのではなかったか？

医師で話の聞き手であるザカリエの訪問だけが、ムッソリーニを孤独から救った。ザカリエは到着してすぐに「統帥《ドゥーチェ》には家族間の理解と政治的協力者との友情関係が欠けている」と記している。妻と愛人クララ・ペタッチとの関係は波乱に富んでいた。投獄されたときにムッソリーニがクラーラをほったらかしにしてからというもの、二人の関係は変わってしまっていた。

いずれにしても、ムッソリーニを逮捕に追いやった暴動を主導したのは彼に近しい者たちだった。

ジュゼッペ・ボッタイ［ファシスト党幹部、政治家］とディーノ・グランディ［ムッソリーニ政権下の外相］とムッソリーニの娘婿のガレアッツォ・チャーノ伯爵だ。初めて深刻な胃潰瘍になった一九二五年から一九四三年までムッソリーニを診察していたアルド・カステラーニも、ムッソリーニが解任されたときにはヴィットーリオ・エマヌエーレ三世に仕えていた。

ムッソリーニはドイツ人に派遣されてきた見ず知らずの医師といるときよりも、取り巻きのなかにいるときのほうが疎外感を覚えていた。ザカリエと知り合ってからまだわずかな期間しか経っていない。そのうえ普段は疑い深い性格のムッソリーニがザカリエを信頼したのだ。一方、ザカリエはムッソリーニの周囲にいる医師のなかで自分だけが彼を回復させることができるという自信があった。しかしムッソリーニは本当に病気だったのだろうか？　ザカリエにとっては間違いなく病気だった。では、なんの病気かというと、そこのところははっきりしていない。

一度めの診察の結果、ザカリエは、最初の自分の仮説は裏付けられたと確信した。彼によれば、ムッソリーニはこれまで「悪魔の治療」を受けていた。体調が悪くなるたびに牛乳の摂取量を増やすように命じられていたのである。統領の担当看護師のイルマはザカリエに、前任の医師たちは紅茶とバターをあまり使っていないビスコット、それにときどき加熱したフルーツを食べるという食事療法を勧めていたと打ち明けた。ムッソリーニはそれを従順に守り、加えて一日二リットルのホットミルクを飲んでいた。とんでもない勘違い療法だが、料理人たちもこう証言している。ジャガイモのピューレか消化しやすい野菜を食べるように彼を説得することはとても困難だった。食べるとすぐに頭痛を訴えるのだという。これまでの食事を問題視したザカリエは、すぐにこれまでの食事療法は大きく間違っていたのだと告げる。ザカリエは牛乳の過剰摂取が腸の通りを悪くさせ、便秘を引き起こしていると考えた。医師から処方されていた強い下剤はなんの効き目もなかった。そのうえ、ビタミンが不足していたためにさらに便秘が引き起こされていたのだ。二十年前に胃潰瘍になったムッソリーニは一九四〇年から数々の治療を受けていたにもかかわらず悪化の一途をたどっていた。胃痙攣は食後二、三時間続き、夜のあいだも彼を苦しめた。腹に激しいパンチをくらっているようだと彼は語っている。

肝臓はへその辺りまで肥大して固くなっていたが、表面は滑らかだった。ムッソリーニのきめの細かい腹の皮膚を通して、ザカリエは彼の腸が硬直し胃の一部が圧迫されているのを見て取った。特に右脇肋骨のあたりの胸骨上部がひどかった。胆嚢の正確な位置はわからなかった。ザカリエは続発性貧血に起因する目の血色の悪さと、一〇〇／七〇という六十歳にしては低すぎる血圧にも気がついた。統領の肉体は崩れかけ乾燥していて下半身は痩せて腹部に問題があるものの、心臓や肺のある上半身にはなんの異常も見られなかった。すべての反応が正常だった、いやむしろ反応が速かった。目を閉じていても、脊髄に梅毒の後遺症の疑いがないのは明らかだった。「以前こうした感染症にかかったことがありますかと尋ねると、ムッソリーニはかかっていない、あれは私を貶めるためのうわさにすぎないと答えた」[11]

ザカリエは自分がもってきた薬に間違いはなかったと思った。効果を知ったうえで評価している薬だ。「翌朝十時頃ふたたびムッソリーニに会いに行ったとき、私は熟慮の末、モレルの処方に従わずに私自身のやり方で治療をすることにした」と述べている。彼は梅毒の傷から心臓や血管を守るヨードをベースとした治療薬を処方しなかった。「なぜ、不要な薬を処方して病気の肝臓に負担をかけ、肥大させなくてはならないのか?」と考えたからである。

彼は、何があってもムッソリーニをヒトラーのような薬物中毒にはしたくなかったと述べている。モレルがムッソリーニに梅毒の疑いを抱いていると知っていたにもかかわらず、そう断言したのだとすればどのように受けとめるべきだろう? モレルの患者であるヒトラーについても言えることだが、こうした病は根拠のない妄想でしかない。モレルはヒトラーとムッソリーニにまったく同じ成分を処方していたが、ザカリエはモレルの治療の実行者としての役割を拒否したのである。「私は二週間おきに十日間、化学的に純粋なホルモン注射による治療をおこない、その次の週は女性ホルモンの注射をし、その量をだんだんと増やしていった」とザカリエは書いている。投与した薬品の名前は明らかにしていないが、彼が自由に使えたのはモレルの薬だけだった。ハンマ研究所で開発された後発薬でヒトラーに処方されていたオルチクリンとプロスタクリヌムという薬だ。オルチクリンは男性の性ホルモン欠陥を予防するために睾丸から抽出されたもので、プロスタクリヌムは疲労と抑うつ状態に効き、精嚢と前立腺の原動力となる薬である。[12] ザカリエは男性ホルモンによる治療が患者の気分に前向きな効果をもたらすと知らなかったのだろうか？　おそらく知っていただろう。しかし彼は患者の心理的脆弱さをよりどころにするような治療を拒否したのだった。

ザカリエはさらに、ビタムルチンCという刺激剤も加えた。「ムッソリーニは毎日注射によってエネルギーをよみがえらせなくてはならないほど疲れ切っている。注射は日常生活に欠かせない」[13]と書いている。モレルはほかにどのような治療法を勧めていたのだろう？　ムタフロールだろうか？　ザカリエはモレルへの手紙のなかで彼を褒め称えている。「腸内菌叢が毎日の消化運動に大きな役割を果たしているのを考慮するのは正しい知見です。私自身、ここで治療したさまざまな症状からそのことを認めることができました」

モレルが親衛隊のヴォルフ将軍を通じて定期的に送ってきた薬については、一九四四年一月六日のモレル自身の日記にもメモが残されている。「私はヴォルフにイタリア行きの薬を託した」[14]

結局ヒトラーにモレルが行ったように、ザカリエも野菜と生の果物と魚を出すように命じて統領の食事のバランスを整えるようにした。だが、牛乳を飲むことは厳しく禁じた。急激な変化を避けるためにまず一日の摂取量を二百五十ｃｃに減らし、一週間後には完全に飲むのを禁じている。この変化はすぐにいい効果をもたらした。とはいえ、ザカリエはムッソリーニの病気について考えられる心身的な要因については何も言わなかった。

ムッソリーニの性格に魅了され、与えられた権限に満足していたザカリエは、モレルから完全に「独立」して、任せられた職務によい結果を出せたことに喜びを感じていた。二週間後の公式儀礼が実施される際にはムッソリーニから「自由になったように感じる。もう腹に痛みを感じることもないし、夜も怖くない」と言われ、ザカリエも同じく満ち足りた気分になった。統領に耐え難いほどの苦痛をもたらした痙攣は収まり、肥大が心配だった肝臓はだんだんと小さくなり、一か月経つ頃には通常の大きさに戻っていた。ザカリエはすっかり自信を得ていた。腸は下剤なしでも機能するようになり、過敏に反応していた肝臓も落ち着きはじめ、二か月も経てば完全におさまると思われた。ムッソリーニは感動した。さらに、血液検査の結果も血液の色と赤血球の好ましい増加を示していた。

ムッソリーニの食事療法はおもにニンジンやジャガイモといった消化しやすい野菜を摂り、牛乳抜きで砂糖を少し入れた紅茶を飲むことだった。酒をたしなまずタバコも吸わないことも仕事に好都合だとザカリエは感じていた。しかし週に二、三回肉か魚を食べるようにムッソリーニを説得するのは骨が折れた。肉や魚は活力を取り戻す唯一の食べ物であるとなんとか納得させたものの、元気になるとすぐにヒトラーのようにベジタリアンに戻ってしまった。ヒトラーと同じく統領も、動物性ホルモンを大量に注射しているのに同じ動物性の食品を食べるのは拒否するという矛盾に違和感を抱いていなかった。

「私が治療を始めてからいままでムッソリーニを見ていた取り巻きの人びといわく、最も特筆すべき変化は背筋がまっすぐになり、肌に通常のような張りが戻り、顔からしだいに青白さと黄色味が消えてかすかな血色が戻ってきたことだという。ムッソリーニは気力も取り戻し、当初は恐ろしいほど消極的だったが、数週間経ったいまではいつも元気になった。政治の動向や仕事や国事にも興味をもちはじめたようだ」とザカリエは自慢げに記している。ホルモン剤は胃痛になんの効き目もないので、ザカリエはホルモン剤の量を減らそうと決めた。実際のところ、ムッソリーニの精神と決断力を回復させたのは注射していたテストステロンと彼に合った新しい食事療法だったのである。だが理由がわからず減りつづけている体重の問題が残っていた。原因を探っているうちに、ザカリエは彼の食事量が足りないことに気がついた。そして、イタリア国民が戦争による食料難で栄養不足になっていることと関係しているという結論に至った。イタリア国民が食べられないものを食べるように提案すると決まってムッソリーニが怒ることに気がついたのである！　彼のムッソリーニへの賛美の念はますます大きくなった。黒シャツを着てローマ進軍〔一九二二年のクーデターのこと。その結果、ムッソリーニが政権を手に入れた〕を行った男は民衆に寄り添って我慢をしていたのだ！　ザカリエの彼への信頼は頂点に達した。

病床にあったムッソリーニは、毎朝十時に起きていた。だが、健康が回復するにしたがって、起床時間は九時、さらには八時と少しずつ早まった。ザカリエは毎日、患者のもとを訪れた。ベッドの傍らに一時間はとどまり、ムッソリーニといろいろな話をした。そして、二十時ぐらいになると「私は再びムッソリーニのところに行き、そんなに遅い時間にもかかわらず、しばしば長いあいだ腹を割って男と男の話をした。統領《ドゥーチェ》が最も打ち解けて雄弁に語っていた時間だった。その優秀さ、知性、そして並外れた記憶力がよく表れた時間だったといえよう」[15]とザカリエは述べている。ムッソリーニは、その教養においても芸術性においてもどの点でもヒトラーに勝っていた。ザカリエが望んでいたことは、この患者が「心身ともに再びもちこたえてくれる」[16]ことだった。そして、ムッソリーニが周囲から自分がどのように見られることを望んでいるかもよくわかっていた。すなわち、毎日十八〜十九時間（日曜は十四時間）働き、国家の複雑な仕組みを頭の中ではっきり把握できており、執務室はいつも開かれたままだというイメージである。

何人もの記者がムッソリーニはいかに仕事熱心であるかについて記事にし、そこから、毎晩五時間しか眠らず、必要とあらばまったく休みなく何日も不眠で働き続けることができるという伝説がつくりだされた。サロ共和国ができる前はこの神話がまことしやかにささやかれていた。だが、その後は……。

ムッソリーニの妻もまたその伝説に貢献した。彼女は自らの著書のなかで、日に日に忙しくなっていく夫の毎日について記述しているが、そこではムッソリーニは完璧主義者として描かれている。夫は「水泳、フェンシング、スキーなどもやっていました。イタリアファシスト党の党首は、大きな麦わら帽子をかぶり、上半身裸で収穫作業まで手伝ってくれたのです。もちろんプロパガンダにも参加しました。ショートパンツ姿で、リッチョーネの海岸をジョギングしたり、白い帽子に白いズボン、マリンブルーの上着に白いポシェットをかけ、自分の船オーロラ号に乗ればヨットマンになります……。一九二〇年から四三年まで住んでいた公邸《ヴィッラ・トルロニア》では、彼はシンプルな家族生活を送っていました。毎朝六時半に起き、十分間で朝食をとり、体操か乗馬をして、八時には仕事のために家を出ます。ただし、木曜と金曜は例外で、だれよりも早く執務室に着いていました」[17] そして、この話には、彼がいかに節制していたかという話が加わる。ワインの生産国であるイタリアにいながら、かろうじて唇をしめらせるぐらいか、あるいは仕方なくそれ以上に口をつけなければならない場合以外はワインを飲まなかったというのだ。

主治医はムッソリーニを守りたかった。彼から見ると、ムッソリーニは実際に勤勉な生活を送っており、人びとが思い描いているような贅沢な生活とは無縁だった。とくに、《ヴィッラ・フェルトリネッリ》での生活はシンプルだった。家族以外には料理人が一人、小間使いの男が一人、女中が三人いただけだ。一家はまるで隠遁生活のような毎日を送り、社交界との付き合いもなかった……。ムッソリーニは毎月一万四千リラを国から受け取っていたが、彼の唯一の「贅沢」は、二週間に一度マニキュア師を呼んで爪をきれいにしていたことと、軍服をいつも手入れさせていたことぐらいだった。

ザカリエはやがて、毎朝、家を出る前に哲学書やイタリアの歴史書の一章、またはゲーテの詩を一篇読み、四か国語を話すこの男の知性の魅力のとりこになっていた。ムッソリーニは、いつも手の届くところにプラトンの『国家』を置いており、毎日、執務室に向かう前に国家について書かれた章に目を走らせる。ザカリエはムッソリーニの日々の言葉を聞きながら、国を統治する点において彼が政治の大原則を見失うことはないと思っていた。ムッソリーニにとっては、国を統治することは、芸術と文学を愛するのと同じぐらいの情熱を傾けるべきことだった。もはや、ザカリエにとって、医者という職業に固有の客観性や自立性は存在していなかった。毎月、ザカリエがヒトラーの司令部に報告書を送ると、だれもがムッソリーニの健康の回復を喜んだ。

ドイツの医師が到着してから二か月後、健康を回復したムッソリーニは、ヒトラーと会って話をしなければならなくなった。毎日、長時間執務に就いているムッソリーニはもちろん疲れてはいたが、それでも、元首としての仕事を続けることができるだろうというのが主治医の見立てだった。

独伊同盟は遠い過去のことになってしまったが、その関係を立て直したドイツは、イタリアの運命を自分たちの手中に収め、イタリアに忠誠を誓わせたいと考えていた。イタリアの北東部全体はドイツ帝国の支配下に置かれ、南部は連合国の手に落ちている。そこで、近代的兵器の使用訓練をするために、ドイツにはイタリアの四つの師団が置かれた。配属されていたのはほとんどが志願兵で、おもに元軍人や年老いたファシスト党員だった。ムッソリーニは、少なくともそのうちの一つの視察に行き、新たにできた部隊の前で自ら兵士たちを称えたいと考えていた。そして、列車を一台仕立て、ザカリエを連れて視察旅行に出ることになる。だが、ザカリエによると、ヒトラーとの会談の準備に追われていたムッソリーニとは列車のなかではほとんど顔を合わせなかったという。実際、ムッソリーニは執務室と化していた車両からまったく離れることがなかった。出発した日の翌朝九時、ムッソリーニは《サンマルコ師団》を視察した。そして、いくつかの隊を閲兵し、演壇に上がり、主治医によれば、とても短かったものの確固たる演説を行った。ムッソリーニがヒトラーに解放されてから初めて公に姿を現した瞬間だった。ザカリエはこう語っている。「その力強い声、背筋の伸びた姿勢、全身にみなぎる勝利への確信は、兵士たちにとても強い印象を与えた。祖国の勝利をまだ信じている男たちの真ん中に立って初めて、この有能な私の患者は自分が心から解放されて自由になったと感じているようだった。兵士たちに体を触られ、ハグされ、出発のときには拍手喝采を受けた。それはアドルフ・ヒトラーの国、ドイツでは決して見られなかった光景だった」

一九四三年十二月九日の会談後、ムッソリーニはこう記している。「ヒトラーは私を見るやハグをしてきた。だが、イタリアの情勢について演説をするというイタリアに対するマナーを欠いた彼のやり方を見たとき、私は自分がもう死んでいるような気がした。疲れ果て、絶望的な気分になり、落ち込み、ガンを患うのではないかと恐ろしくなったほどだ。（中略）私は自分から何かを語ったり話し合ったりする元気はなく、ただただ休みたかった。だが、実際には休むどころか、そのまま総統の演説を聴かなければならなかった[18]」ヒトラーに借りをつくってしまったムッソリーニは、いまやイタリアの戦力にはドイツの介入が必要であり、もはやドイツ側から敬意を表される関係ではなくなったことを認めざるを得なかった。連合軍の上陸の危機に脅かされ、ドイツ軍の援護なしではもはやもちこたえられなくなっているイタリアは、ドイツから恩義を受ける立場になってしまったのだ。

一九四四年一月、ヴェローナ裁判が行われ、ムッソリーニを裏切った者たちが死刑判決を受ける。そのなかには、ムッソリーニの長女エッダの夫チァーノもいた。刑の執行はチャーチルを刺激し、彼は、忌み嫌っている自分の義理の息子から第二次世界大戦において最も勇敢なリーダーはだれだと思うかと質問された際、才気を効かせてこう答えたという。「ムッソリーニだね。彼は、娘婿を死刑に処す勇気があるのだから」だが現実は、ムッソリーニがヒトラーの要求を飲む以外に選択肢はなかった。

ザカリエがムッソリーニのもとに来て半年後、彼は再び、以前習慣にしていた運動を再開できるぐらいに体力を回復させたと思った。まずは自転車に乗るようになり、やがて、毎日、雨さえ降っていなければ一時間半テニスをするようになった。その姿を毎日見守っていたザカリエは、ムッソリーニの《若々しい軽快さとテニスへの情熱》に驚嘆したという。もはや胃の痛みはないようだった。ザカリエにとっては、彼は稀有な成功例だった。ムッソリーニ自身もそう思っていたようだ。

主治医は、単なる謙遜からこのように付け加えている。「主治医としての仕事は、患者の健康状態をチェックし、患者が風邪を引いたときに治療するだけです」[19]では、奇跡が起きたということだろうか？　ザカリエは自分の著書のなかでそう自問自答し、いや、そうではない、単に十二指腸潰瘍の治療がいい方向にいき、そのときの薬も適切だったからだと述べている。そのおかげで、ムッソリーニはまるで二十歳のときのような体力を取り戻したのだ。

翌年の春、一九四四年四月二十二日、ムッソリーニと主治医は再び列車で、ヒトラーと新たな会談をするためにザルツブルクに向かった。二人の独裁者は、長いあいだ心のこもった握手をした、とザカリエは回想している。二人はクレスハイム宮殿に滞在した。翌日、ザカリエがムッソリーニを診察に行くと、とても元気そうで穏やかに話をしていたが、そこには秘めたる動揺が感じられた。ザカリエがヒトラーの主治医モレルとすれ違ったとき、モレルはムッソリーニの健康状態を尋ねてきて、彼に会わせてほしいと言った。その晩、ザカリエがムッソリーニに会いに行くと、長い時間がかかった政治的会議のせいで疲れ果てているように見えた。ムッソリーニはリラックスするためにゲーテの詩を読みはじめた。主治医が、ゲーリングもヒムラーもすぐ近くにいたにもかかわらずムッソリーニに挨拶に来ようともしないことを指摘すると、ムッソリーニ自身もそのことを大きな侮辱と感じているようだった。ヒトラー総統と同じように、彼らはイタリア軍に対してまったく重きを置いておらず、ムッソリーニの弱さを軽蔑していたのだ。翌朝、ヒトラーと朝食をとった後、ムッソリーニとザカリエは帰路に就くために駅に向かった。ザカリエは、著書の中で、ムッソリーニの人気はまったく衰えていなかったことを、駅を通るたびにその村の住人たちがムッソリーニを一日見ようと大挙して押し寄せるので、そのたびに列車を減速しなければならないほどだった——と記している。ムッソリーニは、民衆が興奮する姿に感動した。自分が以前ほど必要とされず、もはやほとんど使命は終わったなどとはまるで考えようとしなかった。

一九四四年七月半ば、ザカリエは再び、ドイツの領土でヒトラーのもと訓練しているイタリアの師団を視察に行くムッソリーニに随行する。同年の三月、ザカリエは、その働きぶりと忠誠心から、中佐の地位に昇進していた。

二人の乗った列車は、敵の空襲に備えて長い車列で護衛されていた。そして、今回はザカリエのほうが病に伏した。風邪で高熱が出るとともに、関節がひどく痛み、ほとんど動けなかった。ムッソリーニは、一緒に来ないほうがいいのではないかと言ったが、ザカリエは、どんな状況であってもあなたのそばにいるのが自分の務めだと言って聞かなかった。これまでの旅と変わらず、今回もまた、ムッソリーニは民衆から熱烈な歓迎を受けた。ドイツ領土内でも同じだった。ムッソリーニが列車を降りて人びとが掲げる写真にサインすることを承諾すると、民衆から賛辞の嵐が巻き起こるのだ。ムッソリーニはまた、自分はすべての訓練現場を見にいきたいのに、連合軍の空からの攻撃に対するたびたびの警報によって視察が中断されることがとても残念だ、とザカリエに語った。ザカリエは、民衆にこれほどまでに直接かかわろうとするムッソリーニの姿に感動を覚えるとともに民衆の歓喜の渦に包まれているときのムッソリーニはまったく疲れ知らずに見えた、と語っている。彼を興奮させたのは、ほかでもない、兵士たちの愛情のこもった態度だった。「統領《ドゥーチェ》は目をきらきらさせ、その表情は輝いていました。自分自身ですべての駐屯地を訪ね、その状態を掌握しようと文字通り走り回っていました。ムッソリーニに随行していた高官たちは二時間もしないうちにくたくたになっているように見えました。でも彼だけは潑剌として、とても上機嫌でした[20]」ザカリエはまた、ムッソリーニを一目見たい、声をかけたい、彼の体に触れたいと願う兵士たちが押し寄せたために、次の視察地に向かう列車に乗りこむだけで一時間以上かかることもあったと語る。連合軍のノルマンディー上陸や、ローマの奪取のことはまったくムッソリーニの頭にないように見えた。しかし、終わりは近づいていたのだ。

ムッソリーニが東プロイセンのケントシンの近くにヒトラーが設けた司令部《ヴォルフスシャンツェ》(「狼の巣」という意味だ)に到着したときにはものものしい雰囲気が漂っていた。湿林ともいえる森のなかに、ヒトラーが東欧での軍事作戦を間近から指揮できるように司令部を設置したのである。陰鬱な場所であったが、そこでは全員が異常に興奮していた。そして、列車の扉と窓は中が見えないようにすべて閉めろという命令が下っていた。というのも、ムッソリーニが到着する一時間前の十二時四十五分ごろ、クラウス・フォン・シュタウフェンベルクが指揮する暗殺計画、いわゆるヴァルキューレ作戦によってヒトラーが暗殺されそうになったのだ。憎しみに燃えたヒトラーは、裏切り者とその家族を一人残らず皆殺しにするように命じた。だが、ムッソリーニの列車が着いたとき、彼自身も主治医もそんな状況については何一つ知らされていなかった。

ザカリエはモレルから、ムッソリーニはヒトラー自身から、その事件について聞かされた。ヒトラーは右手を怪我し、体の一部に火傷を負い、鼓膜が破けたという。結局、ヒトラーとムッソリーニの会談は、いつもに比べてとても短く、あっという間に終わってしまった。ヒトラーはすぐに「失礼する」と言って、去り際にムッソリーニの手を握ったが、その手は震えていたと言う者もいる。ザカリエは、その手は愛情にあふれていたと述べており、目にした様子から、同盟関係は死に瀕しているものの、ムッソリーニはやはりヒトラーの唯一のそして最良の友であることを思い出したという。戦争が勃発してからムッソリーニがこれほど元気なことはなかった。これまでは、常に競争にさらされ、たいていはヒトラーが優位に立っていた。それがついに、ドイツ帝国とその元首の弱みが見えてきたのだ。屈辱を受け、裏切られるのは自分だけではない――。その考えはムッソリーニをとても元気づけた。

一九四四年十二月、ガソリンの配給問題が生じ、さらにドイツ側が身の安全を保証できないという理由から移動の申し出を拒否したにもかかわらず、ムッソリーニは、聖なる街ミラノに戻った。彼はいつものように、それが幸福な出来事となること、そして、彼がイタリア社会共和国のトップでありつづけると人びとに示すことを邪魔立てするものなど何もないと信じていた。

十二月中旬の三日間、ムッソリーニは自分の人気を試すことにした。一九三六年以来初めて、ムッソリーニはミラノに現れ、リリコ劇場の一階後方の選ばれた席の前で、熱を帯びた演説をする。そして、イタリア国民に向かって、闘うことでイタリアの栄光を守りぬこうと呼びかけた。数分間、彼は、言葉と行動の魔力ともいえる力を発揮した。[21] 純真な主治医は心からそう思った。ムッソリーニがこの街に来ることは正式には告知されていなかったにもかかわらず、民衆が歓喜に沸き立っているのを見ることができ、彼は満足感でうっとりした。ムッソリーニは演壇から降りるとザカリエの手を握ってこう言った。「きみにお礼を言わなきゃな。今日まで私が生きてこられたのはきみのおかげでもあるのだから」ザカリエにとって、これは聖なる儀式と同じ意味があった。半分死にかけていた人物を復活させ、かつてのファシズム黄金期と同じだけの情熱を彼によみがえらせることができたのだ。その後の二日間、ムッソリーニは、わざとミラノの町のあちこちで自分が乗っているコンバーチブルを停めさせて、自分の評判をテストした。ザカリエは、まるで自分のヒーローをうっとりと眺めている少年のようだった。もちろん、これまで何度もムッソリーニの名声を目の当たりにしてきたが、このミラノではそれが絶頂期にあるように思えた。彼は、自分が果たすべき役割をまっとうしたと思い、大満足だった。たった数日間で、物悲しい湖畔が喜びの場所に変わったのである。

一九四五年一月、ザカリエとその患者、ムッソリーニは雪と寒さのなか、最後の旅をした。第四師団の視察だった。厳しい天候のなかでの旅になったが、ムッソリーニは一人でパワフルなアルファロメオ二八〇〇に乗り込み、無事に視察をしているように主治医には見えた。だが、それは長くは続かなかった。ザカリエは、ムッソリーニが決して苦痛を訴えず、熱が出ても治療を受ける必要はないとあえて言っているのだと気づいた。兵士たちと同じように粗野な補助ベッドで眠り、寒さにこごえながら目を覚ました。ザカリエが、イタリアの兵士の生活状態はあまりに惨めだと指摘すると、ムッソリーニはいかにも不満気な表情で黙りこんでしまった。ザカリエは、今年の厳しい冬を乗り切れるかどうかと、ムッソリーニの健康状態を案じた。

ヒトラーもモレルも予想できなかったこと、それは、ザカリエをとりこにしたムッソリーニの魅力である。ザカリエは彼を「私が出会ったなかで最も人間らしく、最も賢く、最も教養のある人間」と形容している。ムッソリーニがなんらかの判断ミスをしたとしたら、それはひとえに病気のせいに違いないと考えるほどに。見張り番役の主治医は、彼の魅力に心酔していた。ザカリエはあまりに無邪気だったのだろうか？　あるいは、患者の孤独と虚栄心を利用する巧みな心理学者だったのだろうか？　おそらくその両方だろう。他の医者だったらだれもこんなふうにムッソリーニに質問をしたり、答えを引き出したりはしなかっただろう。だが、ザカリエは、戦前はこうした病気の患者のためのサナトリウムで働いており、神経性の病気に慣れていた。もしくはムッソリーニが彼を丸め込み、歴史に名を刻んでやろうとやってきた男を変える策を用いたのだろうか。[22]

勝利の希望がすべてなくなると、ムッソリーニは自らの健康状態が悪化していくのを感じた。主治医は、潰瘍は消えてなくなったのではなくあくまで休眠していただけだと考えていた。降伏という突然の現実と降伏による生命の危機はムッソリーニを打ちのめした。ムッソリーニは不眠症に陥る。断続的な短い睡眠も体の休息にはほとんど役に立たない。つねに落ち着かず、短い休息も定期的にとれたわけではなかったからだ。見る見るうちに痩せていき、回復した体も完全に過去のものとなってしまった。降伏直前の数日間、敗北が確実になっていくにつれて、年齢の割に驚くべき身体的・知的能力をもっていたムッソリーニは、重い神経系の発作を起こし、神経麻痺に陥った。無気力になり、以前、あれほど高いレベルで保っていた知力もエネルギーも明らかに欠如した状態となった。眠れない、食べられない。そんな状態に陥った彼を、医学ではもうどうすることもできなかったと[23]、彼の最後の賛美者と言うべき主治医は述べている。

同年四月、ソビエト赤軍はベルリンに迫り、連合軍はほぼエルベ川に達していたが、ヒトラーとムッソリーニは、それでもなお勝利への希望を信じようとあがいていた。だがイタリアでは、敗北はもはや時間の問題だった。

だが、ムッソリーニはミラノに戻って、彼の最後の住まいとなるコルソ・モンフォルテにある県庁に大臣や政府高官たちと陣取った。極めて混乱していたと思われるこのとき、ザカリエはほとんどムッソリーニの顔を見ることはなかった。四月二十五日、連合軍はポー川を越え、ドイツ軍はアルプスまで退却することを余儀なくされた。イタリアにおけるドイツ軍兵士の数は六十万人、対する連合軍の数は百五十万人だった。前線からは悪い知らせばかりが届き、イタリア軍とドイツ軍は次々と撤退し、兵士たちは徒歩で逃げ出した。

ザカリエがミラノで会ったとき、ムッソリーニはいまだに、形勢を逆転できないわけではないと思おうとしていた。ムッソリーニは降伏が差し迫っているのをどうしても認めたくなかったのだろう、と主治医は書いている。健康状態が日に日に悪化していくなか、ムッソリーニは自分の身の振り方についてさえすぐに決めようとしなかった。主治医は、逃げたほうがいいと説得を試み、二つの選択肢を示した。一つは、スイスにかくまってもらうこと。もう一つは、まずはガルニャーノまで行き、そこから夜のうちに空路でスペインまで脱出するという方法だ。それを聞いたムッソリーニは胸がいっぱいになったが、すぐには答えなかった。わめきちらすヒトラーとは正反対に、ムッソリーニは静かだった。ただ、ザカリエを安心させるために、午後までには決めると伝えた。ムッソリーニは最後まで、運命論者だったのだ。

自分たちの運命は元首とともにあると信じている最後のファシスト党員たちに囲まれたムッソリーニは、警護を願い出た彼らに、ずっとそのままの地位にいてほしいと懇願された。最期の雰囲気は最悪だった。ムッソリーニは執務室に閉じこもり、腰にこぶしを当てて、あごを上げたまま、部屋のなかをうろうろと歩き回る。そして、自分たちを奴隷のように扱ったドイツ人をののしりながら、彼らが犯した罪を並べ立てた[24]。ムッソリーニの唯一の友人を自負していたザカリエは、執務室と寝室を行ったり来たりしている友を見ていた。その顔はひきつり、死人のように青ざめていたと述べている。

十七時、ムッソリーニはザカリエに、仲間を見捨てることはできないと言った。仲間の軽率な引きとめに影響を受けてしまっていたのである。元首は決して裏切らない！　そして、その男に最後まで忠誠をつくそうとしている男は、ムッソリーニには生きる義務があり、イタリアの未来にはムッソリーニが必要だと考えていた。最後の最後まで、ザカリエは、ムッソリーニに対して果てしない賛美を送りつづけた。彼らの最後の会話は、ムッソリーニの精神的な完璧さについてだった。

レジスタンスの指導者たちは、ムッソリーニを「人民裁判」にかけたがったが、ムッソリーニからすれば、第二の七月二十五日［ファシズム大評議会でムッソリーニが退陣させられ独裁権を失った日］ともいえる危険を冒すのは問題外だった。残るは、国家ファシスト党の民兵組織《黒シャツ隊》の抵抗運動の最後の砦、ヴァルテッリーナに逃げるしかない。そこに行けば、連合軍やパルチザンの目を逃れることができると考えたのだ。ファシスト党書記長のアレッサンドロ・パヴォリーニは、彼の部下たちがムッソリーニの身を守ると請け合った。ムッソリーニとその側近をコモ湖まで連れて行くための数台の車が建物の前に停車した。出発の命令が下され、ムッソリーニは寝室を出て主治医の手を握ったが、あまりに動揺していてひと言も発することができなかった。ザカリエは、ムッソリーニがうちひしがれていると感じた。あんなに表情豊かだった目から光が失われている。そこにいたのは、途方にくれたうつろな重症患者だった。これが、ザカリエがムッソリーニに会った最後だったが、そのときはまだそうなるとは思っていなかった。

ムッソリーニが、ついに独りぼっちになり、だれからも打ち捨てられたと嘆くのであれば、その主治医にもまったく同じことが言えたのではないだろうか？　ザカリエはムッソリーニについていけなかったのだろうか？　きっとついていけただろう。

二十時。ムッソリーニは中庭に下り、車に乗り込み、出発するように言った。数分で一行の車は見えなくなった。逃亡するムッソリーニについて行くと決めた者はほとんどいない。やがて、ムッソリーニはコモ湖の西の岸を通るように言った。道が狭いだけでなく、いざというときに逃げる抜け道もないことを知っている側近は怖がったが、その道を行けばスイスに出られるのである。この逃亡劇のあいだにはとんでもない事件が次々と起こった。ヒトラーが、ムッソリーニとその随行者の警護を個人的に任せた親衛隊のビルツァーは、ムッソリーニをドイツ空軍兵士に変装させようとした。

この危険な最後の賭けはムッソリーニの尊厳を傷つけたのだろうか？　ムッソリーニは頭から足先まですっぽりと包み込むようなだぶだぶのコートを着させられた。頭にはドイツ軍の帽子。ムッソリーニはかんしゃくを起こしたが、ビルツァーは、いつもヒトラーのそばにいて怒りっぽい人物の扱いに慣れていたので、なだめるのがうまかった。あっという間にかんしゃくも収まった。ムッソリーニは軽蔑を込めてパヴォリーニを非難し、ビルツァーの言うとおりにしてはならないと言われるたびに、乱暴にパヴォリーニを追い払った。「不本意ながらあなたのアイデアを受け入れよう。パルチザンの手中に落ちるつもりはない。私は最も重要な書類を持っている。それは、私が戦争を阻止しようと全力を尽くした証しだ。この書類があれば、人民裁判においても穏やかに安心していられるだろう」ムッソリーニは、トラックに乗り込むときにビルツァーにそう語った。そして、ムッソリーニの警護を請け合ったはずのいまや実体のない黒い旅団［黒シャツ隊は一九四四年六月に黒い旅団と名前を変えた］に関し、パヴォリーニに向かって非難の言葉を投げかけた。「私はドイツ人の仲間と一緒に行く。イタリア人はもうまったく信用していない」いつも運命論を信じようとするこの偉大なる迷信家は、いまだに、この状況を脱することができると信じるほどに純真だったのだろうか？

四月二十七日、ロンバルディア州のドンゴにWH五二九五二七のナンバープレートが貼られたトラックが到着した。荷台には、顔を覆うような大きなサングラスをかけ、アルコール中毒患者に見せかけたムッソリーニが隠れていた。だがトラックはパルチザンに止められて捜索され、ムッソリーニも見つけられてしまった。彼は、まずは「同志」と呼びかけられ、次に「閣下」と呼ばれた。最後には「ベニート・ムッソリーニ騎士」と呼びかけられ、とうとう反応してしまった。ムッソリーニはとくに抵抗することなく、パルチザンに従っている。こうしてドンゴで逮捕されたとき、ムッソリーニはこれが第二の死、つまり肉体の死を意味していると自覚していたのだろうか？

翌日、愛人とともに銃殺されたムッソリーニの遺体はミラノに運ばれ、ロレート広場に投げ出され、大衆の目にさらされる。死んだ息子の復讐のためだといって遺体に五発も銃弾を撃ち込んだ女性もいれば、おしっこをかけた男性もいた。それから、二人の遺体は、同じく死刑に処せられた他の五人の亡骸とともに鉄の梁に逆さ吊りにされた。

ムッソリーニの死体解剖、いやむしろ、ムッソリーニの死体の残骸——ドイツ語で「戦車」とまで呼ばれた彼の頭蓋骨は、遺体が梁から下ろされるときに地面に急激に落下したために大きく損傷していた——の解剖によって、死の前日まで彼が「きわめて健康であった」ことが判明した。二十年前から医師団の治療を受けていたムッソリーニには、胃潰瘍の痕跡も梅毒の症状もまったくなかった。健康状態はトップシークレットとされたJ・F・ケネディとは正反対に、ムッソリーニは、胃潰瘍すら、疲れや痛みにめげない禁欲的な強い男というイメージを強化するための道具として使ったのだ。ムッソリーニの特別執務室には、彼の健康状態に興味をもっていることを表明する必要があると感じた、イタリアや諸外国の狂信的な庶民から寄せられたメッセージがあふれていた。評判の医者や祈禱師の住所を書いてきた者もいれば、胃潰瘍[25]を治すと言われている薬を勧める者もいた。胃潰瘍は、梅毒と同じように、ムッソリーニの伝説をつくる絵空事の一つだったのだろうか?

ムッソリーニに体の病気はまったくなかったが、うつ症状を患っていたという者もいる。屈辱を受け失意のどん底に落ちてから、周りにだんだんと網が張りめぐらされ、閉塞感を覚えはじめたときに引き起こされたものだろう。[26]ムッソリーニの娘婿のチァーノは、一九四三年一月に、ムッソリーニの息子のヴィットーリオが父親の健康状態についてこう話していた、と指摘している。「ここ数日、父はまた胃の痛みを訴えている。食べる量も減ってしまい、十分に栄養をとれていないようで重症だ。だが、どの医師も病気は身体的なものではないと言っている。僕と同じように彼らも神経から来るものだとわかっているのである[27]」

ザカリエがもたらした効果もじつは心理的なものだった。ザカリエは、彼が最も弱っているときにどうやって世話すればいいかがわかっており、ムッソリーニの言葉を決して否定することなく、彼に信頼感を取り戻させた唯一の人物である。多くの場合、信頼感とは相互的なものだ。実際、ムッソリーニはフランスの記者にこう話したことがある。「トップに立つ者は自分と対等な人物も真の友人も持つことができない。だれのことも信用してはいけないのだ」ところがザカリエが現れた。ムッソリーニがどんどん失権していくなかで、ずっと変わらず話し合うことができたこの唯一の人物の重要性はどんどん大きくなっていった。ムッソリーニは信頼感を強め、ザカリエは彼を掛け値なしに賞賛しつづけたのである。そして、主治医は、ムッソリーニの病気の神話づくりでも大きな役割を果たした。死体解剖報告書を読んだ彼は、体の病気の心理的側面をよりどころにすることなく、胃の壁面にあったはずの病変がまったく存在していないことを説明できたのだろうか？　心理的な理由を、伝説を裏付ける道具として使うことができたのだろうか？　いや、権力者にとってはそれは無理な話だろう。イタリアファシスト党の指導者、鋼のような神経をもつと言われた人物が、政治生活のストレスと対峙できないほど弱かったなどと認められるわけがない。

最後に、ザカリエが医師として正しかったのかを検討してみよう。彼は他の医者が失敗したことを成し遂げた唯一の医者とみなされたがった。「いろいろな出来事が相次いで起きて、私たちの道は遠ざかった。だが私は確信をもって言うことができる。病気が治ってからのムッソリーニの体調は四十歳の男性に匹敵するものであり、あんなふうに暴力的に命が奪われなければまだまだ生きられたはずだと。あとになって、私は、彼の遺体がミラノの病院で解剖されたと聞かされた。解剖の結果、ガンの兆候はおろか、脊椎や脳の病気の症状も一切見られなかったという。死体解剖は、ムッソリーニの体がまだまだ生きられる状態だったと証明したのだ。とりわけ、心臓と血管は、彼の身体的な若さを示している。十二指腸潰瘍については、ほとんど目に見えないぐらいの傷跡が残っていただけである。こうして私の治療が妥当であり、どれだけ効果があったかが認められた」ザカリエはこう強調した。

あの時代、強いストレスにさらされたときには、体の不調や潰瘍による痛みは見られなかっただろうか？　とくに、ヒトラーから屈辱を受けていたときには？　二十年以上前にムッソリーニの枕元に呼ばれたアルド・カステラーニ博士や医学会の頂点にいた他の医者たちが、権力の座に就いて以来繰り返されてきた彼の症状を取り去ることができなかったのは、ここに原因があるのではないだろうか？

イタリア社会共和国では、ムッソリーニはもはや特権を奪われていたが、ザカリエだけはどんなときにも彼を裁かず、歴史の現実を直視しなかった。ムッソリーニの死後もなお、ザカリエは彼への愛情を持ち続けている。それはまたムッソリーニの力の一つである。彼は、自分への同情を引き付けることができるほど、「人間的」になる術を知っていた。彼の人生最後の十九か月間、ザカリエは彼の最も近くにいる人物だった。

イタリアは、ヒトラーの死を待たずして四月二十九日十四時に降伏文書に調印している。しかしこの文書が効力を発揮したのは五月二日以降のことである。ムッソリーニと愛人の死の知らせを受けたヒトラーは、彼の唯一の「友」の死後に自殺した。

本書では何人もの医師の軌跡を紹介しているが、そのなかでザカリエの「統治」期間は二年にも満たず、最も短い。一九四三年九月以前の彼についてはほとんど知られておらず、ムッソリーニの死後の彼の足どりについてもよくわかっていない。手に入る情報は以下のようなものである。ミラノに何年か滞在したのち、ドイツで医師の仕事を再開した。そのミラノでは、ムッソリーニの栄光を称える、彼に関する著書を出版した。

ザカリエは、ムッソリーニの主治医に任命される前もあとも、本書において、最も特徴のない人物である。彼は、ムッソリーニの死後二十年経ってからこの世を去った。「私は、たくさんの患者を診てきた。そして、希望や絶望や、疲労感や、諦めや激しいエネルギーとともに、病気の破壊力との残酷な闘いを見てきた。だが、どんな病気における悲劇に対しても、世界で最も力のある人物の一人を襲った症状において感じたように激しい感情を抱いたことは決してない」[28]と忠実で誇り高いザカリエは述べている。

この医師が初めてムッソリーニに会ったときの最初の見立てはこうだった。ムッソリーニはよくなるだろう、なぜなら彼はもはや決断することやその結果何が起こるかを恐れていないからだ。自分も歴史に名を刻みたいと願ったザカリエは、患者であるムッソリーニに対して大変高くつく方法、つまり「隠す」という方法を採用し、病気や痛みがあるにもかかわらず、自分の義務に立ち向かうことができた指導者の神話をつくるのに貢献した。巧みなトリックでキャリアを積み上げ、いまや墓穴に片足を突っ込んでいるムッソリーニと、突如悪評高い二十世紀の国家権力者の主治医という名誉ある職に抜擢された、権威ある一族出身でありながらぱっとしないインターンだった医師のザカリエ。二人は互いに求めるところが一致していたのである。

J・F・ケネディとマックス・ジェイコブソン

「ドクター・フィールグッド」と呼ばれる男を見つけたのよ。
痛みと病気の治療をしてくれるの。
一度彼の元へ行けば、どうして彼がドクター・フィールグッドと呼ばれているかわかるはず。

アレサ・フランクリン

アメリカ大統領ジョン・F・ケネディと彼の陰の主治医マックス・ジェイコブソンほど、一九六〇年代の政治と向精神薬の関係を体現している人はいない。ケネディ大統領はそのカリスマ性と魅力から若さと復興の象徴になった。ジェイコブソン医師はミステリアスで蠱惑的だったことから、アメリカのテレビドラマ「マッドメン」シリーズの主人公である実業家、ドン・ドレイパーのモデルになっている。

ジェイコブソンはニューヨークのマンハッタン島北東部、セントラルパークとイーストリバーに挟まれた瀟洒な地区アッパーイーストサイド中心部にある自身のクリニックの診療室を、後ろで手を組んで歩きまわっていた。床を埋め尽くす薬瓶と注射器を踏んで割ってしまわないように避けながら。医療用コンテナは書類と医療機器であふれている。がらくた置き場になっているこの部屋の掃除はめったに、というよりも一度もしたことがない。無秩序のなかにも秩序があると考えていたからだ。診療室の奥には、錬金術師の彼が「ドクター・フィールグッド」[1]と呼ばれるゆえんの薬品を魔法のようにつくりだす、これまた散らかった薬の調合室がある。

ジェイコブソンの患者が力説するには「皆がマックスのクリニックへ通う。……マックスは皆を依存させてしまうのだ」マックス・ジェイコブソンはストレス治療のスペシャリストだ。彼のおかげで患者たちは辛い仕事や難しい状況を乗り越えられた。アンフェタミンの細かな粒子を開発した薬理学者のゴードン・アレスにならって、ジェイコブソンもまず、つくった薬剤を自分で試した。[2]そしてそれ以来、中毒性が非常に高く幸福感を生み、精神を刺激する作用がある合成薬物に依存していた。俗に「スピード」と呼ばれる薬物だ。その日の夕方、ジェイコブソンは不安に駆られていた。友人で患者の一人から紹介を受けた謎の政治家が来るのを待っていたのである。クリニックの待合室はいつも人でごったがえしているが、今日は秘密が漏れないように人払いをしていた。患者は全員追い出され、部屋にいるのはジェイコブソンだけだ。生まれて初めてジェイコブソンは彼のモットーである自信が崩れていくのを感じていた。たしかに有名人の患者には慣れているのだが、このときは予感があった。これからやってくる患者は彼の医師としてのキャリアに永遠に刻まれることになるだろうと。

ジェイコブソンは薬剤とニコチンのせいで爪が黒くなった、筋骨たくましい男だった。太い腕と、整髪料でつやのある髪。それに分厚いレンズのべっこうの眼鏡をかけていて、実年齢より二十歳は若く見える。極度の興奮状態にあったものの毎日プールで三十メートル泳いでいた。常軌を逸した知識人といった見かけだったにもかかわらず、VIP御用達としてアメリカで最も高く評価されていた医者の一人だ。未来の第三十五代アメリカ合衆国大統領であるジョン・フィッツジェラルド・ケネディ上院議員が面会を望んだ男の雰囲気はこんな風だった。

ジェイコブソンはニューヨークじゅうの著名人やハリウッドの有名人、影響力のある芸術家や政治家がクリニックに来るのには慣れていた。あそこへ行けばたちまち若い頃の活気を取り戻し、どんな仕事にも立ち向かえるようになるといううわさを社交界のパーティーで耳にした人びとは、急いで彼の元へやってくる。文句も言わずに何時間も待つ健康な患者に治療を施していると非難されたが、彼は患者たちが「歌いながら」クリニックを出て行くと自慢していた。ジェイコブソンのクリニックには、セシル・B・デミルやオットー・プレミンジャーなどの映画監督や、アンソニー・クインやエリザベス・テイラーのような役者、テネシー・ウィリアムズやトルーマン・カポーティなどの著名な作家が出入りしていた。デミルにあらわれた効果を見たウィンストン・チャーチルの主治医、モーラン卿までもが、ジェイコブソンがどのような治療をしているのか尋ねてきたという。[3] ジェイコブソンのおかげで歌手はいい声で歌えたし、作家は優れた作品をより早く書けたし、ディレクターは三交代制で働けた。現在の彼のクリニックの管理人は、五十六年がたったいまでも前任の管理人から聞いた話を覚えているという。ケネディは大股で歩いてやってくると、数分後には潑剌とした様子で出てきて車に乗り込んだそうだ。

ジェイコブソンは毎日三十人以上の患者を診ていた。一日一回、あるいはそれ以上やってくる人もいたし、週に一回や月に一回来る人もいた。ジェイコブソンは毎月アンフェタミンを八十グラム買っていた。一回の投与量である二十五ミリグラムを、朝昼晩たくさんやってくる患者に一日当り百回投与していたことになる。一週間で注射針一二七〇本と注射器六五〇個を使った。夜間も午前四、五時まで診察をおこなっていた。疲労のあまりスピードとホルモン剤に五〇ミリグラムものアンフェタミンを混ぜたビタミン剤が欲しくなる人がいたからだ。娘のジル・ジェイコブソンは、自宅に昼夜かまわず有名人が訪ねてきたのを覚えているという。ジェイコブソン医師が留守にしていると、患者たちはときに心臓発作になってしまったなどと理由をつけて、いますぐに連絡を取りたい、どこにいるのか教えてくれと懇願してきたそうだ。[4] ジェイコブソンはクリニックにほど近い八十六番地にある地味な建物に住んでいた。患者からたくさん金を取っていたが暮らしは質素だった。カリスマ性と常に笑顔を浮かべているところが彼の魅力だった。数人の患者は、彼には歴史ある学校を出た医師のように信頼感と賞賛の念を抱かせるなにかがあったと語っている。ジェイコブソンはどんなに落ち込んでいる患者でも治療して仕事に戻してやることができた。活力と自信を求める人びとに注射した薬剤が大成功したことから、ジェイコブソンは「ミラクル・マックス」と呼ばれるようになった。この薬を注射するとあらゆる問題から解放され、なんでもできるような気分になる。カポーティは薬剤の効果について次のように書いている。「言いようのない幸福感を感じる時間だった。まるでスーパーマンになった気分。空も飛べる気がした。アイディアが光のようなスピードで湧いてくる。コーヒーブレイクも取らずに七十二時間働きつづけられた。睡眠も食事も必要ない。一晩じゅうセックスができる。だがそれが終わると落ち込んで気分が下がり……マックスのところへ急ぐのだ。ドイツから来た魔法の針をもつ蚊を探しに［ジェイコブソンはプロシアとポーランド国境部の出身だがドイツで教育を受けた］。あいつに一度針を刺してもらえば、また空を飛べるようになる」[5]だれも注射されている薬の正確な成分を知らなかったが、その効果を見れば納得した。ジェイコブソンは感じのいい男だったので、患者たちは薬剤の成分や処方による影響をあまり気にしたことがなかったのである。ケネディも深くは知らなかった。なかにはジェイコブソンを「悪魔の医者」と称し、患者たちはアンフェタミンを処方されているのを知らないと主張するものもいた。

しかし彼らは本当に知らなかったのだろうか？　自然由来の成分やただのビタミンを打たれるだけで四日間もぶっ通しで働けると信じていたのだろうか？　「マックスは自分の治療を信じていた。だいたい、こんなにいい気分にしてくれる人をどうしたら悪人だと思えるだろう？　マックスを信じている患者は薬の危険性を知らなかったし、危険性を知る人はマックスを信じたがらない。要するに信じていればなんだろうと構わないのだ」[6]と、歌手でジェイコブソンの患者だったエディ・フィッシャーは書いている。

ケネディとジェイコブソンは、ケネディのハーバード大学時代の友人で元株式仲買人のチャールズ・F・スポルディングという男の紹介で会った。健康面を案じる悪評がたっていたケネディ上院議員は、ニューヨークの危険な医者の元を訪れたことを絶対にだれにも知られたくなかった。民主党の党代表を決める予備選挙の期間中に、ライバルのリンドン・B・ジョンソンの側近がケネディが病気だといううわさを流していたのである。彼はアメリカを生まれ変わらせる勇ましい青年と第二次大戦の英雄のイメージを是が非でも守らなければならなかった。ケネディ陣営にとってはイメージ戦略が何より重要で、ケネディが生まれ変わったアメリカの政治をいい方向へ導ける男だという印象をいかなる代償を払っても大衆に与える必要があったのだ。

一九五五年からジャネット・トラヴェル医師が率いていたケネディの医師団は、彼は「このうえなく健康」だと豪語していた。一九六〇年七月、トラヴェルはユージーン・コーエン医師と連名でケネディに手紙を出している。あなたはアジソン病ではないと念を押す手紙だった。メディアに大統領候補の健康状態を訊かれたトラヴェルは匿名であることに気をつけながらも、彼にこれといった病気はなく背中の痛みは一九五四年の手術によるものだと答えている。[7]

結局、選挙運動に疲れ果てて体の不調を自覚したケネディは魔法の薬を打ってくれる医者を探した。いっときのあいだ、自分をスーパーマンに変えてくれる男を。

友人のスポルディングと写真家のマーク・ショウが、ケネディをジェイコブソンに紹介してくれた。スポルディングは彼が名前を明かしたくないことをジェイコブソンに伝え、ごくごく秘密裏に会う約束を取り付けた。

会うやいなやジェイコブソンはケネディの魅力のとりこになった。ジェイコブソンはじっとケネディを見つめた。それが人を知る最良の方法だと思っていたからだ。口を開く前にケネディのあらゆる体質を丹念に観察し、他の患者にもそうするように、聴診もせず脈を取ったり心音を聞いたりもしなかった。クリニックが散らかっているのに驚いたケネディは場の雰囲気をほぐそうとして、二人の共通の友人であるショウの話をしてからここへ来た理由を説明した。ニクソンとの対決にストレスを感じているというのである。ジェイコブソンはすぐに、私の処方するビタミン剤が効くでしょうと診察を下した。ケネディはジェイコブソンに心酔して、この医者の診断や忠告を忠実に守ろうと考えた。そうして打たれた初めての注射はケネディを変えた。アンフェタミンを含むビタミン剤を数滴打たれたケネディは、活力に満ちて緊張も解け、集中力にあふれた様子でクリニックをあとにしたのである。ジェイコブソンは確信した。この輝かしい政治家は自分の信奉者になるだろうと。

数年前からケネディは鎮痛剤やさまざまな種類のドラッグの「中毒者」だった。アジソン病がじょじょに左右の副腎を蝕んでいたため、ホルモンがうまく分泌されていなかったのである。アジソン病は診断が難しく、無気力や高血圧や体重の減少といった症状のほかに過度の色素沈着を引き起こすため、「日焼け病」と呼ばれることもある病だ。背中の痛みもこの病のせいだった。彼は注射や錠剤（デオキシコルチコステロン）で日常的に多量のコルチゾン〔抗炎症剤として用いられる副腎皮質ホルモン〕を摂取していて、一九六一年からはさらに量を増やしている。コルチゾンは集中力と活力と精力を与えるが、むくみと顔の色素沈着を引き起こす。またケネディは男性ホルモンや精巣から分泌されるテストステロンによく似たステロイドも摂取していた。アステリックス〔古代ローマ時代を舞台にしたフランスのコミックシリーズ〕に出てくる魔法の薬のように、こうした薬はハードな仕事を助け幸福感をもたらしてくれた。ただし、禁断症状のときにはうつ状態になるが……。大統領になる前から彼がステロイド中毒だったのを示す逸話はいくつかの資料に残っていて、精神病の症状は過剰摂取からくるものだった。

背中の痛みを緩和して松葉杖なしで歩けるようにするために、ケネディは毎日大量のプロカイン（局部麻酔薬）を注射しなければならなかった。さらに非淋菌性尿道炎という性病用の抗生物質も飲んでいた。今日ではハルキディキ感染症として知られる病で、彼がかかったのは数年前だったが足のあちこちでめちゃくちゃに暴れまわっていた。そのほかにも、腹部痙攣、胃痙攣、体重減少、下痢といった症状を抑えるためにロモティルとメタムシルとパレゴリック（阿片を含む薬）を飲んでいた。こうした症状は腎不全のときによく見られる。

最終的にケネディは、小児の多動症治療に使うアンフェタミンとバルビタールを含む薬であるリタリンと、一九二八年に売り出された精力を増強し食欲を減退させる呼吸器系の治療薬であるベンゼドリンを常用していた。[8] また、睡眠薬としてツイナール（バルビタールとセコバルビタールとアモバルビタールの混合薬）も飲んでいた。[9]

それだけでなく、二〇一六年四月に歌手のプリンスが死亡した原因とされるフェンタニルと似た成分の阿片を含む鎮痛薬、デメロールも摂取している。「ジャッキー」という愛称で呼ばれた彼の妻のジャクリーン・ブーヴィエ・ケネディはバスルームで薬を飲んでいる夫を見て、コデインやメサドン、またアルコールやコカインやＬＳＤや大麻についてジェイコブソンに尋ねている。[10] ケネディはこれらの薬を飲むとしばしば「グロッキー」状態になるのだと言っていた。おそらく、もっと少量でもそうなるだろう！

ケネディとケネディ陣営は彼の健康上の問題を隠したがった。健康問題はアキレス腱だったのである。陣営内には、女、麻薬、マフィアなどあらゆる機密事項があったが、秘密の宗教と彼が父親のジョセフ・パトリック・ケネディ・シニア、通称「ジョー」から受け継いだ女癖も極秘だった。ケネディ大統領の性的スキャンダルが暴露されたときに、ケネディ家に忠実なメディアの助けを得て弟のロバートが身代わりになったこともある。

医者と薬との関係についてはケネディ自身が念入りに隠していて、アジソン病で入院したときも海軍時代にかかったマラリアの発作だと報告していたほどだった。一九五九年、ケネディ政権特別補佐官を務めた歴史家のアーサー・M・シュレジンジャー・ジュニアがこの件についてケネディに尋ねたところ、彼はこう答えたそうだ。「アジソン病にかかっていたら大統領にはなれないだろう。だが私はなった」[11] ケネディ陣営はうそを嫌うアメリカで彼を大統領にするために危ない橋を渡る覚悟ができていた。そもそもケネディは若い頃から何度も死にそうな目にあっている。大統領になる六年前には四度目の背中の手術をしているし、身長が百八十三センチだったのに体重は五十五キロしかなかった。ケネディは自分の健康状態が大っぴらになれば当選できないと考えていたのかもしれない。

民主党の党代表として指名されると、共和党代表のリチャード・ニクソンとの対決が待っていた。一九六〇年九月二十六日のテレビ討論の数時間前にケネディはふたたびジェイコブソンの元を訪れている。ちなみにこの討論は初めてテレビで中継された。このときケネディはひどい状態で、話すのもやっとだったという。そこでジェイコブソンは首から直接声帯付近にアンフェタミンを注射した。[12] これはジェイコブソンがメトロポリタンオペラハウスの歌手相手に使っていた治療法だ。一年後にケネディが国連で演説をしたときにも同じ場所に打っている。

若いケネディ上院議員が討論のために七千万人の前に現れたとき、彼は日焼けし潑剌としてカリスマ性に満ちていた。対するニクソンは病み上がりで顔色は悪く、疲れた様子で落ち着きがなく、陰気で、無精髭が伸びっぱなしだった。この討論で形勢が変わり、ケネディが数ポイントリードする。また革新派の候補者が支持者たちにケネディに投票するように呼びかけた。ケネディは薬のおかげで、望んでいた通りの筋骨たくましい健康な青年像を人びとに与えられたと感じた。父のジョセフは「実際の姿がおまえなのではない。人びとが信じている人物像が真のおまえなんだ」と繰り返したという。車椅子に乗っているのを国民に隠しつづけたフランクリン・デラノ・ルーズベルトにならって、ケネディはうそをついて不調を隠さなくてはならなかった。主治医たちはケネディが死んでもなお秘密を守りつづけたのである。

テレビ討論以降、ジェイコブソンは大統領付きの医者になった。「アメリカがあなたがたに何をしてくれるかではなく、あなたがたがアメリカのために何ができるのかを考えてください」という一節で有名な一九六一年一月二十日の大統領就任演説の際にも、ジェイコブソンは演壇の下で来賓たちに囲まれていた。就任式に招待され、年若き大統領の取り巻きになったのだ。数少ない選ばれし人びとの輪に入るのに成功したジェイコブソンは、以後、権力の中枢で器用に立ち回っていく。

ケネディがジェイコブソンと連絡を取りたいとき、ホワイトハウスでは彼を示す「ミセス・デュン」という隠語が使われた。たいていの場合、ジェイコブソンは彼の患者でのちにケネディ家のお抱えカメラマンになるマーク・ショウの双発セスナ機に乗って、ワシントンからケネディがいる場所へやってきた。

当時、アンフェタミンは万能薬だと考えられていた。そしてジェイコブソンは注射の第一人者だった。アドルフ・ヒトラーの主治医で「国家注射マスター」と呼ばれたテオドール・モレル医師の治療を彷彿とさせる。同業者でともにドイツ出身だが、ジェイコブソンはモレルと異なり大統領以外の患者の診察も続けていた。一方でケネディは、公的な主治医ではないにもかかわらずジェイコブソンを手厚く扱った。ヒトラーはモレルに処方されていた薬の内容がばれなければよかったわけだが、ケネディはジェイコブソンの存在自体を隠しつづけなくてはならない。ヒトラーとケネディの政治や性格は比べるべくもないが、二人にはドラッグ中毒者という共通点があった。ともに薬漬けで投与されていたのもほぼ同じ驚くような成分の薬だった。アンフェタミン、バルビタール、コカイン、ホルモン剤、ステロイド……それも長期間にわたって。

ジェイコブソンとケネディの出会いは必然だったわけではない。しかし十七歳年の離れた二人はいずれも非凡な出世を遂げている。マックス・ジェイコブソンは一九〇〇年七月三日にポーランド国境部のフォルドンに近い小都市の貧しい家に生まれた。兄弟は三人。父親は小さなユダヤ人コミュニティーでコーシェル［律法にのっとった捌き方］の肉屋をしていた。妻とは結婚相手を求める掲示板で知り合った。一家はマックスが幼い頃によりよい生活を求めてドイツへ移住する。

一方、ジョン・フィッツジェラルド・ケネディはアメリカのマサチューセッツ州ブルックリンのアイルランド系カトリックの家に生まれた。子どもが九人いる裕福な一家だ。父親はフランクリン・D・ルーズベルトを支えた政治家で、息子に自分のあとを継いでほしいと考えていた。だが競争と闘争心を礼賛する一族のなかにあって、ジョンはしょうこう熱や虫垂炎や体重の問題や感染症といった小児性の病気によくかかる瘦せぎすで体の弱い少年だった。冷たく無関心な母親は子どもたちを健康に育ててあげることだけを目標にしていた。この点ではジョンは失敗例だ。生まれてこのかた病気や痛みに悩まされない日はなかった。しかし彼が泣き言を言わず一人で静かに苦しんでいたところは、周囲の人びとを感心させた。いずれにせよ父親は泣き言や弱音を許してくれなかった。健康な体は力と意志と勇気と、そしてとりわけ野心の印だと考えていたのである。

ジェイコブソンとケネディはそれぞれ違う理由から医者と政治家の道を選んだ。「少年時代のある事故がきっかけだった」とジェイコブソンは語っている。怪我をした足を縫ってくれた一般医と外科医はジェイコブソン少年に強い印象を残した。一般医は彼に向けてくれた同情の念が、そして外科医は美しい車が印象的だった。家計は苦しかったが母親は息子に教育を受けさせたがり、科学好きだったジェイコブソンは喜んで母の願いを受け入れる。ジェイコブソンが十七歳のときに母親は病院の医療助手の仕事を見つけてきた。彼はとりわけ生化学に関心を抱き、すばらしい医学の研究を続けた。新しい分子に興味をもって自分で試すのも好きだった。そして一九二九年に医師免許を取得し、ベルリンのシャリテ大学病院で研修医として働きはじめる。研修を終えてからも、この病院で多発性硬化症といった神経筋肉系の疾病の研究を続けた。同時にホルモン、ビタミン、酵素や、患者がストレスや日々の苦難に向き合えるようになる薬、アンフェタミンの研究もしていた。

ケネディはアイビー・リーグに入学するための予備校であるチョート校［現チョート・ローズマリー・ホール］に通っていた。アイビー・リーグとはハーバード大学を含むアメリカで最も権威のある大学連盟だ。彼が十七歳で受けた知能テストではＩＱは百十九、診断には次のようなコメントがついていた。「のんきで怠慢で無能だという評価ができあがってしまっていて、彼自身もその役割になじんでしまっている」[13] ハーバード大学に入学する前にロンドン・スクール・オブ・エコノミクスとプリンストン大学に入ったが病気のせいで勉学を中止する。大学での成績はかんばしいとは言えなかった。しかし初代証券取引委員会長、在イギリスアメリカ大使を務めた有力な実業家だった父親は、息子のキャリアに必要な時期に自らの金と地位と処世術を使う術を知っていた。すべてが大望を叶えるのにうまく働いたのである。

そこから六千キロ以上離れたベルリンでは、ジェイコブソンの奇跡のような治療が有名人のあいだでうわさになっていた。ナチ党の医療機関に薬の処方を教えたのはジェイコブソンだったが、チェコスロヴァキア、ウィーン、パリ経由でアメリカへ脱出する前に教えたのだった。製薬会社のテムラー社はその処方を利用して、彼の出国から二年後にドイツでペルビチンを売り出している。[14] これはドイツ軍とヒトラーが使っていたアンフェタミンの薬だ。通過したどの街でもジェイコブソンは友人グループや数人の患者に、動物から抽出した成分にビタミンA、B、C、Eと何よりもアンフェタミンとバルビツール酸を加えた精力剤を処方している。治療するたびにジェイコブソンの名声は高くなった。なかでも芸術の世界では上々だった。彼のようにナチスの暴政とヨーロッパの戦争から逃れてきたビリー・ワイルダーやヘンリー・ミラーなどの昔ながらの患者がいるアメリカでも評判は高かった。ケネディと同じく、すべての事柄が成功へとうまく働いたのである。

一方のケネディだが、免疫不全にかかり十三歳で白血病と診断されて生存確率が五パーセントになったときには、だれもが彼の死期は近いと思った。彼は大人になる前に四度も最高位の洗礼を受けている。成人すると今度は脊椎の障害から来るひどい背中の痛みに襲われる。脊椎の障害はアメリカンフットボールの試合の後遺症とも、一九四三年八月に日本の駆逐艦に攻撃された巡視艇ＰＴ－一〇九に乗っていたときの傷のせいだともされていた。背骨の手術をするが失敗に終わると、結局ケネディは死ぬまで二十センチのコルセットを着け続け、普段からしばしば海水浴に行ったり松葉杖を使って歩いたりして痛みを和らげていた。おかげで、ポリオにかかったフランクリン・Ｄ・ルーズベルトのような車椅子生活だけはかろうじて免れている。ケネディの取り巻きは、もしもケネディが二期目に立候補するならば、偉大なルーズベルト大統領と同じく車椅子に座ることになるだろうと考えていた。ケネディは自らの死を意識し、成功欲を満たすためにはあらゆるリスクを取るのにためらいのない、せわしない男だった。ジェイコブソンも同様だ。

ケネディは脊椎障害を理由に軍の適性テストで不合格だったものの父親の助けを得て海軍の情報局に配属され、のちに戦場にも出た。軍隊での功績（太平洋で乗組員の一人を救出した）から、味方の危機に瀕した命を救った人に贈られるネイビー・アンド・マリーンコー・メダルと、アメリカ軍のために死傷した人に贈られるパープルハート章を受勲している。ありとあらゆる陰謀を知り尽くすＦＢＩ（連邦捜査局）長官のジョン・エドガー・フーヴァーによれば、この勲章は上っ面だけのものだそうだ。「ケネディはただへまをしたくなかったがために背泳ぎで兵士を助けただけだ」と笑いながら話している。

一九四四年に兄のジョセフ・パトリック・ケネディ・ジュニアが戦死し、父が政界で孤立すると、ジョン・ケネディが一族の支持対象として浮上した。ケネディ家のだれかがアメリカ大統領にならなくてはならない、そして兄のジョセフがだめならばこの野望を叶えるのはジョンしかいない。ケネディ家では政治は家族事業だった。父はとりわけ金銭面で息子を支援し、弟のロバート・ケネディ（愛称ボビー）はケネディにとって最も身近な助言者になった。これはケネディ殺害数年後の一九六七年に、アメリカで血族採用を禁じる法律ができた理由のひとつでもある。ケネディに大統領の職務をこなす能力があるのか疑っていた人びとは、彼の大統領職にジェイコブソンはまったく関係がないと考えていて、二人の交友関係を管理してもいなかった。だがケネディはジェイコブソンに会ったときから、今後、彼が主要なドラッグ供給者になってくれると確信していた。取り巻きに警告されたにもかかわらず、ケネディは彼に絶対の信頼を置いていた。その頃のケネディは三十歳まで生きられない、アメリカの歴代最年少の大統領になるなど無理だと言われていた。一方のジェイコブソンは三十六歳のとき、生きる意義を求めてナチズムが台頭していたドイツとヨーロッパを捨ててアメリカへ移住し、人類の最も暗い時代を生き延びた。

ケネディとジェイコブソンは似ていて、ともに辛辣なユーモアのセンスをもっていた。ジェイコブソンは陽気なケネディに強いドイツなまりでユダヤの冗談を話した。それに二人とも見事に自嘲的だった。ケネディはあけすけでエネルギッシュで潑剌としていた。常に活動的で睡眠時間は短く、定期的に摂取している成分のせいですさまじい性欲にさらに拍車がかかっている。強いボストンなまりだったウィンストン・チャーチルのように常に早口で命令を下し、読みにくい字で手紙やメモを書いた。彼は精神疾患も抱えていた。これは彼だけではなく妹のローズマリーなど一族にも見られた。またアジソン病が引き起こす躁うつ状態などの症状も常につきまとっていた。しかも彼が司法長官に任命した弟のロバートが犯罪組織の撲滅に尽力していたのに、ケネディ家の家長である父、ジョーはマフィアと密接に関係していたのである。大望を抱くケネディ家の複雑な成り立ちは常にスキャンダルと隣り合わせだった。ケネディ家の歴史は常にキャメロット城の神話とアーサー王の伝説の宮廷の対比を思わせる。

記録によると一九六一年五月から一九六二年のあいだ、ジェイコブソンは大統領や妻のジャッキーのために三十四回以上ホワイトハウスを訪れている。そのほかにもケネディがよく泊まっていたカーライルホテルや別の場所にも六度通っている。

往診するとき、ジェイコブソンはばれないように気を遣ってガラス瓶や注射器を入れた医療バッグではなくアタッシュケースをもってきていた。彼が留守にしたり患者が旅行したりするときのために、ジェイコブソンは自分で注射をするよう患者に薦めていた。オレンジやグレープフルーツを使って注射の練習をさせて、薬を与えている。教えた方法の範囲内の量を注射するようにという彼に反して、数年後には九〇パーセントの患者が毎日自分で注射を打つようになった。ジェイコブソンは三十ミリグラムのメタンフェタミンを含む三十ミリリットルガラス瓶を世界じゅうに郵便で送っていた。ケネディも郵送してもらっていて、ホワイトハウスでは彼の死後に五本のガラス瓶が見つかっている。

シークレットサービスのエージェントだったラリー・ニューマンによれば、ジェイコブソンの注射はケネディに不可欠だったという。「強壮剤を少し入れないと、大統領は昼食を終える時間に一日が終わるように感じていました」ニューマンによれば、ジェイコブソンはケネディの補佐官だったデイヴィッド・パワーズと仲がよく「自由に」ホワイトハウスに出入りできたという。ニューマンは、ケネディが注射を打っている場面に立ち会ったことはないが、「昼間は……六時間ごとに打っていました」と語っている。医師を疑わしく思っていたシークレットサービスの言葉をそのまま引用すると「ジェイコブソンはコウモリの翼と鶏の血に」しか興味がない魔術師だった。威嚇のため、シークレットサービスが武器を所持していないか確かめるふりをして、ときどき彼のアタッシュケースを検査したところ、被害妄想の傾向があるジェイコブソンは罵声を浴びせたという。上院議員のジョージ・スマザーズはケネディとゴルフをしていたときに、八ホールまわったら休憩して注射を打ってほしいと言われたと話している。「瓶と注射器を取って……ここ、お尻に注射を打ってくれ」スマザーズいわく「ケネディはこの薬に依存していて六時間ごとに一本打っていた」という。[15]薬の内容からして記録は残っていない。だがときにはジェイコブソンが週に二、三回通うこともあった。[16]ジェイコブソンは薬を出して注射をし、ケネディは彼がいないときのために自分や他の人が注射を打てるように練習をした。周囲にいるのが信頼できる人物ならば、ケネディはまるでたいしたことではないかのようにズボンの上から自分で注射を打ちさえしたという。[17]

一九六一年四月十七日、ケネディはドワイト・D・アイゼンハワー前大統領がアメリカの諜報機関であるCIA（中央情報局）に進めさせていたフィデル・カストロ政権に対抗する計画を引き継いだ。カストロ政権転覆のために千五百人の亡命キューバ人部隊をキューバへ侵攻させるという計画である。ケネディは計画に疑念を示したが、最終的には国務長官に説得されて実行に踏み切った。結局、バイーア・デ・コチノス（ピッグズ湾）への上陸作戦はアメリカの手痛い失敗に終わり、国内世論からも国外からも非難を浴びた。状況打開のために部隊を送らなくてはならないと信じ込んだ計画の主導者たちに陥れられたと知ったケネディは「なぜあんなに愚かなことをしたのだろう」と嘆いた。彼は大統領就任後の百日間で窮地に追い詰められてしまったのである。[18]CIAに騙されたと考えた彼は、三人のおもな責任者を辞任させCIAの予算をカットした。そのうちの一人はC

ＩＡ長官のアレン・ダレスだ。

それから一月半がたった一九六一年六月上旬、ケネディが力強い才気と政治経験で知られたソビエト連邦の最高指導者、ニキータ・Ｓ・フルシチョフとウィーンで会談をせねばならないほど政権は弱体化した。ウィーンに行く前にケネディ大統領夫妻はパリのド・ゴール大統領を訪問する。オリンピック競技規格を満たしていないアメリカ大統領などあってはならないし、松葉杖や杖を使って歩くなんてとんでもない。このときからケネディはジェイコブソンなしではいられなくなった。ジェイコブソンは大統領機がニューヨークのアイドルワイルド空港（現ジョン・Ｆ・ケネディ空港）アメリカンエアラインのターミナルの滑走路上から離陸する数分前に乗り込み、フライトに備えて注射を打った。[19] ホワイトハウスで彼の治療を受けていたのは大統領一人ではない。一九六〇年十一月末に長男のジョン・Ｆ・ケネディ・ジュニアを生みうつ状態になっていた大統領夫人のジャッキーに治療を施し回復させたのも「ミラクル・マックス」だった。

ケネディはパリへの外遊にジャッキーを連れて行きたがっていた。彼女の魅力がフランス大統領だけでなくフランス国民にも好意的に働くと考えたからだ。ジャッキーは美しく優雅でフランス語を話せたし、ソルボンヌ大学で学んだ経験がある。しかし、このとき夫妻の計画を妨げたのはうつ病ではなかった。うつと偏頭痛を緩和してくれるジェイコブソンの注射の虜になっていたジャッキーは第三子を妊娠していたのである。

パリに向かうエアフォースワンには大統領付医療団から筋肉の痛みの専門家であるジャネット・トラヴェルとジョージ・バークリーの二人が乗っていた。そして二人は知らなかったが、ジェイコブソン夫妻のみを乗せたパリ行きのエールフランス・チャーター機が彼らのあとを追いかけていた。公には大統領の手の感染症を治療するためという名目だった。数年後、トラヴェルはこの大変だった時代について、大統領の病気に投与されていた薬に加えて一日に二、三回プロカインを注射するのを許可しなくてはならなかったと語っている。トラヴェルは業務日記をつけていたが、ときにひとつの成分を過剰投与の危険があるほど処方するジェイコブソンの薬については書かれていない。この旅のあいだじゅう、ジェイコブソンは極秘で大統領に同行している。ジェイコブソンがアメリカを発つ前夜、彼のクリニックに泥棒が入った。おそらくケネディの健康状態に関する情報を手にいれようとしたソ連の諜報機関、KGBの仕業だろう。一方CIAは非公式エージェントのマーク・ショウ経由でケネディとジェイコブソンの関係を知っていた。

大統領機から数時間遅れてパリに到着したジェイコブソンは、ケネディに注射を打つために夫妻が泊まっているオルセー通りへ向かった。ウィーンへ向かう前にパリへ寄るのにストレスを感じていたケネディは以後、ジェイコブソンを常にそばにいさせることにした。こうして彼はウィーンへ向かうエアフォースワンにも同乗した。[20]「麻薬売人《ディーラー》」の到着がソビエト連邦首相と会うのに間に合わないのを恐れていたのである。ジェイコブソン夫妻はウィーンにもロンドンにも滞在していたが、パリ＝ウィーン＝ロンドン＝ワシントンの大統領一行の公式乗客リストには名前がない。アメリカ側が用意したリストはフライトの前に出されたもので新しく書き換えられなかった。[21] アメリカ側は最終的な乗客リストを知らせていなかったのだろうか？ 書き換えられたリストはケネディ一行の秘密事項として、大統領の死後も固く守られたのではないだろうか？

キューバ侵攻が失敗してからというもの、フルシチョフはアメリカの大統領を「あまりに知的であまりに脆弱」ととらえていた。彼を年若い少年だとみなし、そのように扱ったのである。米ソ会談中、ジェイコブソンはいつでも注射の準備をして影に控えていた。フルシチョフの到着時間を間違って伝えられていたケネディが会談の前に「縮み上がって」、いますぐもう一本注射を打ってくれと言ったときもそばにいた。過剰摂取の危険があるのに三時間四十五分の会談の途中でももう一本打っている。[22] 背中の痛みで気が散るのを恐れたのだ。ジェイコブソンは「そんな言い訳はいりませんよ！」と返した。会談前には一本しか打っておらず、ケネディはフルシチョフを前にして怖気付いたのだと思う者もいた。いずれにせよケネディはフルシチョフからそれほど辛辣な話をされると思っていなかった。ところが軍備縮小の話をしにきたケネディに、フルシチョフは核戦争について話しだしたのである。会談は大失敗だ、ケネディは思った。雰囲気は冷え切っていて、フルシチョフは若いアメリカ大統領を前に頑として厳しい表情を崩さない。ケネディは動転しパニックになった。いまだかつてフルシチョフの威力に抵抗できた者はいなかった。フルシチョフは核の危険を説き、予期していなかった話題に唖然としたケネディがもし核戦争が起きれば十分で七千万人の死者が出るだろうと言うと躊躇せずにこう答えた。「それが何か？」[23] ジェームズ・レストンというニューヨークタイムズ紙の有名なジャーナリストによると、ケネディは「この会談は人生でいちばん辛かった」「フルシチョフにやられた」と言ったそうだ。

ウィーンからの帰り、ケネディは会談の結果と緊張が高まっていることを話すためにロンドンに寄ってハロルド・マクミラン首相と会っている。ジェイコブソンはロンドンでジャッキーの妹と義弟にあたるリー・ラジヴィルとスタニスラス・ラジヴィル王子［ジャッキーの異母妹が結婚したポーランド王子］と会った。スタニスラス・ラジヴィルはジェイコブソンの得意客だ。アメリカへ帰る前日の夜遅く、パジャマ姿のケネディがいますぐ注射を打ってほしいとジェイコブソンを起こした。ケネディが薬に依存しているのは明らかで、もはや刺激剤なしでは生活できないほどだった。大統領在任期間中で失敗に終わった一九六一年初頭から一九六二年のあいだの能力にも薬が影響していたのではないかと考えていた人もいた。しかし薬に含まれる成分が過剰投与されていないか、相互作用がないかを診断できる医者はいなかった。

一九六一年八月のある晩、東ベルリンを去り社会主義を捨てていく人があとを絶たないことに憤慨した東側諸国は東西ベルリンのあいだに壁を建設しはじめる。ウィーン会談から数か月、アメリカは一歩引いたところにいた。しかし一九六二年の年末にケネディは方針を転換する。キューバ危機、ベルリンへの訪問、公民権運動といった在任期の新たな局面が始まった。当時ソ連政府は核実験を繰り返し、アメリカの国境から百八十キロ離れたキューバに中距離ミサイルを四十本近く配備し、両国のあいだで緊張が高まっていた。傾斜型のミサイル発射機が建設されている写真を手に入れたケネディは経済制裁を敷きキューバの海上を封鎖する。しかし十月半ばにソ連の潜水艦が近くに来ているという情報がもたらされると、世界はパニックに陥った。いまだかつて核戦争の危機がこれほど高まったことはない。ケネディは予防措置として攻撃命令を出すように急き立てる側近たちに毅然とした態度を取り、ソ連とはことを荒立てないためにフルシチョフとうまく約束を取り付けようとした。幸運なことに、フルシチョフは海上封鎖を突破しろとは命じなかった。

そしてフルシチョフとケネディの水面下の交渉が実を結ぶ。結果としてアメリカがキューバに侵攻しないことを条件に、ソ連はキューバからミサイルを撤去するという約束を取り付けた。このときはケネディがフルシチョフの「きんたまを切りとってやった」と言っている。実際にはもうひとつ「トルコにあるNATO軍のミサイルを撤去すること」という契約も交わされている。しかしトルコに関する密約は半年後に実行されたので、一九六二年十月の出来事はケネディの大勝利に終わった。この間、ジェイコブソンは決してケネディのそばを離れなかった。ケネディは女性関係よりも薬の件がばれないようにしていた。大統領の健康状態はいついかなるときも報道されかねないし、浮気問題よりもダメージが大きくなるだろうと考えていたからだ。[24]

アメリカにアンフェタミンが出回りはじめて最初の二十年間、その依存性はあまり問題視されてこなかった。むしろジェイコブソンのように何も危険性はないと依存性を否定するものもいた。悪影響があるとすれば、アンフェタミンの不安定性からくるものやアルコールと同時に飲んだときのみに作用すると強調された。したがってジェイコブソンは患者に絶対に酒を飲まないよう注意し、

「むちを一発」くれてやる程度の効果しかないごく少量を処方していた。だがごく少量であっても依存性はある。アメリカ麻薬取締局の見立てによると、一九六二年にはアメリカ全土で二億錠のアンフェタミンが出回っていたという。[25] その頃ベトナム戦争で窮地に陥ったアメリカの先行きが暗かったため、ケネディは相変わらずジェイコブソンの注射に依存していた。主治医たちの忠告にも耳を貸したがらなかった。ケネディ陣営は、第二期の続投を表明している大統領の健康状態を聞かれるたびに中毒のことがバレてしまうのではないかとおびえていた。そのうえ彼は鎮痛剤の依存症にもなりはじめていた。

大統領になって以来、ケネディはジョージ・バークリー司令官率いる大統領付医師団の治療を受けていた。初期から医師団にいたジャネット・トラヴェルは大統領の治療内容、ときには一日に五、六回も背中の筋肉に直接注射していたプロカイン[26]や一日四種類の同化促進性ステロイドとテストステロンについてバークリーから特に尋問を受けた。その後バークリーは非公式にトラヴェルをやめさせ、ニューヨークのハンズ・クラウスという整形外科医を医師団に入れる。しかしケネディはトラヴェルがメディアに暴露するのを恐れ、彼女を医師団に入れたままにしておいた。

いつものことながら極秘で、クラウス医師は初めてワシントンでケネディと会った。クラウスの治療は運動療法を元にしている。クラウスは自分だけが慢性腰痛の治療をするという条件で引き受けた。新しい治療法のためにホワイトハウスはプール付きエクササイズルームに改装された。ケネディは半信半疑でクラウスの忠告にしたがった。彼は二十代からつけていたコルセットを取ろうと言ってケネディを唖然とさせる。そして一九六四年に彼はコルセットを取った。ケネディの人生が変わった。

しかしバークリーはジェイコブソンを遠ざけはしなかった。ケネディが新しいセラピーを受け入れはしたが、ジェイコブソンの「刺激」を手放そうとはしなかったからだ。ジャッキーや義弟のスタニスラス・ラジヴィルなど、ケネディの周囲の人たちも相変わらずジェイコブソンの治療を受けていた。

大統領付き医師団の一人、ユージーン・コーエン医師はこの頃すでにドクター・フィールグッドとの関係を断ち切るように説得を試みている。彼は「あんな信用のおけない医者の治療を受けてはなりません」と一九六一年十一月にケネディに手紙を送った。「興奮剤の入った注射は一時的な助けにはなりますが、一瞬で世界の運命を決定づける判断を下さなくてはならない重い責務を負う大統領にはまったくふさわしくありません」しかしケネディは注射をやめようなどとは思いもしなかった。過剰摂取と薬物が大統領を失墜させるかもしれないと心配していた弟のロバートも、薬をやめさせることはできなかった。ロバートは兄が浸るつかの間の幸福に思いを巡らせ、「兄さんの血を吸えば蚊だって死ぬだろう」と言っている。一九六二年四月、ロバートはジェイコブソンを呼びとめて言った。「ホワイトハウスに何をしに来ているんだ？　ここはお前みたいなユダヤ人が来る場所じゃない。仲間と一緒にニューヨークへ帰れ[27]」

一九六二年六月、ロバートはジェイコブソンの注射のサンプルを食品医薬品局に分析させた。食品医薬品局は相反するふたつの分析結果を出している。六月七日付のFBIの報告書には、送られた量は分析するには足りないと書かれている。[28]一方もうひとつの報告書によれば、アンフェタミンの含有量は三十ミリグラム以下だった。だがジェイコブソンがこの世を去る少し前に書いた回想録によると、彼は次席検察官に瓶を十五本送り、一週間後にケネディから分析の結果承認されたと知らされたそうだ。どれが真実なのだろうか?

弟のロバートと対立した大統領は言った。「効果があるなら馬のおしっこだってかまわないんだ」ケネディは何を注射されていようが、大統領でいつづけたいと思っていたし、そうありつづけるためにできる限り痛みを和らげる必要があった。ケネディは一生を通じて病気にかかっていて、中毒性のある薬を飲んでいた。スピードは、摂取していた多くの薬の一成分でしかない。

自分のことで多く批判が寄せられ、FBIとCIAが報告書を出したのを知ったジェイコブソンはケネディに辞任を願い出る。だがケネディは「問題外だ[29]」と答えた。一九六二年十二月には、クラウスがアンフェタミンをやめるように大統領を説得しようとした。「核の赤いボタンに指をかけている大統領がこんな薬を取ってはいけません[30]」クラウスは依存症を終わらせなければジェイコブソンと大統領の関係を暴露するとまで言って脅した。ケネディはアンフェタミンが活力と自信を与えてくれるばかりに、その重大な結果に無頓着になり反論にも耳を貸さなくなっていた。ここまでくると悪魔との契約といってもいいのではないだろうか?

バークリーはケネディのそばで彼がエクササイズをこなし鎮痛剤の量を減らすように監視していた。一九六三年六月から、バークリーは投薬による治療を逐一報告するように命じている。そのかいあってケネディはトラヴェルが打っていた薬の代わりにフルオキシメステロンの錠剤と同化促進性ステロイドを飲むようになっていた。同化促進性ステロイドはボディービルダーから非常に評判のいい薬で、テストステロンの十九倍の刺激を筋肉に与えると言われている。しかし相変わらずジェイコブソンの注射は打っていた。[31]

この治療によってケネディの体調は回復したが、彼の精神面が抱える秘密は相変わらず完全に治療できたとは言えなかった。第二期の続投を決めると、ケネディは半月ごとの健康診断に気を配った。診断を担当していたのは、表向きはまだホワイトハウスで働いていることになっているトラヴェルと顔を合わせたことのない、大統領医師団の若いジェームス・M・ヤング医師だ。大統領の健康状態を知ったヤングは疑問を抱いた。大統領は今度の選挙活動を乗り切れると思っているのだろうか？[32]

その頃、世間の関心はケネディとマリリン・モンローの関係に向けられていた。一九六二年五月十九日、モンローがマディソンスクエアガーデンで一万五千人の当惑する観衆を前に「ハッピーバースデー、ミスタープレジデント」と歌ったのだが、これはジェイコブソンのアンフェタミンのせいで彼女が正気ではなかったからだ。モンローは直前にジェイコブソンから顎に注射を受けていたのである。

ホワイトハウスにジェイコブソンが来るのをロバートが阻止しようとしたため、困ったケネディはニューヨークでジェイコブソンと会うことにした。ケネディは泊まっているカーライルホテルに彼を呼び、注射を打ってもらった。打たれてしばらくは気分が良かったが、すぐに精神病理的な反応が出た。ケネディは服を脱ぎ捨ててスイートルームを全裸で走り回ると、今度はホテルの廊下へ走り出る。錯乱状態で腕を風車のように動かし、瞳孔は完全に開いていた。とてつもない幸福感に襲われて自分を抑えることができなかったのである。シークレットサービスは恐怖におののいた。ロビーにいるカメラマンが数階上での出来事に気がついていたからだ。大統領を制御するためシークレットサービスは急いでローレンス・ハッターラー医師を呼んだ。ハッターラーは薬が抜けたのを確認し、ジェイコブソンの薬を中和する解毒薬を注射した。

一九六三年、ケネディは公民権運動の五十マイル〔八十キロ超〕ウォークを真似てパームビーチの自宅で五十マイルのハイキングを行った。ケネディ自身は歩かなかったが、義弟のスタニスラス・ラジヴィル王子やチャールズ・スポルディングやジェイコブソンが参加している。ロバートは十七時間五十分で踏破した経験があり、これ以上の記録が出せるかと彼らを挑発した。ケネディはリンカーンの白いオープンカーからハイキングを見守った。このときマーク・ショウは、休憩時間にアンフェタミンの注射を打ち笑顔でリラックスした参加者たちの写真を撮っている。彼らが十九時間三十分で踏破するとケネディはティーバッグでつくったご褒美のメダルをかけてやった。ジェイコブソンもこのメダルをもらっている。

それから数か月がたった一九六三年六月二十六日、ベルリンが封鎖されて十五年の節目の年に西ベルリンを訪れたケネディは、かの有名な「イッヒ・ビン・アイン・ベルリーナー」〔私はベルリン市民であるの意〕という演説をした。いつものことながらジェイコブソンも同乗しているフライトのあいだじゅう、ケネディは何度もこの一節の発音を練習していた。果たして彼はこの演説中もアンフェタミンを打っていたのだろうか？　世界的に有名になったこの言葉を教えたのはジェイコブソンではなかっただろうか？　ちなみにジェイコブソンの死後、ジェイコブソン夫人は「あの伝説のフレーズは九九・五パーセント、夫が考えたものです」と証言している。

一九六三年十一月三日、ラジヴィル王子からボツワナでの猛獣狩りに誘われていたジェイコブソンは出発前最後にパームビーチのケネディの家で彼と会い、テキサス州への遊説の自信を植え付けた。

一九六三年十一月二十二日十二時三十分、ダラス。ケネディはオープンカーに乗って人びとに手を振っている最中に通りで殺された。事態を聞いたジェイコブソンは混乱に陥った。娘のジル・ジェイコブソンは、父親がアフリカにいるとは知らず、大統領の隣にいて一緒に死んだのだと思ったという。

アメリカはショックに襲われた。ロバートはホワイトハウスで作成された多くの記録を含む、兄の大統領としての生活と私生活に関する危険な要素を隠蔽もしくは処分する必要があると考えた。ケネディ大統領の忠実な秘書だったイブリン・リンカーンがロバートを手伝った。彼女は大統領にバークリーやトラヴェルが行った医療行為に関する書類をすべてもっていたのである。そのほかにも一九五三年からケネディの性病治療をしていた有名な泌尿器科医であるウィリアム・ハーブストなど、ケネディの治療に当たった数人の医師からカルテを回収し、あらゆる書類を安全な状態で保管した。リンカーンは「この書類は国のものです。私のものではありません[33]」と言ったという。

ジェイコブソンがケネディの治療について書き残した記録を手元に置いていたかどうかはわからないが、こうした状況を考えると大統領を危険にさらしかねない書類はすべて処分された可能性が高い。ジェイコブソンとケネディの関係は秘密のまま守られた。今日でもなお多くの文献とマックス・ジェイコブソンに関するＦＢＩ資料は未公開だ。入手できるのは十三ページ中四ページだけである[34]。

ケネディが暗殺されたあとも、ジャッキーはジェイコブソンと会いつづけていた。一九六三年十二月、ケネディの親友だったレム・ビリングスがジャッキーの家の入り口でジェイコブソンとすれ違ったことをロバートに知らせると、ロバートは激怒し彼のクリニックに連絡した。「もう一度ジャクリーンに会ってみろ。二度と医療行為ができないようにしてやる」ロバートはジェイコブソンを怒鳴りつけた。

一九六四年五月、ジェイコブソンの二番めの妻だった美女のニーナ・ハーゲンが四十九歳にして心停止で急死する。妻の死はジェイコブソンの注射のせいだと思われたが、それを証明したり否定したりするための検死はされなかった。ケネディとニーナの死後、ショックを受けたジェイコブソンは投げやりな生活を送るようになる。長いあいだ維持してきた体重は増え、科学的ではない実験を繰り返した。ジェイコブソンがつくる薬はしだいに怪しげになっていく。活力を与えるために薬にウラニウムの小さい石を加えたり、磁石や超音波や凍結したプラセンタを使ったりもしたそうだ。

一九六六年、ジェイコブソンはパナマ勲章受勲者で患者のアントニオ・モラーレスから、ケネディの主治医だったことに関して書かれた手紙を受け取った。ジェイコブソンはケネディが乗っていた巡視艇ＰＴ－一〇九の記章もつけていて、尋ねられるとこう答えたという。「どうして私が記章をもってるかわかりますか？　私はケネディ家の主治医だったんです。ケネディ一家と旅行もしました。治療もしましたよ。ジャクリーン・ケネディもね。私なしではああはなれなかったでしょうね。それで感謝の印に記章をくれたんです[35]」ジェイコブソンは自信にあふれた傲慢な男で、自身が他の人に与える力を自覚していた。また彼はヘロインやモルヒネと同じくアンフェタミンに依存性は一切ないと考えていた。患者たちが仕事上の義務に立ち向かうのを助けたかっただけで、それ以上のことは何もしていないと主張し、娘のジルもそう確信していたという。[36] ケネディについて本を記したジャネット・トラヴェルのような他の権力者の主治医とは異なり、彼はケネディとの関係を記した本やメモさえもまったく残していない。一九六八年に出版されたトラヴェルの著書『ホワイトハウスでの日々 *Office Hours: Day and Night*』では、ジェイコブソンは存在すら触れられていない。秘密はケネディの死後もなお固く守られ、彼の伝説は何物にも傷つけられてはならないとされた。ケネディについての、とりわけ死後数年のあいだに出された数冊の伝記にもジェイコブソンは登場せず、彼の医療記録にももちろん存在は言及されていない。ケネディの女関係は公然の秘密だったとしても、健康問題と「ミラクル・マックス」に関する問題は様相が異なる。現実と非現実のギャップが大統領在任時の評価を変えかねない。たしかに大統領が薬に依存していたという問題は慎重に扱わねばならないが、ケネディに関して言えば疑う余地がない。すべては大統領に関する問題だ。

ドラッグ供給者としてのジェイコブソンのキャリアはその後も続いた。一九六八年七月から一九六九年三月までにジェイコブソンが大量のアンフェタミンを所有していたのを証明することはできないが、彼が保持していた薬物は五年間にわたってジェイコブソンを捜査していた連邦麻薬危険薬物取締局（ＢＮＤＤ）に押収されている。[37] 捜査の結果、クリニックからはアンフェタミン六百グラム（一回の投与量は十五ミリグラムなので四万回分に当たる）と八百回分のバルビツール酸の一種、フェノバルビタールが見つかった。[38]

ドラッグと、医者というよりも麻薬密売人に近いやぶ医者狩りは一九六〇年代末にニクソンによって行われた。そんななかにもかかわらず、ジェイコブソンは一九七〇年六月三十日に上院議員で反麻薬のロビイストでもあったクロード・ペッパー（ジェイコブソンの顧客の一人）の誘いを受けてヘロイン依存との戦いに関する研究会に参加した。その四年前、ペッパーはジェイコブソンに疑惑がかけられている捜査のことでBNDDと連絡を取っている。BNDDの捜査員にジェイコブソンの治療に何もとがめられるべき点はないと保証するためだ。FBIの報告書には、一九六九年にBNDDの捜査員がジェイコブソンと会ったときに彼の手には注射痕があり、二、三日おきに二十五ミリグラムのメタアンフェタミンを打っていることを認めたと書かれている。[39]

当時のアメリカでは合成麻薬と向精神薬を麻薬と区別して規制するのが難しかった（一九六一年の麻薬に関する単一条約による）。合成麻薬と向精神薬は財界に基盤をもつアメリカの製薬会社の製品だ。製薬業界が薬の効力を口実に規制薬品のリストを減らすように抗議したので規制は妥協したものになった。結局、向精神薬は注意力欠陥と睡眠発作においてのみ処方できるようになった。

一九七二年十二月四日、ニューヨークタイムズ紙に掲載されたある記事が騒動を引き起こす。記事は「アンフェタミン摂取の拡大！　著名人の名前も！」と題されていた。ケネディとジャクリーンのアンフェタミン摂取について言及されていたのである。これ以後、一般にはあまり知られていなかったジェイコブソンが表舞台に現れる。

一九七三年春にジェイコブソンは、スポルディングからいますぐに会いたい、自宅で会わないかという連絡を受けた。翌日、十年来の友人であるスポルディングの家で、ジェイコブソンは彼を待っていたジャッキー・ケネディと再会した。ジェイコブソンは彼の医療行為停止を求める訴訟手続きの一環である、弁護士会評議会による尋問を二日後に控えていた。ケネディ一族は元大統領夫妻のアンフェタミン依存症が公になることを危惧していたのである。ジャッキーは尋問でジェイコブソンがホワイトハウスを訪れたことについて訊かれたらどう答えるのかを知りたがった。「何も心配はいりませんよ」ジェイコブソンは医師としての秘密保持をまっとうすると強調した。しかし訴訟費用を援助してもらえないかと言い足した。いままでジェイコブソンはケネディ一家に支払いを求めたことはなかったのだが……。ジェイコブソンは弁護のために有名なルイ・ニザー＝サイモン・ローズ弁護士事務所の弁護士を一人雇っていた。アメリカは訴訟の費用が高く、彼はすでに多額を費やしていたのである。ジャッキーは「わかったわ」と答えて金銭的援助をすると約束した。しかし実際に援助はされなかった。

ジェイコブソンの注射は一回七十五ドルだった。しかし一九六一年にヨーロッパへ行ったときの謝礼明細書をケネディに求められたジェイコブソンは謝礼を拒否している。ジェイコブソンには、戦前ナチスドイツから逃れた彼と家族を受け入れてくれた国のリーダーに金を請求することはできなかったのだ。[40]

患者のなかには、その日に支払いができずジェイコブソンに多額の借金があるものもいた。ジェイコブソンの親友であるマイケル・サメックいわく、謝礼金を払っていたのは少数だった。ジェイコブソンも自身の稼ぎは仕事というよりも使命の対価だと考えていた。[41] 患者のなかにはつけが三万ドル以上になるものもいた。俳優のアンソニー・クインの家へ行ったときに、渡すのをためらうクインを前にジェイコブソンが代金代わりにロダンの胸像を持ち帰ったといううわさもある。またセシル・B・デミルが死んだとき、彼のジェイコブソンへのつけは三万八千ドルを超えていたという。しかしジェイコブソンはクライスラーと海辺の家を除いて資産をもっていなかった。ホワイトハウスでの日々は彼に何ももたらさなかったのである。

一九七三年四月、ジェイコブソンはニューヨーク医師会から尋問を受けた。医師会は二年半の調査の結果、医療にもとづいたとは言えない治療と処方していた薬に危険性がないと思わせる詐欺行為を働いたとしてジェイコブソンを糾弾した。この訴訟は彼の医師免許剝奪を目的にしている。ジェイコブソンに対する訴えはほとんど薬の調合と処方を対象としていて、そのうちひとつだけがアンフェタミンに関する訴えだった。一九六九年一月二十六日のマーク・ショウの四十七歳での突然死と他の四人の患者の死も不利に働いた。[42] ジェイコブソンにも自身の最も有名な写真集『ケネディ家

The Kennedys』を贈っていたマーク・ショウの死は、検死の結果スピードの過剰摂取によるものとされた。

十四か月の裁判のあいだに九十人を越える証人が証人席に現れた。そのなかにはジェイコブソンに有利な証言もあれば不利な証言もあった。四千ページに及ぶ証言のなかでケネディの名前が出てきたのは一度だけで、それもすぐに話題が変わっている。多くの著名人がジェイコブソンをやぶ医者、悪魔のような男、人を制御するのにとりつかれた詐欺師だと述べたが、反対に人びとの運命を変える力をもっている英雄だと述べる人もいた。主要な証言者の一人にジェイコブソンの助手を務めていたハーヴェイ・マンがいる。マンは十年近く資格を持たずにジェイコブソンの元で働いていて、大統領とジェイコブソンが会ったあとはいつもアンフェタミンの瓶と注射器が減っていたと証言した。しかし彼自身が注射の場に立ち会ったことはなかった。[43]

そして一九七五年四月二十五日、三十九年の医療行為の末にジェイコブソンはすべての起訴理由で有罪を宣告され、医師の団体である医道審議会から医療行為を禁止された。異議を申し立てたものの覆りはしなかった。ニューヨークで訴訟を起こされた医者は彼だけではない。ロバート・フレイマンとジョン・ビショップも処罰を受けている。患者のなかにはときどき一日のうちに二、三人の「スピードを出す医者」をはしごしていた人もいたようだ。「一本めはマックスに打ってもらって、それからフレイマンのところ、次にビショップのところに行っていましたよ！」[44]と話している。

二百四十年を越すアメリカの共和国の歴史には四十五人の大統領がいるが、だれ一人として病気や怪我で職を辞任した大統領はいない。権力者の私生活を考えると、たったひとつの行動でも重い責任が伴う。一九七九年、七十九歳のジェイコブソンは治療を続けたいと思い、医師免許剝奪の解除を求めて訴訟を起こしたが失敗に終わった。彼の訴えは同年の八月に棄却されている。それから四か月たった十二月一日、ジェイコブソンは前立腺ガンでこの世を去った。スピードに依存していた三十年間の末に。

今日のように透明性が求められる社会でジョン・F・ケネディは大統領になれただろうか？　断言はできない。

では、ジェイコブソンはケネディに注射をすべきではなかったのだろうか？　彼は拒否すべきだった。たとえケネディがほかに注射を打ってくれる医者を見つけられたとしても拒否すべきだった。しかし彼は権力世界への執着から注射を断ることができなかった。医師と患者のあいだの依存関係は相互的である場合が多い。政治家は職務をまっとうしたいと願い、医者はその職務の一端を担いたいと願う。命を賭して。

ヨシフ・スターリンとウラジーミル・ヴィノグラードフ

「彼は父が唯一信頼していた人でした」
スヴェトラーナ・アリルーエワ（スターリンの娘）

ソビエト連邦の指導者でヴォジュド［首領を意味するロシア語］と呼ばれたヨシフ・スターリンが長い時間を過ごしたのは、モスクワの南西部十キロほどのクンツェヴォ地区にあった一九三〇年代風建築の深緑色のダーチャ［ロシア人が休暇や週末を過ごすセカンドハウス］である。鉄柵と有刺鉄線に囲まれた暗くて陰気な家だったが、カバとモミの森が広がる庭は彼のお気に入りだった。天気のいい日に来れば、花や、彼が愛したバラの香りに囲まれて仕事をすることができる。スターリンの護衛のために数百人の警備兵がシェパードを連れて巡回していた。ロシア最後の皇帝であるニコライ二世のように、スターリンは毎晩違う、頑丈に守られた部屋で眠っているのだというわさがあった。だが実際は暖炉の火であたためた一階の一部屋しか使っていなかった。スターリンが部屋の絵を取ってしまったために木材の板張りの壁はむき出しだ。この部屋で彼は、電話が何台か置かれた円卓のそばにある長椅子をベッドにして眠っていた。あらゆるものが雪に覆われ、シベリアからの冷たい風がどんな雪の欠片も氷に変えてしまう二月末のことだ。ダーチャはその特徴的な色を隠す雪の重みで崩れる寸前だった。

一九五三年二月二十八日二十三時、「愉快そうで溌剌とした」スターリンがダーチャに到着する。ラヴレンチー・ベリヤ内務人民委員部（ＮＫＶＤ）長とニコライ・ブルガーニン国防相、政治局のニキータ・フルシチョフ、ゲオルギー・マレンコフ閣僚会議議長が一緒だった。孤独を恐れたスターリンはいつもの晩のように四人組を自宅に招待していたのである。彼ら以外の客もそうだったが、生きて戻れるかだれにもわからないワインを添えた、永遠と続く食事のためだ。失態を犯せば一族郎党は完全に抹殺された。ウィンストン・チャーチルいわく「スターリンは自分に賛同しない人を撃ち殺すことができる。そして彼らを殺すためにすでに多くの火薬を使用している」[1]

この日、スターリンのボディガードのアレクサンドル・リビンは不在だったが、だれが夕食の席にいたかを聞き取り、夕食は三月一日朝四時に終わったと記録を残している。スターリンはフルーツジュースしか飲んでいなかったとあるが、ジョージア産ワインは飲まなかったのだろうか？　彼はアルコールのおかげで出てくる自由な意見を聞くためにリキュールを少しだけ飲むのが好きだったのだが、居合わせた人びとによればこの晩リキュールは飲んでいなかった。

フルシチョフは、スターリンは「かなり酔っていて」朝の五時か六時に私たちに休むように言ったと話している。彼の食事にはいつもワイン、シャンパン、コニャック、それに何よりも胡椒のきいたウォッカがあった。スターリンが飲む酒の量は多かった。あるときはライバルのウィンストン・

チャーチルを酔わせて満足し、チャーチルが酒に弱いのは前から知っていたと繰り返した。

前日の夜、「医師団の陰謀［ユダヤ人医師たちがソビエト政府要人の殺害を目論んでいるというスターリンの妄想］」という強迫観念に取りつかれていたスターリンは、多くのユダヤ人医者、特に彼の主治医だったウラジーミル・ヴィノグラードフ教授に対する手続きはどうなっているか尋ねていた。主治医としての地位とスターリンからの信頼もヴィノグラードフを懲罰から守ってはくれなかった。ヴィノグラードフは四か月前の一九五二年十一月四日に投獄されている。スターリンは彼に自白をさせたがり、取り調べを担当する拷問人に命令しつづけていた。「鉄だ！　あいつに鉄をおしあてろ！[2]」結局、ヴィノグラードフは拷問に屈して自供したのだろうか？　スターリンはヴィノグラードフに、ある言葉さえ言えば命は助けてやると言った。スターリンをよく知っていたヴィノグラードフがそれを聞いてどう考えたか、想像してみてほしい[3]。

重苦しい雰囲気のなかで状況を尋ねられたベリヤは「ヴィノグラードフはあれほどの地位にいたにもかかわらずおしゃべりだったようです。同じ病院の医師の一人に、同志スターリンはもう何度も高血圧で危険な状態に陥ったことがあると話したそうです[4]」と答えた。ベリヤはスターリンへの忠誠を示したいがために裏切り者への対応を引き受け、ヴィノグラードフを窮地に追いやった人物だ。

一九五三年三月一日（日曜）、スターリンがいつものように昼に起きてこないことに皆が恐怖を感じていた。娘のスヴェトラーナによれば、スターリンは不思議なスケジュールで動いていたという。彼は昼の何時であっても眠ることができた。[5] そして政府は「動きあり」か「動きなし」の厳格なコードのもとに動いていた。「動きなし」はスターリンが眠っているか読書をしていて活動していないときだ。その日、職員たちは十時から準備をしていたがスターリンは「動きなし」のままで、数時間たっても何も起こらなかった。呼ばれもしなければ食事も書類も手紙もない。スターリンの眠りを妨げなくてはならなかった事態は、十二年前の一九四一年六月にバルバロッサ作戦の一環としてナチスがソビエト連邦に侵攻したのを知らせたのが最後だった。

それぞれの家に避難していた四人組のだれも、多くの愛人のうちの一人の家に四時過ぎまでいたベリヤでさえも、急いで医師を呼ぼうとはしなかった。権力が再びスターリンの手から離れるのを予感して、スターリンの後継者をねらう駆け引きのゲームに身を投じていたからだ。彼らは好機を生かすためにわざと待っていたのではないだろうかという説もある。

十八時半、やっとスターリンの部屋に明かりがついて政府職員は胸をなでおろした。「食事をもってくるように言われたか？」と皆が尋ねあったが、部屋は静かなままだった。マトリョーナ・ブッソワというスターリンに忠実な老婦人に様子を見に行かせたという人もいる。だが実際にスターリンの部屋に行ったのは、ダーチャの副責任者ピョートル・ワシリエーヴィチ・ロズガチェフだった。ロズガチェフは二十二時頃に大きな音をたてながら部屋へ入った。スターリンは不意打ちが嫌いだったからだ。彼は恐怖をしずめ、クレムリン宮殿［共産党本部が置かれていた］からの手紙を口実に部屋を訪れた。

そこには恐ろしい光景が広がっていた！　両足がねじれたスターリンの小さな体がぴくりともせずに横たわっていたのである。彼は有名なジョージア風の口ひげをたくわえ、少年時代の事故のせいで左腕が右腕よりも四センチ短く、身長は百六十七センチしかなかった。スターリンは倒れて、仕事机のそばにある柔らかいじゅうたんの上で尿にまみれていた。机の上には水の瓶とグラスがひとつ置かれていた。

普段静かなダーチャはパニックになった。ぐったりとしたスターリンの周りで人びとが言う人もいれば、意識はなかったと言う人もいる。隣の広いダイニングルームのソファに運ばれたものの、だれも医師を呼ぼうとはしなかった。スターリンが医師を殺し屋で堕落した裏切り者だと考えているのを知っていたからだ。彼が唯一信頼し、数年間主治医を務めカルテを知っている唯一の医師だったヴィノグラードフは投獄中だった。ヴィノグラードフの前任者だったディミトリー・プレトニョフは知りすぎてしまったがために、すでにこの世にいない。

スターリンは自身のパラノイア（妄想症）に殺されたと言える。数か月前から彼は医師の治療を拒否し、実際にはだれも行っていない恐ろしい陰謀を自ら考え出していた。こういうわけで招かれていないのに「主人」の部屋に行きたがるものはだれもいなかった。親しい同志でさえも行きたがらないのに、追放された医師など論外だ！　共産世界の皇帝《ツァーリ》がまどろんでいるだけで目が覚めたとしたら、医師を呼んだことに憤慨するに違いないと皆は考えた。医師が信用ならないなら医師を呼んだ人物もしかりというわけだ。危篤状態は四日間続いた。いったいどのくらいのあいだ脳で出血が続いていたのだろう？ スターリンが助かる可能性はあったのだろうか？ だがだれが自分の身を危険にさらしてまで彼を救いたいと思うだろう？ 皆が同じように思っていた。三月二日の朝三時にベリヤとマレンコフがやっとスターリンの様子を探りに来たときも医師は連れていなかった。

彼らは行動を起こさずに待った。結局、医師が到着したのはスターリンが三月一日の明け方に自室に入ってから二十四時間以上が経った二日の朝だ。資料によればスターリンに意識がないのを確認し最初の処置が行われたのは三月二日の九時から十二時のあいだだったという。それ以降、四人組はずっとスターリンを見守っていた。夜も昼も交替で枕元に付き添った。その日のうちにスターリンの娘のスヴェトラーナと次男のワシーリーが呼ばれた。スヴェトラーナはスターリンの臨終を語る重要な証言者である。彼女いわく、最後に父親と会った彼の誕生日の十二月二十一日には顔色が悪かったそうだ。予兆はあったと思うとスヴェトラーナは証言している。[6]

スヴェトラーナによれば、おびえた様子の医師団がスターリンの枕元にやってきたのは朝の七時か十時頃だった。スターリンが死ぬ以外に逃げ道のない医師たちは、同じ立場の人の命令に従った。医師の仕事とは皮肉なもので、たとえ医師を酷い毒殺者とみなし撲滅してやろうと考えていた人であっても彼らが必要になるときがある。スターリンには医師は数年前から避けて通れない存在になっていた。これはスターリンにとって問題である。これほどパラノイアに苛まれているのに、軽蔑している科学者の前に裸で身を投げ出せるだろうか？　スターリンはあらゆる人間を嫌悪していた。したがって唯一彼の身体的な状況や精神的な状況を見極める力がある医師も当然嫌悪の対象だ。医師に弱みを握られてしまえば、国内外の多くの敵や彼を権力の座から追い払おうと陰謀を企てる奴らの攻撃の的になってしまうと考えていたのである。

いったいだれが医師を呼んだのだろうか？　このときに呼ばれたのはユダヤ人医師ではなく、そしてもちろん投獄されていない医師だった。残念ながら優れた医師は監獄にいたのである！「私たちと同じく、医師たちも風に揺られる葉のように震えていました」と、ロズガチェフは証言している。医師たちはまるでいつなんどきスターリンが昏睡状態から目を覚まし、即座に牢屋行きを命じるかわからないといったようにベッドに近づくのを恐れていた。数年後にフルシチョフが思い返しているところによると、医師団は間違った診断を下すのを恐れていたか、それともスターリンが死ぬのに気が咎めていたのかショック状態だったという。十人の医師が臨終状態のスターリンの周囲をせわしなく動き交替で働いた。十人のなかにはソビエト科学アカデミー教授のルコムスキー教授、コノヴァロフ、ミャスニコフ教授、タレーフ教授、またフィリモノフ、グラズノフ、トカチョーフ、イワノフ＝ネズナモフなどの神経科医がいる。医師団はトレチャコフ保健相とクーペリン共産党保健機関長の指揮下にあった。皆スターリンを診察するのはこれが初めてだった。

医師団を率いていたパベル・ルコムスキー教授は独裁者であるスターリンの近くにいることにおびえていた。フルシチョフによると、教授は「慎重に」スターリンに近づき「まるで熱い鉄に触れるかのように手に触った」[7]医師たちはハサミを使って服を脱がせるのもうまくできないくらい手が震えていた。スターリンの右腕にはあざがあり腫れていて、彼が転んだときの様子が見て取れた。

ルコムスキーは脈を取るのにも苦労した。スターリンの部下たちが監視しているし、彼らの命令のせいで場の雰囲気はどんどん緊迫していたからだ。

「ちゃんと手を握れ！」[8]ベリヤがルコムスキーを怒鳴ると状況はますます悪くなった。ルコムスキーはスターリンの右腕と右足が麻痺し左の手足が痙攣して何度かわずかに動いたのを確認している。

ほろ酔いだったワシーリーが、こいつらが親父を殺したんだ、殺そうとしているんだ！　と叫んだことでさらに緊張感が高まって息もできないような空気になったため、ワシーリーは取り押さえられて家へ送り返されてしまった。[9]

心の奥底で生きているスターリンに会いたいという気持ちとこのまま終わらせてしまいたいという気持ちのあいだで揺れていたのは皆同じだったが、だれも医療ミスの責任は取りたくないと思っていた。

医師団は目をつぶり頭を左に向けて仰向けに横たわっているスターリンに臨床検査を行った。まぶたをめくると瞳孔が左右に揺れて定まらない。昏睡状態だ。医師たちはこれといった治療をするでもなく慌ただしく周囲を動いていた。死期は近い。廊下では部下たちが策略を練っていて、いつも静かなダーチャは上を下への大騒ぎだった。スターリンを憎んでいたベリヤは、彼の死を前に忠誠心と歓喜のあいだを揺れ動いていた。「スターリンに少しでも意識を取り戻す兆候があれば、ベリヤはすぐに枕元にひざまずき彼の手をさっと取って口づけをした。しかし再び意識がなくなってしまうと立ち上がって唾を吐いた」スターリンが死んだあとに「私がスターリンをやったんだ。皆を救ってやったんだ」と叫んだのはベリヤではなかっただろうか？

スターリンの娘によると「ベリヤだけが不躾とも取れる行動をしていました。非常に興奮した様子で、醜悪な顔にときおり彼を突き動かす野心がむき出しになりました。野望、権力、権力、何よりも権力、残忍さ、そして悪巧みへの野心です。この大局を前に、ずるがしこすぎず、かといって適度に抜け目なく見えるようにしていました。ベリヤの顔を見ればわかりました」[10]

医師団はスターリンを絶対に動かしてはならないと指示し、血圧を下げるために耳の裏に放血器を取り付けるように指示した（すでに八台が付けられていた）。また、心拍を上げるためにカンフル剤とアドレナリンとマグネシウム溶液も注射した。額が冷やされ入れ歯も取られた。窒息を防ぐためにスターリンには液体の食事がスプーンで与えられた。最終的には酸素が送り込まれ尿のサンプルも採取される。人工呼吸器も持ってこられたが一度も使われなかった。

スヴェトラーナはこのときのことを次のように振り返っている。「恐ろしい光景でした。医師たちは父のうなじと首に放血器を置き、心電図をつけて肺のX線撮影をしたのです。看護師が絶えず注射を打ち、医師の一人が手帳に病気の進行状態をメモしていました。それぞれが迷いなく職務を遂行し、父の命を救うために戦っていました。もうだれにも助けることはできないのに[11]」

スターリンが寝ているダイニングルームと隣接する小さな部屋では、医療審議会が絶えず審議を続け、二階ではまさに政治家の密談が繰り広げられていた。三月三日の朝の時点で、スターリンの病状は国外はもちろん、国内のだれにもいまだはっきりと知らされていない。補佐官たちが最終的な診断を問いただすと、医師団は「死ぬのは避けられないでしょう」と答えた。

医師団以外の専門家の意見も聞かなければならない。特にユダヤ人の名医で医師団陰謀事件で投獄され拷問を受けていたヤコフ・ラパポートの見解が求められた。ラパポートは茶番のような裁判の一環で訊かれたのだろうと思っていたが、質問する人の口調は懇願に近かった。彼らは「チェーンストークス呼吸」と呼ばれる呼吸に陥った急変患者はどのように治療すべきだろうかとラパポートに尋ねた。「突然死するでしょうね」と彼は答えた。そしてこの分野に通じた医師を問いただされると「私が名前を挙げた医者のなかで一人はまだ捕まっているかいないかわかりませんが、九人は牢屋のなかですよ」と言ったという。[12]

三月四日の早朝にはスターリンの病状がラジオモスクワで報じられ、同時に国際的なメディアもこれを報じた。ニューヨークタイムズ紙は「一日の晩にクレムリン宮殿の自室で脳の血管を損傷。以来スターリンの病状は深刻である」と書いている。スターリンの呼吸は不規則（一分に三十六回）で、無呼吸と過呼吸の期間を繰り返し、換気量の差が増えるチェーンストークス呼吸が見られた。脈拍は一分に一〇八〜一一六で血圧は二一〇／一一〇、最終的に酸欠状態に陥った。

顔は黒くなってむくみ、次第に容貌は見分けがつかないほどになった。唇は黒く、四日の二十二〜二十三時頃にはだれの目にも明らかに息を詰まらせるようになった。[13]

五日木曜日の朝、病状はさらに悪化する。鉛色になったスターリンは何度か血を吐いた。また体を動かし不意に痙攣を起こした。そこで医師はカフェインとカンフル剤と、当時血液の循環や呼吸の刺激剤として用いられていたカルディオゾールという薬を注射した。しかしスターリンの呼吸はますます不規則になっていく。夜十九時十五分の時点で脈は一分に一一八〜一二〇だったが、二十時十分になると一四〇〜一五〇になった。深い昏睡状態に陥ったのだ。[14]大量に汗をかき脈は次第に弱くなっていった。

ブルガーニンがスターリンの見張りを請け負ったことで、ミャスニコフ医師はブルガーニンがここにいる医師たちに疑念と敵意を抱いているのを感じ取った。スターリンの胃から出血があったのは、実は彼が「ワルファリン」という透明な薬物を盛られた証拠だと考える医師もいた。ベリヤが他の三人と共謀して彼のジョージアワインのグラスに入れたのだろうと。しかしこの説を裏付ける証拠は何もない。

夜になると心音が弱くなってきた。医師たちは人工呼吸とカンフル剤とアドレナリンの注射を勧めた。注射を行った看護師が二十一時四十八分に細かく治療法をメモしている。スターリンの呼吸が荒くなってくるとベリヤが娘のスヴェトラーナを連れてくるように命じたが、だれも動かなかった。

スヴェトラーナはこう語っている。「最後の瞬間、理解できないおかしなことが起こりました。父は目を開き周囲の人びとを見渡しました。死を前にし、父を覗き込んでいる医師たちの見知らぬ顔を見て鋭く怒りのこもった恐怖に引きつった目をしていました。一分も経たないうちに皆の顔をぐるりと見渡し恐ろしい動きをしたのです。なぜ父があんなことをしたのかいまでも理解できませんが、忘れられません。まだ動かせる唯一の左手を上げたのです。その動きが上にいるなにかを指差していたのか、それとも私たちを脅すためだったのかはわかりません。わけのわからない動作がだれに対して何に対して訴えかけるものだったのかはわかりませんが、威圧的な身振りでした。最後の力を振り絞った直後、父は息を引き取りました[15]」

スターリンの死は一九五三年三月五日の二十一時五十分と記録されている。七十三歳だった。共産党の幹部とスターリンの子どもたちと警備兵は重い沈黙のなかで身動きもせず死者を囲んでいたと、その場にいたミャスニコフ医師は書き残している。しかしその儀式が三十分かそれ以上続いたかどうかは覚えていないという。皆痙攣が起こったかのように固まって反応できなかった。ラジオモスクワでは深刻な出来事にふさわしい重い調子で、クレムリン宮殿でスターリンが亡くなった、ソビエト連邦の労働者と全世界にとって大きな喪失であると伝えた。死んだ場所はクレムリン宮殿とされた。早朝のうちにスターリンの遺体は検死のため運びだされ、ダーチャからは家具が出されて涙にくれる使用人も即座に追い払われた。ダーチャにいた人びとには、スターリンは三月三日にクレムリン宮殿で働いているあいだに脳出血によって亡くなった、罰を受けたくなければそれ以上のことは言わないようにと命令が下された。

彼の検死を行った医師の一人であるミャスニコフは、ソビエトという国が病人によって動かされていたことを知った。「スターリンの脳にあった大きなアテローム性動脈硬化症は判断をゆがめ迫害妄想を助長していただろう。意思決定にも影響したと思われる」[16]と書いている。「おそらく善と悪の観念もなくなっていたのではないだろうか」というのがミャスニコフの診断だ。二〇一一年四月にやっと出版されたミャスニコフの『回想録』には「こうした病気は性格をも激化させる。人を疑いやすい人ならパラノイアにとらわれるようになる。数年間進行していた病気がどの程度スターリンの性格や行動に影響を与えていたのかはわからないが」と書かれている。『回想録』

はミャスニコフが死亡した一九六五年にＫＧＢによって発禁処分になっていた。しかしこれは新しい説ではなかった。

一九二七年、優れた精神科医でサンクトペテルブルク精神神経学研究所所長でもあったウラジーミル・ミハイロヴィチ・ベヒテレフが、スターリンを悩ませていたうつ状態を治療するために診察をした。ベヒテレフによるとスターリンは抑えがたい恐怖にさいなまれているという。彼は「パラノイア」という致命的な用語まで用いた。その結果、ベヒテレフは診断のわずか二十四時間後に怪しげな状況で死亡した。スターリンが命令したと思われる毒殺だ。[17] こうしてスターリンの存命中に彼の体調不調について言及するものはいなくなった。診断が重すぎる結果を招きかねないからである。

敵や陰謀を考え出すスターリンの想像力は豊かで尽きることがなかった。スターリンがある人物を帝国主義の国に金で雇われたスパイで処刑されるべき存在だとみなすには一瞬で充分だった。そのことは皆が知っていた。だれかが公の場で非難されると、スターリンは「結果、私には結果が必要なのだ」と言っていた。ゆえに主治医のヴィノグラードフが有罪になったのは彼が何も結果をもたらさなかったからだと言える。もしもスターリンが長く付き合っている人間を切り捨てようと考えて心のなかで「敵」に分類したならば、呪われたその人について彼と議論するのは不可能だった。

スターリンが意見を変えたり、その人が真の敵ではないと考え直したりすることはあり得ない。説得しようと試みれば彼の怒りの対象になった。[18] スターリンがこの世を去る十一か月前、彼はヴィノグラードフが握る秘密がどれほど重要であるかに気がついた。スターリンの病状はそれほど深刻だったのである。そしてヴィノグラードフを悪い計画を企てる敵だとみなした。性格上、スターリンは一度抱いた考えを立ち止まって考え直せなかった。娘のスヴェトラーナはこう書いている。「父にかかると、同じ目的のために一緒に戦った過去や年月と友情はまるでなかったかのようになってしまう。心のなかの理解しがたい作用によってそうしたものは抹消され、人びとには有罪が宣告された。こうして父の情け容赦のない残忍性が発揮された。『ああ、私を裏切ったんだな。おまえのなかに悪魔が見える。もうおまえとは終わりだ！』という風に[19]」

スターリンのパラノイアと残忍な性格の由来については数多くの仮説がある。ジョージアで過ごした彼の少年時代を振り返ってみよう。彼は兄弟がおらず、アルコール中毒で暴力的な父親に支配されおびえながら育った。ここにスターリンの性格を形成する一端である感情の両面性が見て取れる。[20] 彼はだれかに視線を向けられただけでも激怒し、ときには「何を見てるんだ！」と叫んだという。スターリンは一生を通じて自分に抱いている自身の悪いイメージと戦っていた。劣等感を自我への崇拝という手段でしか乗り越えられなかったのだ。パラノイアに侵された人間の唯一の共通点は、自分だけが絶対的な孤独のなかで生きているという幻想ではないだろうか？[21]

ヴィノグラードフは、同様にスターリンの近くにいた人の苦い経験から彼の性格を知っていた。代表的なのはニコライ・ブハーリンの裁判だろう。一九三四年二月一日の夜に共産党レニングラード市委員会第一書記だったセルゲイ・キーロフが殺害された一九三〇年代末の大恐怖政治の犠牲になった人物である。四年に及ぶ「人民の敵」狩りのあいだに警察は前例がないほどの弾圧を行い、「転覆行為を企てた」容疑で数え切れないほどの人が有罪判決や逮捕を言い渡された。[22]

一九三六～一九三八年にモスクワで開かれた三つの裁判は、スターリンにとって古参ボリシェビキと気にくわない人を抹殺し、彼の要求に従順で素直な人びとにすげかえる手段だった。スターリンにとって気に入らない人間はいないも同然で、従順な者こそすべてだった。ヴィノグラードフはこの裁判の一環として、粗暴なＮＫＶＤのトップで大粛清のおもな執行人だったニコライ・エジョフの尋問を受けた。ブハーリンの裁判で証言をする数日前、酔っ払ったエジョフはヴィノグラードフに言った。「きみはいいやつだよ。だが話しすぎだ。きみが話す相手の三人に一人は私の手の者ですべて報告が上がってくるんだよ。もっと黙っていたほうがいい」エジョフの後継者であるベリヤも数年後のスターリンとの最後の晩餐で同じような考えを述べている。スターリンが最も危惧していたのは、周囲の人間が情報の重要性に気がつかずにその情報を暴露してしまうことだった。スターリンのパラノイアの冷酷な側面がよく表れている。たとえ陰謀を企てられていなかったとしても、話されすぎるのは彼にとって恐怖だった。スターリンは一九四八年末に娘の叔母たち［スターリンの妻の妹と妻の兄の妻］を投獄している。娘に理由を訊かれるとにべもなくこう答えたそうだ。「あいつらはおしゃべりすぎる。多くを知りすぎている。敵に利用されてしまう」
スターリンはいたるところに、家族にさえも敵を見出した。そしてそのために自らの健康を犠牲にした。長生きをしたいと思い医療を必要としていたのにもかかわらず、自身の迫害妄想と向き合うことができなかったのである。

果たしてヴィノグラードフは話しすぎたのだろうか？　その点は疑わしいが、話せばどうなるか彼はわかっていたはずだ。しかしスターリンはその万にひとつの可能性によるヴィノグラードフの影響を恐れ、彼に疑念を抱いた。スターリンにしてみれば、話すことで自分を弱体化させかねない男の口を封じずにおいておくなどありえない。大恐怖政治時代に同業者の医師たちを密告するように命じられたとき、ヴィノグラードフはこれが警告であるとわかっていただろう。モスクワ裁判から「白衣」の陰謀と呼ばれる有名な医師団陰謀事件までは十五年以上のときがある。スターリンは粛清によって主導権を変えるのを好んだ。彼の病的な医師嫌悪は病状が進行するにつれて増していく。六十歳になるまでは医師の存在は認めていたが、体が弱るにつれ通常とは反対に医師の診察を断るようになった。プレトニョフの死後、ヴィノグラードフに信頼を寄せるようになったときには、スターリンの抱える病的な恐怖の構造はすでに明らかで食い止めようがなかったのである。

ヒトラーと異なり、スターリンは優れた医師に体の不調を打ち明けていた。スターリンよりも四歳若いヴィノグラードフはクレムリン病院［ミチュリンスキー病院とも。ソ連共産党幹部のみが利用できた病院］の名誉教授だった。一八八二年三月十二日にモスクワの南四百キロに位置する街、エレッツで鉄道員の息子として生まれ、医学学校の三年生のときには志願して日露戦争（一九〇四～〇五年）に参加して武勲章を受勲している。一九〇七年にモスクワ大学で学位を取ると結核の研究を専門におこない、一九三四年には保健省の顧問になった。そして一九四〇年代にスターリンの主治医に指名されて評価を得る。ソビエト医学アカデミーのメンバーでモスクワ医療協会長でもあり、すでに共産党の重要人物の治療を担当していた。豊富な経験をもつ優れた臨床医だったのである。同僚からの信頼も厚かったヴィノグラードフは、入念に選んだ家具と美術品を飾った壁に囲まれた、贅沢な美しいアパルトマンで暮らしていた。のちにこの贅沢な趣味が非難の的になり、敵と通じた証拠として用いられるとは知る由もなかった。

患者であるスターリンは丈夫な体の持ち主だった。乾癬をのぞけば六十歳までほとんど病気をしていない。例外は一九三一年にソチのマツェスタ温泉で入浴をしたあとにアンギナにかかって三十九度の熱が出たのと、その五年後にレンサ球菌感染症にかかったくらいだ。このときヴィノグラードフは適切な治療法を求めて専門家に相談したが、スターリンは一九三七年の新年のパーティーに出席できなかった。[23] ヴィノグラードフの前任者だったプレトニョフ医師は毎朝六時から七時のあいだにスターリンの元を訪れ、その日の体調に応じて仕事をする時間を決めていたという。だが朝に部屋へ行くと夜通し机に向かっていたスターリンを見かけることもよくあったほど、彼の仕事の能力は驚異的だった。朝晩運動をするスターリンの顔と体のマッサージも主治医の仕事だ。スターリンはトップに立つ者は若く見えなくてはならないと考えていた。彼は浴槽には浸からずにシャワーだけを浴びて、冷水で体をこすりオーデコロンでマッサージをしてから二時間休憩して十五時頃に昼食を食べた。主治医は食事に毒が盛られていないか、栄養バランスが取れているかを確かめた。スターリンはイヴァン雷帝［一五三〇～一五八四年、ロシア皇帝のイヴァン四世］の食器セットで食事をするのが好きだった。イヴァン雷帝は彼のあこがれで、家では長いあいだレーニンとイヴァン雷帝の肖像画を並べていたほどだ。[24] スターリンが抑制できなかったのは神経、とりわけ晩年の神経だった。

一九三八年三月の裁判でNKVDのトップだったゲンリフ・ヤコーダが裏切りと謀反の罪で訴えられたあと、スターリンはソファに倒れ込んで服も着替えずに眠った。プレトニョフ医師は彼を診て、ひどく神経質になっていて心臓の動きが悪い、貧血状態であると診断を下す。彼は便秘と胆のうの痛みにも悩まされていた。しかしプレトニョフが休憩と入院の可能性も考えて準備をしていると、スターリンは「先生、そんなつまらないことで困らせないでくれ。時代は危機的な状況なのだ。あらゆる悪を根元から摘み取るために正体を見破らなくてはならない」[25] と言ったという。彼の神経過敏はしばらく後に罹った乾癬による苛立ちとは無関係だった。それから二年後の一九四〇年二月、スターリンは高熱と強い喉の痛みを訴える。ストレスを感じると扁桃炎になりやすい体質だったのだ。しかし彼の健康を何より打ちのめしたのは「友人」の命令によるドイツ軍の侵攻と戦争だろう。

アドルフ・ヒトラーに魅了されていたスターリンは、ヒトラーからすると馬鹿正直だった。一九四一年六月二十二日にソビエトがドイツ軍に侵攻されたとき、スターリンは前線からの報告書を読んで、これはドイツ軍の将軍たちが友人であるヒトラーと彼のあいだに戦争を起こそうとして主導したのだろうと考えた。たしかにスターリンもヒトラーも一九三九年八月に締結された独ソ不可侵条約が長く守られるとは思っていなかった。しかしヒトラーは締結から二十二か月後に条約を破ったのである。彼は一週間以上も深く落ち込み逡巡したあとでやっと状況を理解した。ゲオルギー・ジューコフ総合参謀長いわく「あれほど落ち込んだスターリンは初めて見ました」またA・E・ゴロワノフは「スターリンは絶えず『どうすればいいのだ？　いったいどうすれば』と繰り返していました[26]」と語っている。当時まで彼が身なりに気を配っていたとしたら、黒かった髪が白くなり目の下のたるみが大きくなったというこのときの逸話は転機を示している。

戦争はスターリンをさらに衰弱させた。ヒトラー率いる枢軸国軍に勝利し栄光の絶頂にあったときでさえも、彼の体調は悪かった。フランコのようにスターリンのためだけにできたソ連最高司令官という階級に就いたものの、覇権は衰えた。もてはやされた戦争の将は次第に仕事と向き合えなくなる。取り巻きは彼が疲れ果ててもはや精神の機能を失っているのではないかと考えた。しかし独裁者の健康状態は国家機密だ。したがってスターリンはだれよりも医師に強い猜疑心を抱いた。医師が自分の権力に比類ない影響をもたらしかねないからだ。ところが彼がこれほど医師を必要としていた時期もなかった。そしてもちろん医師たちの中心にいたのがヴィノグラードフだった。

駐ソアメリカ大使のウィリアム・アヴェレル・ハリマンが地中海あたりで戦勝国の話し合いをしないかと提案してくる数か月前、スターリンは気候の異なる土地へ行くのは勧められないと医師から忠告を受けていた。体調にかこつけて彼はヤルタで会談を開くように命令した。

また、その年の十月初旬にも病気になりソチへ一か月半の休養に出かけている。だがソチに着いてすぐに深刻な心臓発作に見舞われた。[27] 以後、外国のメディアではスターリンは体調が悪いという報道がされるようになった。

では、スターリンは自分の健康状態をかえりみなかったのだろうか？　そんなことはない。彼は健康を維持するためにヴィノグラードフのアドバイスに従っていた。アルコールの量を控えたほうがいいと言われれば強い酒をやめてジョージアワインを水で薄めた。ときどき誘惑に負けることもあったが……。自分が飲めなくなってからは客に縁までなみなみに注いだ酒を飲ませて眺めるのを好んだ。ジョージアでは客は千鳥足になって吐きそうになるまで杯を空けなくてはならない習慣があったのだ。

体を休めるためにスターリンは黒海沿いやダーチャのうちの一軒で長い休暇を取った。子ども時代を過ごした土地の気候に似ているところが好きだったからだ。「ソッソ」や「コバ［スターリンが愛読していたジョージアの作家、カズベギの小説に登場する英雄の名前から取られた彼の筆名」」やのちに「鋼鉄の人」を意味するスターリンと呼ばれるようになるヨシフ・ジュガシヴィリが一八七九年十二月二十一日に生まれたのはこうした気候の土地だった。彼は四人目の子どもとして生まれたが、上の三人は生まれてすぐに死んでいる。熟練の靴職人だった父親はアルコール中毒で、とんでもない力で息子を叩いた。一家は非常に貧しかった。「人民の父」になる前のスターリンはちょっとした不良だった。神学生、ギャング（ピストル強盗、恐喝、ゆすり、放火、詐欺、殺人もやった）、気象学者、革命家ところころと生業を変え、それでいて夫でもあり愛人でもあり詩人でもあった。初めて盗みを働いたのは共産党への資金提供のためにトビリシで一九〇七年に帝国銀行を武装襲撃したときだ。スターリンの過去を知る数少ない人物の一人に、当時フィンランドに亡命していたウラジーミル・イリイチ・レーニンがいる。スターリンは当時二十九歳だった。スターリンはこの過去を一生隠し通し、レーニンの後継者、戦争の主導者、ナチズムに打ち勝った男としてのイメージへの崇拝で置き換えようとした。

ときおり、スターリンはモスクワを三か月、五か月、さらには七か月も留守にした。長生きするために体調を維持したかったからだが、常にクレムリン宮殿と連絡を取っていたのでだれも彼がモスクワにいないとは思わなかっただろう。

一九五〇年代初頭からスターリンの健康状態に関する多くのうわさが流れるようになる。脳への正常な血液循環を妨げる動脈硬化症が彼の能力に悪影響を与えていた。そのほかにもスターリンはリウマチを患っている。戦争が終わってからというものの精神錯乱に陥ることが多くなり、一九四九年十二月にはめまいを感じて危ういところを専属秘書に抱きとめられた。しかし秘書が医師を呼ぼうと言っても拒否している。[28]

スターリンの病状は重い、死期が近いという報道がされると、皆が彼の死に向けて準備を始めた。三月には在モスクワアメリカ大使館での演説が取りやめになり、ヘビースモーカーのスターリンは咽頭ガンなのではといううわさが流れた。[29]次第に真の指導者としてベリヤ、マレンコフ、モロトフの名前が挙がるようになる。

しかし娘のスヴェトラーナは一九五一年の夏にジョージアでスターリンと会ったときの様子をこう語っている。「父は七十二歳でしたが相変わらず公園をしっかりした足取りで歩いていました。太って衰えた体で息を乱し、足を引きずりながら警護の衛兵たちに付き添われていました」フィリップ・ペタン元帥に関するうわさがそうであったように、皆が同じ見解ではなかった。反対にスターリンは年齢の割にすばらしく健康だと思っている人もいたのである。

モスクワに駐在していたフランス大使のルイ・ジョクスは一九五二年八月にスターリンに会ったときの印象を次のように記している。彼は七十二歳よりも老けて見えた。老けて疲れた様子で髪は細く白く、顔色は蠟のようで荒々しさは感じられなかった。ざっと見た感じでは動くのも辛そうだったという。同じ時期にスターリンを見かけた諜報担当で国家保安省第一局次席局長のパヴェル・スドプラートフは、年老いて疲れきった彼を前に驚きを顕わにしている。「スターリンの容貌は大きく変わっていた。髪はすっかり薄くなってしまい、前からゆっくりと落ち着いて話す人ではあったが、このときは話すのも大変そうで言葉と言葉のあいだに長い休憩をはさんでいた。ヤルタ会談と一九五〇年の七十歳の誕生日での彼の様子はうわさを裏付けることになってしまった[30]」一九五〇年末、スヴェトラーナが十二月二十一日に父親の誕生日を祝うために会ったときには、痛ましい体の様子が心配だったと記録している。

スターリンが我慢ならなかったのは、衰える体のコントロールが効かず、最も私的な秘密を知る医師に頼らざるを得なくなったことだ。彼は絶対的な信頼は存在しない、すべての秘密はいつか暴かれると考えていた。一九四五年の戦争の指導者で勝者という名誉の神話と、身体的に脆弱であるという現実の不一致はスターリンを怒りっぽく予測不能な性格にしていく。強迫観念はさらに強くなり自制や忍耐がきかなくなった。そしてトップに立ちつづける唯一の方法は粛清しかないと考えはじめる。彼にすれば皆が疑わしく有罪に思えた。あとは理由を見つければ充分だ。そして自分を納得させるために、次第になくてはならない存在になってきた医師を処刑すると決めた。

権力を手に入れようとする人にとって健康が恐るべき武器になることは、ボリシェビキの歴史が教えてくれている。一九二三年のレーニンの健康問題がその始まりだ。スターリンは、レーニンの体の衰えが彼を物理的に孤立させ、あらゆる職権から遠ざける好機であると捉えた。もともとレーニンはスターリンを後継者にしたいとは思っておらず、彼を「カール・マルクスの『資本論』を読んだチンギス・ハン」と称して評価していなかった。レーニンの遺書にははっきりと次のように書かれている。「スターリンは粗暴すぎる。彼の粗暴さはコミュニストの我々との関係においてはまだ我慢できるが、書記長の職には耐え難い欠点である。ゆえに私は同志にスターリンを書記長のポストから遠ざけて、あらゆる点においてスターリンに勝る人物を置くように言ったのだ。彼よりも我慢強く公正で、同志に対して思いやりがありわがままではない男を置けと。こうした事情は意味がなく些末に見えるかもしれないが、私は分裂の前触れだと思っている。以上を検討するとスターリンとトロツキーの関係はただの些事ではなく決定的な意義をもつ些事になりかねないのである」スターリンとトロツキーのあいだの争いは、一九五六年にソ連共産党第二十回大会でフルシチョフがスターリンの罪を暴露するまで秘密にされていた。

一九二四年一月二十一日のロシア革命の父、レーニンの病と死には動脈硬化症や一九一八年の暗殺未遂から三年間首に入ったままだった銃弾による鉛中毒、銃弾摘出手術の後遺症、梅毒などいくつかの原因が考えられているが、いちばん有力なのはスターリンが毒を盛ったという説である。レーニンの死のおかげで、スターリンはレフ・トロツキーを遠ざけることもできた。彼はこの頃からライバルの病が権力を手に入れるまたとない機会であり、医師は架空の陰謀をでっちあげるのにうってつけの容疑者になりうると気がついていたのである。そして十四年後のニコライ・ブハーリンの裁判［モスクワ裁判とも呼ばれる］においてこの方法を実行した。この裁判では三人の医師がソビエトの要人を暗殺した罪で訴えられている。要人のなかには有名な作家のマクシム・ゴーリキーも含まれていた。

だがいまとなってはスターリン自身が病人になってしまった。一九五二年一月十九日の動脈硬化に危険を感じたヴィノグラードフは、スターリンの健康状態に関する新たな報告書を作成し明確な損傷を記載した。ヴィノグラードフは報告書のなかで、脳症が怒りとパラノイアと健忘症を助長していると指摘する。[31]。ヴィノグラードフは短期間完全な休息を取るか、引退するようにスターリンに勧めた。するとスターリンは半ば閉じた小さな黄色い目で彼を見つめ、穏やかで落ち着いた声で尋ねた。

「ロシアの医学は進んでいるのか、遅れているのか?」

「進んでいます」

「なら私を治せ。ロシアと民衆には私が必要なのだ[32]」

スターリンは権力の座を去ろうなどと思いもしなかったが、あらゆるもの、自分の影さえも恐れていたとゲオルギー・ジューコフは述べている。彼の権力を影で支えていたヴィノグラードフに恐怖を抱いていたのは言うまでもない……。肉体的に衰えていくのにもかかわらず、以後ヴィノグラードフの治療も一般の臨床医の治療も受けないとスターリンが決めたのはこのときだった。命の危機にあってさえ、医師からなんらかの影響を受けるのが納得できなかったのだ。いかなる場合であっても先行きが暗いとわかっていても、スターリンは医師のいけにえになりたくなかった。依存するなどもってのほかだ。主導権を失い自分の弱点をいつなんどきでも暴露できる存在がいるなど論外だ。「ヴィノグラードフは大変なおしゃべりだ」とスターリンに伝えたのは、スターリンを憎んでいた残忍なベリヤではなかっただろうか？　ベリヤはスターリンの不調が彼から権力を取り上げ、権力争いをあおる可能性があるのを予見していたのではないだろうか？　スターリンはムッソリーニのように自らの病を権力の引き立て役として利用したり、ヒトラーのように主治医を全面的に信頼したりすることはなかった。彼は毛沢東《もうたくとう》と同じく、治療が必要になればなるほど医師に身を任せなくなった。

生活習慣を変えなければ無残な結果になりかねないと警告したヴィノグラードフは、スターリンにとって敵へと急転する。ヴィノグラードフはいったいなぜ政界から引退しろなどという勇気のいるアドバイスができたのだろう？　スターリンは内密の情報を得てヴィノグラードフも自分を失脚させたがっているのだと確信した。

ヴィノグラードフが握っている情報を暴露すれば、スターリンに敵対するスパイ同士の同盟関係を結ぶ手助けになったり、そのかすのに使われたりしないだろうか？　ヴィノグラードフの影で彼を操り権力を手に入れようとしているのはだれだ？　そしてもちろん引退すれば彼は後継者の処罰を受けることになる。スターリンの権力を影で支えているヴィノグラードフがそれに協力するなどあってはならない。

完璧な医学倫理と隙のない大胆さを備えたヴィノグラードフは独裁者である患者への恐怖を隠さなかった。果たして彼はスターリンへの注意勧告が死刑宣告書へのサインだったと知っていたのだろうか？　おそらくわかっていただろう。ヴィノグラードフは前任の主治医であるプレトニョフも一九三七年の裁判で逮捕されたのを知っていた。プレトニョフは、国家計画委員会議長でソ連共産党政治局員だったヴァレリヤン・クイビシェフと作家のマクシム・ゴーリキーに毒を盛った罪で訴えられた三人の医師のうちの一人だ。いつものようにメディアはあらかじめプレトニョフに関する中傷を広めていた。自宅であるモスクワのアパートで六十四歳の女性患者を強姦し、乱暴に胸に嚙み付いて性病に感染させたといううわさである。プレトニョフは排斥され、共産党員を殺した「サディスティックな医師」、「右寄りのトロツキースト」として弾劾された。禁固二十五年を言い渡されたが、一九四一年にメドヴェデフスキーの森で処刑されたという説もあればKGB本部で殺されたという説もある。プレトニョフが下した「スターリンには誇大妄想症と強い被害妄想の気がある」[33]という性格診断が決定的な理由だった。

スターリンはプレトニョフを非常に高く評価し全幅の信頼を置いていた。しかし知りすぎてしまったがゆえに消されてしまった。クレムリン病院の有名な心臓の専門医だったプレトニョフとスターリンは古くからの知り合いで、同じ労働者階級の出身だ。彼の父親はスターリンの父と同じく職人だった。プレトニョフはスターリンを友人とまで思っていたのである。スターリンの妻であるナジェージダ・アリルーエワが一九三二年に自殺したときに、死亡証明書に記載する死因を自然死と書きかえたのもプレトニョフだった……。スターリンは健康管理、ひいては権力の座にも気を配ってくれるプレトニョフに感謝していた。プレトニョフの密告を強いられたヴィノグラードフは前任者の不幸な境遇をよく知っていたのである。

こういうわけで、動脈硬化症を悪化させるアルコールとタバコをやめるようスターリンに忠告する人はヴィノグラードフ以外だれもいなかった。一九五二年、最後に診察を受けた数か月後に七十二歳だったスターリンは忠告を聞き入れてかの有名な機嫌のバロメーターだったパイプを吸うのをやめた。パイプが消えているときは悪い前触れ、置いてあれば怒り、口にくわえているかひげを撫でつけいるときは良い予兆だった。パイプにとても誇りをもっていたはずなのだが……。しかしその後も健康を気遣わない生活を続けた。娘のスヴェトラーナは、高血圧のためにどの医師も許可しておらずヴィノグラードフがやめたほうがいいと強く勧めていた蒸気浴のバーニャ［ロシア風のサウナ］に父親が死ぬ直前まで入っていたと証言している。スターリンにとってバーニャはシベリア追放時代からの習慣だった。いくつかの資料によれば、彼は二月二十八日に発作を起こす数日前か数時間前にもバーニャにいたという。あたたかいバーニャはスターリンの緊張をほぐし、リウマチにも非常によく効いたからだ。

スターリンを最後に診察してから十一か月がたった頃、ヴィノグラードフはモスクワにあったK

GB管轄のルビャンカ刑務所に入れられた。その二か月前にスターリンはソ連共産党第十九回大会で共産党の中央委員会の決定機関である政治局を廃止し、九人からなる政治局を二十五人のソビエト最高会議幹部会に置き換える大改革を宣言している。政府組織を変更することで自分の権力のみを極端に大きくして他のだれにも権力を与えない政府をつくったのである。

いまや敵はドイツではなくアメリカだった。スターリンからすればユダヤ人は皆アメリカのシークレットサービスの諜報員だ。一九五二年十二月、スターリンは二十年以上彼の元で働いていた私用秘書のアレクサンドル・ポスクリョブィシェフを「機密文書を紛失した」罪で刑務所に送り、幹部の護衛に当たっていたやり手のニコライ・ヴラシク国家保安警備長を「用心を怠り機密情報、とりわけスターリンの体調にまつわる機密をユダヤ人スパイに漏らした」罪で逮捕した。実際にスターリンはヴラシクとユダヤ人が大半を占める医師の馴れ合いを糾弾し投獄している。

世のなかは陰謀論と反コスモポリタニズムを行使した大恐怖政治時代（一九三六〜三八年）へ逆行し、反ユダヤ主義の時代になった。一九四九年以降多くのユダヤ人が逮捕され、とりわけ文化・情報・報道・出版・教育・医学の世界で仕事を追われる。そして三年後には医師団陰謀事件のありそうもないシナリオの準備が整い、実行に移すのみになっていた。スターリンはこの計画を自ら実行した。彼はまったくのでっちあげの陰謀にきちんと筋をつける術を知っていた。加えて、敵とみなした相手を排斥する好機を待てる我慢の人だったのである。傑出した人びとを次第に計画に巻き込んでいくために、陰謀に関連する情報の量を増やしながら縦に横にクモの巣をはっていくことにかけて彼の右に出るものはいなかった。

一九四八年九月から一九五二年八月のあいだに、「記録保管所」から医師団の陰謀を示す証拠として用いられる書類の断片が突如現れた。その年の夏、スターリンはいつものように黒海沿いでバカンスを過ごすのをやめた。そして主治医のヴィノグラードフと医師たちに計画を自白するように命じる。

国家保安相に昇進したセミョーン・イグナチェフとその補佐官のミハイル・リューミンが訴訟の責任者に任ぜられた。イグナチェフが医師たちから自白を得るのは無理だと報告すると、スターリンは「自白を引き出せなければ、おまえの首が飛ぶぞ」と脅したという。

反ユダヤ主義の嵐が吹き荒れるなか、医師たちは複数の共産党の要人を殺害した罪で訴えられた。一九四八年に死亡したスターリンの側近のアンドレイ・ジダーノフ、一九四五年に死亡したアレクサンドル・シチェルバコフ［ソビエト作家同盟の作家、政治家］のほか、数人の治療を妨害して殺害しようとした容疑がかけられている。とりわけ、アメリカのシークレットサービスがつくった「ジョイント［ユダヤの慈善団体、Joint Distribution Service の略称］」というユダヤ民族主義的な国際的資産家の組織と関係がある医師グループがテロリストとして糾弾された。また、ユダヤ人医師がロシア人の子どもにジフテリア菌を注入して感染させたというおぞましいうわさも広まる。実際のところ、このでっちあげの陰謀はスターリンが医師を陥れるために考え出した計画だった。異常な雰囲気のなかで、ユダヤ人は近く中国国境に近い自治地域に強制移送されるといううわさが広がっていく。スターリンの死後、一九五三年四月十一日にウィンストン・チャーチルがアイゼンハワー大統領に当てた手紙には「医師たちの事件ほど強く印象に残ったことはない」と書かれている。

事件の「英雄的密告者」はクレムリン病院で働くリディア・チマシュクという循環器学が専門の女性だった。彼女は医師であると同時にソ連国家保安省のエージェントで、ヴァルダイ［ロシア西部の街］で入院していたアンドレイ・ジダーノフの心電図を見直して恐ろしい診断ミスに気がついたという。そして医師たちがジダーノフの病状が深刻であるにもかかわらず、わざと軽く診断していると告発した。ヴィノグラードフとクレムリン病院長のエゴーロフはジダーノフの病状を斟酌せず、チマシュクに死因を書き換え梗塞と記載しないように頼んだのだそうだ。この告発にスターリンが興味をもったのは反ユダヤ主義と自身の体の衰えという二つの理由からだった。

チマシュクは医師団陰謀事件が起こる四年前の一九四八年、ジダーノフが死ぬ二日前に政治局に告発した。医師が故意にジダーノフの病状の深刻さを考慮しなかったという情報はヴラシクを通じてスターリン本人に伝えられた。彼女は絶対安静を推奨したのに、医師たちはジダーノフに病院の庭を歩かせ、マッサージを受けて映画を観に行きベッドから起き上がるように指示したのだという。

その結果は悲惨で〔ジダーノフは散歩中の用を足す途中に心臓発作に見舞われ死亡した〕、彼女は医師のミスは事実上殺人に近いと考えた。名指しで訴えられ告発の影響を考慮したエゴーロフはヴィノグラードフと協力して、スターリンに医療ミスではないと反論をする。チマシュクがエゴーロフに診断の話をせずに直接権力に訴えたのは不可解だと思ったからである。医師たちは、チマシュクは取り違えをしていて医学的な知識もないと反論した。しかしスターリンはジダーノフが死ぬ二日前の八月二十八日にヴィノグラードフは釣りに行っていて、エゴーロフはモスクワへ夕食に出かけていたと責めた。実際のところチマシュクの診断が正しかったのかどうかはあまり知られていない。

この件で逮捕され投獄された九人の医師のうち六人がユダヤ人だった。M・S・ヴォフシ、M・B・コガン、B・B・コガン、A・A・フェルドマン、Y・G・エチンゲル、A・M・グリンシュテインである。

一九五三年一月十三日付のソ連共産党の機関紙、プラウダ紙はスターリンの陰謀の裏付けとして「大学医師の仮面に隠れた残忍な殺人スパイ」と題した記事を載せた。これによって世界じゅうの人がこの「陰謀」を知ることになった。ヴィノグラードフは医療ミス、反ソビエト的活動、イギリスのスパイの罪で訴えられる。スターリンは近日中に公開裁判を開きたがった。一月末にはチマシュクがクレムリン宮殿に呼ばれ「たぐいまれな勇気」を表彰された。彼女は一九五三年一月二十日にレーニン勲章を受勲している。

スターリンは迅速に証拠を得るようイグナチェフとリューミンを急かした。医師たちに自らソビエトの要人を殺したと認めさせなくてはならない。有罪にするためには全面的な自白が必要だった。医師たちに自白させるために演出を惜しまなかったスターリンは、解剖の設備を揃えた手術室に似た部屋で彼らを拷問にかけるように部下に命じた。部屋は棍棒と平たい革鞭で叩かれる囚人の叫び声が漏れないように布張りにされた。血が流れやすいように床は斜めになっていた。

「おまえがやったんだろう、このくそ！　下劣なスパイめ！　このテロリスト！」とリューミンは息切れしながら医師の一人に叫んでいたそうだ。

リューミンは「拷問には白くなるまで熱した鉄も使いました。部屋には拷問のためのあらゆる道具が揃っていました[34]」とも言っている。

ソ連国家保安省の「カバの群れ」、「白い手袋のカフェギャルソン」が自白を引き出せないと見るや、スターリンは「真のチェキスト［反革命・サボタージュ取締全ロシア非常委員会（チェーカー）・政治警察などの職員の総称］が手袋を脱ぎ」強烈な一撃を下すように命じた。「もっともっといためつけろ。鎖をうって叩きつぶせ！」スターリンは拷問をしている部下に叫んだ。結果、国家保安省の刑事の士気を失わせないために衛兵のなかから有志を募った「志願者」が求められた。そしてルフォルトヴォ刑務所［モスクワにあった刑務所］のこのために改装された部屋で昼も夜も拷問が続いた。ルビャンカ刑務所では常軌を逸した行為が行われ、ルフォルトヴォ刑務所では拷問が行われた。

尋問はたいてい顔を一発殴るところから始まり、きちんと拘束しなおしてからふたたび殴打が行われた。しかしヴィノグラードフは十一月十三日と十八日の最初の尋問でアンドレイ・ジダーノフの心臓発作について診断ミスを認めたものの、陰謀については否定した。

「私の行動にそんな恐ろしい意味はない……。この事件の根本にあるのは……もともとの原因はジダーノフの治療にかかわる医療ミスだ。それについては医師として責任がある」

「おまえのうそはわかっているぞ。だれに頼まれたんだ?」

「だれにも頼まれてない。ジダーノフもシチェルバコフもわざと殺してなんかいない。何度も言ったが反ソビエト的な思想の影響なんてまったく受けていないし、ソビエトの敵になるような人間とも関係はない」

この容認しがたい返答に対して、拷問はヴィノグラードフを追い詰めるための駆け引きになり数年前に処刑されたプレトニョフらとの関係を責める方針に変わった。「おまえはすでに絞首刑が決まっているが、自白すれば命は助けてやるぞ……なぜ白状しないんだ?」執行人は怒鳴った。絶望したヴィノグラードフはこう嘆いたという。「こんなひどい立場に追い込まれてしまって……私には白状することなんて何もないんだ」

スターリンの命令にしたがってヴィノグラードフへの圧力は増していく。身体的な拷問が行われ、三日続けて殴られたヴィノグラードフは心臓発作を起こした。執行人は七十歳の男に血がにじむまで手錠をかけるのも気にせず、尋問を再開できるようになるまで回復を待った。そして耐えきれなくなったヴィノグラードフはついに求められた自白をしてしまう。拷問の末に自白したのは彼だけではなかった。

一か月半近く身柄を拘束されたすえ、一九五二年十二月にヴィノグラードフは次のように自白した。

「先日の尋問で私はスパイ活動と共産党指導者とソビエト政府に対するテロ活動の罪を認めました。さらに私やエゴーロフやブサーロフなどが所属していたクレムリン病院での医療行為の崩壊に触れる行為についても話しました[35]」

フルシチョフはヴィノグラードフの尋問について、あれほど過酷な尋問を受ければ私が『エウゲーニイ・オネーギン』[36]の作者だとまで言ってしまいそうだと皮肉を言うのが好きだった。実際には、ヴィノグラードフは一九三七年以来イギリスのスパイだったM・G・コガン医師の影響を受けて起こったこの裁判のばからしさを指摘している。[37]彼は赤軍の医師長だったミロン・ヴォフシといった他の医師の密告も強制された。ヴォフシはB・B・コガン医師と同じく一九四九年に死亡したブルガリア共産党書記長のゲオルギ・ミハイロフ・ディミトロフへの治療に関する罪で逮捕される。ソビエト最高会議幹部会で医師たちの自白を発表したとき、スターリンは「白衣を着た殺人鬼」の陰謀の決定的な証拠に得意げでこう言ったという。「諸君は生まれたての仔猫のように目が見えていない。敵を見分けることもできないのだから、私なしでは国の進む方向を見失ってしまうだろう」

だが一連のえせ法廷劇はスターリンの死によって終わりを迎える。三月六日には早くもプラウダ紙が「社会主義の法は不可侵[38]」という、笑ってしまうような題で医師団陰謀事件の終焉を告げた。記事が出てからというもの、医師の逮捕は「法的根拠がなく不当」とみなされ、自白は「ソビエト法によって厳しく禁じられている取調べ方法で」得られたことが明らかになった。ヴィノグラードフと医師たちは直ちに釈放されクレムリン病院の元の仕事に復帰した。しかしヴィノグラードフはエゴーロフと違ってスターリンの死後も前言を撤回しなかった。その理由はわからない。

結局彼は処罰を免れず、さらに九年間拷問を受けて一九六四年七月二十九日に八十二歳でこの世を去る。ニューヨークタイムズ紙の死亡記事にはソ連の新聞、タス通信の声明文がそのまま使われた。「一九五七年七十五歳の誕生日にソビエト連邦で最も名誉ある賞、英雄労働者賞を受賞したソビエト医学界の第一人者。一九四四年～ソビエト医学アカデミーのメンバー、一九四五年～モスクワ医療協会長。一九五二年に逮捕され一九五七年に再逮捕。そのほかにも四つのレーニン勲章、労働赤旗勲章を受勲[39]」

独裁者の主治医が背負う危険は非常に大きい。自由や命をも左右する。彼らは機密事項や健康面など、あらゆることに成果を出す責務を負うのである。

そして、いかなる代償を払っても独裁者の絶対的な権力が確固たるものであるように維持しなくてはならない。独裁者が死ぬときでさえもその罪を問われるのではないかと恐れなくてはならないのである。李志綏［一九一九～一九九五年、毛沢東の主治医］が「毛の死の責任を取らされると覚悟していました」と言っているように。

毛沢東と李志綏

「私と家族の命は毛の言葉にかかっている。それを忘れるときはなかった。二十二年間、毛の体を診つづけてその老いと死にも立ち会ったが、一度も身の安全を確信したことはない」[1]

李志綏《りしすい》[2]

若い肉体の欲求を満たすため、毛沢東《もうたくとう》は忠実な中央警備局党委第一書記の汪東興《おうとうこう》にダンスパーティーを開かせていた。ダンスパーティーの回数は年を経るごとに増えていった。ダンスホールは文化大革命によってブルジョワ的で退廃的だとみなされ禁止されていたが、最高指導者である毛にそのルールは適応されない。

こうした乱交パーティーでの出来事を証言しているのが、毛沢東の主治医だった李志綏である。初めてパーティーに行ったとき、李は面食らったという。フォックストロットやワルツやタンゴが響くなかで文化工作隊出身の十数人の若い魅力的な女性たちが毛の視線を引くために踊っていた。皆、毛と一緒にダンスをしたがっていたのだ。「覚えているのは毛と踊っていた若い女性が、魅力的に見せようと体をくねらせていたことです。彼女はだんだん大胆になっていきました」[3]と李は書き残している。中国全土からやってきた若い娼婦の工作隊は毛に女性を供給するためのものだった。中国の皇帝のように性生活から長寿を得ようとした毛のために、若い女たちが次々と補充された。いちばんのお気に入りは踊り子で、若々しく見目麗しく政治的にも忠実な女性が慎重に選ばれていた。

毛はダンスをしてから彼女たちの一人ひとりとおしゃべりをし、それからその晩に選ばれた女性一人、もしくは数人の女性と姿を消す。事をより簡単に行うために一九六一年には人民大会堂の「一〇八号室［北京室の別名］」が乱交パーティー用に割り当てられた。部屋には行為のために巨大なベッドが置かれ、以後、毛は一人、あるいは複数の若い女性とここに密かに閉じこもるようになった。李が指摘するには「巨大なベッドはいつも混み合っていました。ときには三人、四人、五人の若い女性が同時にいました……」多くの若い女性が、かりそめだとわかっている関係を求めてやってきた。彼女たちは十八〜二十二歳でたいていの場合処女であり、なかにはまだ十四歳の子もいたという[4]。李もこのパーティーから逃れられなかった。毛が彼を同席させたがったのである。ヒトラーやスターリンといった不眠症の独裁者と同じく、毛も常に自分の宮廷に同席するよう医師に強要した。

教育を受けておらずおおかたは田舎の出身だった共産党員の若い女性からすると、救世主である毛とベッドをともにするのはなんとも幸せなことだった。「毛の欲望を慰めるために彼の寝室に呼ばれることが、彼女たちにとってどのような意味をもつか想像してください……」と李は力説している。人びとが毛を一目見たりその手に触れたりしたいと狂信的に思っている国で、それは「彼女たちの人生において最も偉大な体験でしょう」[5]とも言っている。

李はいつも愛人たちから毛が性的にいかに優れているか聞かされていた。感動した愛人の一人から「やることなすことすべてがすばらしかったの。本当にうっとりしたわ」と打ち明けられることもあれば、性的な話題にまったく羞恥心のない毛本人から話を聞くこともあった。毛は高崗《こうこう》にあこがれていた。高崗は元東北行政委員会主席で陰謀を企てた罪で弾劾され、一九五四年に自殺した人物である。彼も毛と同じくダンスパーティーで出会った百人以上の女性と関係をもったと言われている。「高は自殺する晩、二回も女を抱いた。そんな好色だなんて考えられるか？[6]」驚嘆した毛は李に話したという。

毛の女狂いはしばしば場所を移し、さまざまな滞在地や十両編成の贅沢な専用列車などで見られた。政界から遠ざかっている時代には、毛は若い女性へのあくなき渇きを満たすためにベッドで過ごしていた。中国国民党軍への交戦運動の象徴である長征（一九三四～三五年）のときから、毛が行った村の先々で処女を要求していたといううわさもある。各地方で共産党の書記官たちが毛のために邸宅をつくった。一九六二年に中国の人民に向けて、共産主義的人間を構築するために守られるべき体の健康を損なわないよう、行きすぎた性行為はしてはならないと布告されているにもかかわらず、ときが経つにつれて毛の「消費量」は増えていった。しかし毛は自分の行為をかえりみなかった。毛沢東は皇帝のように振る舞っていて、三千人以上の愛人がいると非難された。汪東興は「毛がこれほど多くの少女と寝るのは自分の死が近いのを感じているからだろうか？　そうでないとすれば、いったいどうしてここまで性行為に惹かれるのだろうか？　なぜこんなに活力を無駄使いするのだろう？」[7]と考えていた。李が思うに、毛にとって女は食料に近く「自由に」供給されるものだったのである。

　最高指導者の性行為の相手は女性に限らなかった。毛はリラックスするために若くたくましい下級兵士に鼠蹊《そけい》部をマッサージさせるのも好きだった。李によればこれは同性愛の類ではなく、並外れて貪欲な彼の性的欲求から来るものだという。李は国民党の思想に傾倒している家族から毛の性欲について尋ねられたことがある。共産党への批判のひとつに、共産党革命軍は道徳を壊し、女性を共有し、性的な混沌状態に向かおうとしているという主張があったからだ。[8]

　毛沢東のすべてを知る李は、彼の悪臭にまみれた生活上の衛生環境についてまで詳細に記録している。毛はシャワーも浴びず風呂にも入らなかった。その代わりに、毎晩世話係に温めた濡れタオルで体をこすらせていた。性病を蔓延させることにも無頓着だったという。教養がなく、あまり賢くなかった若い愛人たちは毛から性病をうつされるのを誇りに思っていた。最高指導者と寝たことのこれ以上の証拠があるだろうか？　李は毛が百人近い女性に病気をうつしていて妻の江青《こうせい》にまで感染させる恐れもあると忠告したが、彼は気にしなかった。もはや毛と江青のあいだに性的な関係はなかったので、毛は「控えめな」笑みを浮かべてこう答えた。「女性たちの体の中で自分を洗ってるんだ」江青は夫の不埒な行いについて知らないわけではなかった。「だれにも言ってはいけません。政治闘争においてはだれも毛に勝てないでしょう。スターリンでさえも。けれど女性問題にかけても、毛の右に出る者はいないでしょう[9]」

毛の口腔の衛生状態もひどかった。彼はルーティンをこなせず、一度も歯を磨いたことがなかった。お茶を使って口をすすぐだけで歯医者にかかりもしなかった。厚い緑の歯石で覆われ歯根が露出していてもなお、李は歯の治療をするように毛を説得できなかった。毛にとって衛生や病はすべて、時間の無駄でしかなかったのである。「百日間体を患っている父親は息子から尊敬されないだろう[10]」と毛は李に言った。

毛を悩ませていたのは、性欲としつこい不眠症だった。毛にはすでに子どもが何人もいたが、もはや子どもをつくれなくなっていることに李は気づいた。だが、その理由は見つけられなかった。毛にそのことを知らせると、彼があまりに人体や生殖の仕組みについて無知であることが判明した。「すると私は宦官《かんがん》になってしまったというのかね？」毛は尋ねた。

「いいえ、まったくそんなことはありません……。皇帝の宮廷にいた宦官はそもそも生殖器を切除しています。少なくとも睾丸はもうないのですから」と李は答えた。

李は、彼の性的欲求や精力は正常だと説明して安心させなくてはならなかった。毛が恐れていたのは性的に不能になることだったのだ。彼は性的に現役のまま八十歳まで生きたいと思っており、李の役目はその手助けだった。李以前に毛を診ていた医師たちはしょっちゅう、鹿の角からつくった漢方医学の催淫剤を毛に注射していた。だが李はこの薬について警告を発する。「医師にはこう言う者もいればああ言う者もいる。医師の話など七割しか聞かないぞ」と毛はやり返した。だが実際に毛は薬をやめたがっていたので、李は代わりの薬を見つけなくてはならなくなった。そして、ルーマニアの医師が開発した、寿命を延ばし精力を増強させる新しい薬を発見する。この薬は「ヴィタミンH3」と呼ばれていた。しかし実際の主成分は局所麻酔薬であるノヴォカインで、毛は三か月間臀部に注射を続けたが、効果なく終わった。

それでも李はあきらめなかった。彼は毛がときおり陥る性的不能の原因が心理的なものなのか生理的なものなのかを特定しようと考える。そこで偽薬とブドウ糖と朝鮮人参のカプセルを使って、まもなく性的不能の精神・身体双方の原因を確認した。

毛の性欲は、彼が対峙しなくてはならない政治問題に左右されていたのである。妻の江青に惹かれなくなってからというもの、多くの若い女性がその代わりになった。毛は道教の教えを仰いでいたので道教が説く性行為の方法に従って、寿命を延ばすために射精をできるだけ我慢しながら、違う女性と次々につながらなければならなかった。李から見ればそれは毛の性欲を思う存分発揮させる言い訳でしかなかった。

一九六三年に膿瘍《のうよう》にかかったのを除けば、毛沢東は大きな病気をしていない。たまに気管支炎と皮膚の炎症と足の魚の目と食欲不振になったくらいだ。だがしょっちゅう便秘になったので、繰り返し浣腸をしたあとで彼が排便すると皆が喜んだものだ、と李は語っている。

毛が抱えていたのは、おもに神経性の問題だった。並外れたエネルギーの持ち主であらゆる習慣的な行動を拒否していたのが不眠症の原因になったのである。主治医として働きはじめてすぐに、李は毛に季節や時間の概念がないことに気がついた。

ある日、毛は李に「一年は何日だね？」と尋ねた。

「もちろん三百六十五日です」

「そうだ。だが私にとっては二百日しかない。ほとんど寝ていないのだからな」と毛は言った。

昼間だろうと夜だろうと、だれも毛がいつ次の要求をしてくるのかを前もって知ることはできなかった。たいてい彼が活動するのは夜だった。二十四時間制に従うのを拒否していたのである。真夜中に寝れば次の日は朝の三時まで寝られず、その次の日は六時まで寝られない。活動時間は二十四時間制というよりも三十六時間制に近かった。毛の起床は遅く、十月一日（建国記念日の国慶節）と五月一日（メーデー）の国家記念日以外はいつも寝坊していた。記念日の前夜はあまり眠らなかったが、民衆からもてはやされることで元気を得ていたと李は記録している。

働きはじめてすぐに李は警備係の一人から毛は睡眠障害であると知らされた。何度もうとうとするが、眠れないらしい。そういうとき毛は、水泳やダンスやウォーキングをして体を動かしたり、読書をしたり、会議を召集したり、明け方まで李を同席させたりした。ときには午前三時に、李を話し相手として呼び出すこともあった。

一九三〇年代以来、毛はバルビツール酸中毒でベロナールという催眠剤を摂取していた。一九四九年からは、アモバルビタールナトリウムの〇・一グラムカプセルを飲んでいる。これは非常に強いバルビツール酸の一種で毒性が強いために今日ではあまり使われていない。ときおり四錠も飲んでしまった毛は活動亢進状態に陥った。過剰摂取を心配した李の前任者の傅連暲《でんれんしょう》はカプセルに含まれる有効成分を減らそうとしたが、毛は薬の量を増やしてしまった。

李によれば、毛はタイプの違う二種類の不眠症に悩まされていた。特異な体内時計による不眠と、気の塞ぎから来る不眠だ。李の考えでは、精神的要因が身体面に現れるという、共産主義社会で広く見られる病だった。なかでも毛の病は特殊だった。陰謀や裏切りへの絶え間ない恐怖によるものだったからだ。

李は性的不能も不眠症のように政治闘争によって悪化するのではないかと考えた。「戦略を練ってそれがうまく運ぶまでのあいだ、毛は何週間も何か月も不眠症に悩まされた。主治医の職に就いたときには、毛は農村の集産化に関する闘争の渦中にいたが、政治闘争のせいで不眠症に陥っているとは思っていなかった」[11]と李は述べている。

スターリンと同じく、毛もひどいパラノイア（妄想症）に悩まされていた。彼は次第に他人と距離を置いて暮らすようになったものの、不和や陰謀の情報には通じていた。毛は来客を「最近何かあったか？」という決まり文句で迎えた。すぐれた独裁者は皆そうだが、毛も、秘密を守れる人間などいない、人びとをうまく支配するにはそれぞれを分断しておかなくてはならないとわかっていた。

一九五八〜六〇年に毛が大躍進政策という経済政策を進めていたときから、毛は常に「非合理的な疑念」を抱え、それはどんどん大きくなっていたと李は分析している。あるときなどプールに毒が入れられていると思い込んだ！

李の考えでは、毛が場所を移動するのも、警備上の問題ではなくパラノイアのせいだった。「私が長く同じ場所に滞在するのはよくない」と毛は李に言っている。彼はあらゆることを、とりわけ毒を盛られるのを恐れていた。自分の行く先は前もってだれにも知らせず、列車で移動する際には、車内にはたくさんの警備兵が配置され、数百キロに及ぶ線路が監視された。毛が移動するあいだは列車の通常運行が中止されたが、一行は毛が起きているときしか動かず、その時間もまったく決まっていなかったので、一般の乗客とのあいだに大きなトラブルを引き起こした。

また、油漬けされた脂肪分の多い食材をおもに使った食事についても、毛に出される前に慎重にチェックされた。毛はよく、窓を閉め切った大きな部屋でビロードのテーブルクロスがかかったテーブルで一人で食事を取った。

料理と同じく毛が飲む薬も偽名で注文され、政権の有力者専用の特別な薬局から配達された。彼が飲む前には毒見が行われた。

毛のパラノイアは、私的な会話をする電話に盗聴器が発見されたことで拍車がかかる。李はこの話を聞いて、毛が自分をも信用しなくなるのではないかと思った。毛の妻である江青までもが、だれもが毛の死を望んでいて、看護師が陰で計画し、睡眠薬を使って毛に毒を盛ろうとしていると思い込んでいたのだからなおさらだった。

毛の性生活や私生活まで知っていた李志綏という男は何者だったのだろうか？　毛の主治医になってからというもの、李は有名な毛沢東を診るためにキャリアと生活を犠牲にした。李は一度も彼自身が望んでいたような神経外科医にはなれず、もはや私生活もなかった。彼はしばしば、毛とともに夜を過ごしたり、オフィスや小部屋で眠ったりした。毛に付き添ってあちこちに出向き、数か月、ときには一年丸々家族と離れて過ごすこともしばしばだった。

スターリンのように毛は好きなタイミングで取り巻きや部下たちを集めたり解散させたりし、彼らの弱みに付け込んだ。毛は「蛇を穴からおびき出す[12]」好機を待てる男だった。同情の念をもたずに大衆を自己の犠牲にできる立場にあった毛は、周囲の人びとに自らの失敗を白状するようにそそのかした。彼らの弱みを握って買収し、代わりに忠誠心を得るためだ。李はそうした毛の行為を知っていた。李について毛が忠誠心の抵当として知り得たのは、李のブルジョワ的な過去だった。毛は田舎出身だったが、李はブルジョワだったのである。

二十六歳年齢差のある、この二人の男が歩いてきた道は対照的だった。

毛は中国の米どころ、湖南省の出身である。一八九三年に五人兄弟の長男として生まれた。毛は「私はアウトローな大学で学士号を得た」と言うのが好きだった。

毛の青年時代は、混乱して主権を失った国とともにあり、常に外国へのあこがれと排斥感情のあいだを揺れ動いていた。李を主治医にしたのもそうした葛藤の表れである。李が受けた欧米式教育と家族環境は、能力と従順さを証明している。毛が李を信頼していたとすれば、それは李が傷つきやすい人間だったからだろう。李は一九一九年に北京で生まれた。代々医師の家柄で豊かなブルジョワの生まれだった彼は外国で教育を受けた。父親は蔣介石《しょうかいせき》率いる国民党の要職を務めていた。

李はアメリカが支援していた華西協会大学で医学を学び、一九四五年に外科医としての研修を終えた。中国では内戦の嵐が吹き荒れていたが、李は一九四八年に香港に戻り、その後、オーストラリアのシドニーへ向かった。しかし一九四九年には、中国人がオーストラリアで神経外科医になるのは不可能だと考え、さらに母親から国に帰ってくるように言われたこともあって、衛生部［党中央軍事委員会の一部、のちの共和国政府衛生省］で高位についていた兄を頼って帰国する。李が帰国した年の十月一日、毛は中華人民共和国の創立を宣言した。

中国では充分な能力をもった医師が不足していたので、李は喜んで迎えられた。衛生省の副大臣は李に、部屋や執務室や服や靴にいたるまで、また肉などを含む食品など、望むものすべてが政府から配給されると説明した。しかし給料はなかった！

李が兄に配属先を選べないと文句を言うと兄はこう答えた。「この国では人が仕事を選ぶことはできない。仕事が人を選ぶんだ。それが国に忠実であるということだ」

当初、李は北京の北西数キロにある夏の旧離宮の近くの香山《こうざん》労働大学に配属される。彼の診療所は他のどことも違っていた。聴診器とアスピリンのストックを除けば、医療品はなく、薬もない。そして本当の病人もいなかった！　すぐに李は住民たちから警戒された。だれもそこで何が行われているか知らなかった……。李の仕事は秘密だった。というのも、北京解放以来、警備上の問題から共産党の機関が一時的に香山に置かれていて、李の診療所はこの機関にいる要人の健康状態を診ることだったのである。若く繊細な李は共産党権力の中枢にかかわるこの仕事に誇りをもっていた。共産党の主要メンバー五人のうち三人が香山に広がる帝国時代の建物の住人だった。三人のなかには毛沢東と劉少奇《りゅうしょうき》（一九五九～六八年、中華人民共和国国家主席）がいた。

翌年、共産党機関は北京の中心部の公園にある高い赤い壁に囲まれた秘密の領地、中南海に移動する。城壁のなかには毛と数人の中心人物が移り住んだ。そして李は改装を終えた「禁じられた新しい街」の診療所長に任ぜられたのである。

李はまず毛の妻と精神分裂病だった息子の治療をし、それから毛の主治医に任命される。国民党派の一家の出身だったにもかかわらず、李は前もって共産党に入党していた。

一九五四年十月、毛の側近である汪東興が李を呼んで尋ねた。

「これほど長いあいだきみをこの診療所に置いて移動させなかったのはなぜか、わかるか？」

「いいえ、わかりません」当惑した李は答えた。

「きみを数年間観察していたんだよ……。きみは中南海の人から非常に高く評価されている。皆をよく治療してくれているし、一度も思い上がった態度を見せたことがない。医師としての能力や礼儀や仕事への力の注ぎ方は同僚たちにいい印象を与えているし、毛主席もそう思っているよ。きみについていいうわさしか耳にしないと言っていた。……私たちは主席の主治医を探していたんだが、なかなか見つからなかったんだ。私はきみを推薦する。皆同意してくれたよ。昨日、毛主席に話してみたら、主席も同意してくれた。しかし前もってきみに会いたがっておられる」[13]

毛沢東以後、中華人民共和国では国家主席がそれぞれ主治医をもつようになる。李は最も偉大な毛沢東主席にうってつけだった。躊躇も拒否もできなかった李に最高指導者の医療カルテが渡され、毛の危険ともいえる気質に警戒するように警告がされた。毛の前ではたとえどんなささいなミスも許されない。李は彼の父親の国民党へのひそかな協力が毛の疑いを招くのではないかと心配していた。これは彼を捕らえるための罠ではないだろうか？　李は毛沢東の妻、江青の医師が逮捕された医師粛清運動について知っていたのである。だが一九五三年にスターリンが計画した医師団陰謀事件のことまでは知らなかった。

ソビエト連邦と同じく、中国でも指導者の主治医は危険をともなう仕事だった。李はそれを自覚していた。当時李はまだ毛の熱心な賛美者だったので、熱に浮かされたように毛と会える機会を待った。

だが汪東興と面会して七か月がたっても李はまだ毛と会えず、呼び出しを待っている状態だった。初めて二人が会ったのは一九五五年四月二十五日の午後である。李は毛主席の暗号名である「第一組［毛だけでなくその取り巻きを指す場合もある］」の名でプールに呼び出された。中南海には屋内と屋外の二つのプールがあったが、そのうちのひとつは毛主席専用で、隣接する部屋は執務室と寝室として使われていた。

李は不安で緊張しながら、毛に会える機会を待ちに待っていた。「毛主席はご病気なのだろうか？　医者を必要としているのだろうか？」だが、そうではなかった。毛は広げたバスローブの上に裸で寝そべった状態で李を迎えた。下半身にはふわりとタオルがかぶせられている。「毛主席は本を読んでいた。彼の体は頑強で大きく、肩幅は広く腹部は盛り上がっていた。顔は健康そうで髪は豊かで黒かった……。額は広く、肌は新鮮なバターのようになめらかでひげが生えていない。がっしりとした体の割に脚は細い。コーヒー色の靴下を履いている足は大きかった」[14]と李は回想している。

診療所で足止めされて遅れてしまった李に毛が気分を害した様子はなく、近くに座るように言った。毛はイギリス製タバコ「555」をシガレットホルダーに入れて吸っていた。毛は清王朝のある高官を引き合いに出して、自分はまったく習慣的行動をしないと言い、何時だろうと目を覚ましたらすぐにお気に入りのプールに来るのだと話した。十六時三十分ですが、と李が言うと毛は「私にとっては朝だ」と答えた。タバコを吸うかと訊かれた李が、仕事のあとに三、四本吸いますと答えると、「タバコを吸う医者には初めて会ったな。喫煙は深呼吸のいい練習になる……。そう思わんか？[15]」と毛は言った。毛は中国の歴史に夢中だったので中国の歴史をはじめ教育や読書に興味を抱かせようとして会話を続けた。話題が必要だったのだ。

李は偉大な毛が自分の話を聞いてくれる姿や、その眼差しに表れる賢さや温かみの自信に満ちた様子に惹かれた。おそらく毛は人をくつろがせて自由に話ができるように話し相手を楽しませる術を知っていたのだろう。とはいえ、李が幻想を抱くことはなかった。毛は簡単に主治医の言うことを聞く患者ではないだろう。偉大な人物というのはそういうものだ……。三時間以上話してから、李は毛のもとをあとにした。

「もはや私は普通の医者ではない。私は興奮し誇らしく感じた。毛沢東国家主席の主治医なのだ。天にも昇る心地だった！」このとき李はわずかに三十歳を過ぎたくらいだったが、すべてがそれまでとは変わった。「私の世界は変わった。空はどこまでも青く、大地が私に接吻しているようだ。もはや私は名もなき人間ではない[16]」と、李はいつもと変わらぬ笑顔を浮かべて語っている。

一九五六年半ばにソ連でフルシチョフが脱スターリン化政策を開始すると、毛は守りに徹するようになる。毛はスターリンに親愛の情を抱いていたわけではなかったが、スターリンの行動や性格への批判が自分にも波及するかもしれないと考えていた。劉少奇や鄧小平《とうしょうへい》のような中国共産党の指導者のなかには、幹部が権力を握れるように毛の権力を弱め、彼の人格を崇拝することに反対する者がいた。毛は主席の座から引退する口実に体調をもちだし、大きな改革に集中したいと宣言する。李の考えによれば、これは毛が指導者たちの忠誠心を試すためだけに用意した政治戦略だという。毛が最高権力者の地位を捨てるなど考えられなかったからだ。

一九五八年から毛は、イギリスの産業生産高を追い越すべく大躍進政策を開始した。農業は集団化され、毛自身は国土の監察旅行の「社会調査」を始めた。「これはフルシチョフを挑発するための決断だった。バルビツール酸の効能のせいで、突如決められたとも言われている。また毛が現状を把握したがったためでもある」[17]というのが李の見解だ。毛は子ども時代のように農民と会って堆肥のなかを歩けてうれしかったのではないか、と李は思った。結局あきらめさせたが、茶色がかった熱い黄河の水のなかで泳ぎたいと言い出したほどだった。

毛は農産物の生産量問題について、農村に自給自足可能な人民公社を設立すれば解決されると考えていた、と李は言っている。毛は一年で中国の鉄の生産量を二倍にできると期待していた。贅沢な列車で毛が巡察する線路沿いには、色とりどりの服を着た女たちが畑で忙しく働く光景や豊かな刈入れの景色、高炉などが際限なく次々と見られた。李いわく、毛は人びとが示した夢のような農産物の生産高や鉄の生産量の値を実現できると信じていた。

しかし実際は飢饉が蔓延し数千万人（三千万〜五千万人）が死んでいた。李によれば毛の女遊びに拍車がかかり、それを隠さなくなったのはこの頃からだという。毛の人格に気がつきはじめた李にとって、彼の破廉恥さは衝撃的だった。ぜいたくに暮らす毛と彼の周囲の人びとの偽善と堕落の陰で人民が死んでいることに気がついたのである。

一九五九年四月、毛は中華人民共和国国家主席の座を退き、劉少奇に譲らなくてはならなくなる。皇帝になるためだろうと李は考えた。「毛は若い愛人たちに囲まれていた。かつて存在した皇帝のなかでも最も不道徳だっただろう。人民はどのように思うだろう？　共産党は『人民』を礼賛する一方で彼らを虐げ、搾取して、ただ生き延びることしかできないような最悪の苦境と屈辱を強いている。『人民』は名前も能力もない膨大な奴隷集団でしかなくなってしまった[18]」と、失望した李は書いている。

憔悴した李は軽い胃潰瘍にもなり、しばらく北京に戻ると決めた。神経がたかぶっていて、もう政界の争いに耐えきれなかったのだ。一人離れていようとしても、毛の取り巻きの一人であったことが標的になった。神経外科医のままでいたいと思っていた李の意に反して、彼の評価は下がり、毛の栄養士にまで格下げされてしまった。彼が毛の妻と「特別な」関係にあったのではないかというわさまで流れた。本書に登場する医師は皆そうだが、李も多くの人から嫉妬され、策略にはめられたのである。李は毛に優遇されていたために、ターゲットにされた。なかでも最も彼を強く非難したのは毛の妻、江青だ。彼女の揺さぶり工作は数え切れない。江青は李に自分の主治医になるように命令した。しかし江青は気難しい女で、照明が明るすぎる、空気が薄い、風がある、この音はいらいらする、この色は不快だなど何かにつけて文句を言った。江青は日々、主治医を攻撃した。江青も多量のバルビツール酸を飲んでいて、医師たちが彼女の深刻な病気を見つけられなかったときには、医師としての能力が欠けていると彼らをなじった。彼女は子宮頸がんを患っていたのである。

李が毛と親しく、毛に対して影響力をもっていたことに嫉妬したのは江青だけではない。警備兵や毛の取り巻きのなかには、田舎出身の幹部に対して李が高飛車であると非難する者もいた。本書に出てくる医師たちと同様に李も内部の争いに疲弊してしまったが、辞任して「第一組」を去ることはできなかった。「私がどんな家系の出身かを考えると、辞めたらきっと疑いをかけられるだろう。私は罠にはまったのだ。第一組のなかでは常に脅かされていると感じていたが、第一組から出ればどこにも居場所を見つけられないのではという恐れがあった」と李は語っている。[19]

一九五九年十二月末、李は戻ってこいという命令を受ける。毛が風邪と気管支炎に罹り、早く治したがっていたからだ……。李は二年前の一九五七年にも毛のもとを去り、研究に戻ろうとしたが、そのときも呼び戻されている。

毛の体調は非常に悪かった。彼は大躍進政策の失敗を認めようとせず、惨憺たる状況について話すのを禁じた。そして共産党から距離を置き、相変わらず多くの献身的な愛人と楽しみながらベッドで暮らしていた。李いわく、一九六一年二月に広州へ特別列車で旅をしたときの愛人の数は数えるのが難しいほどだったという！「愛人からの追従はもはや党のエリートたちから得られなくなったおべっかの代用品だった。毛はすっかり面子をつぶされていたので、ますます多くの女を必要とし、ますます多くを求めるようになった[20]」しかし今回政治の表舞台から引っ込んだのも、いつもと同じ戦略上の計算だったのである。

一九六二年、毛はますます孤立していった。三年前から国を率いていた劉少奇は大躍進政策の失敗を説明するときでさえ過酷な現実に言及したがらず、この政策を完全にやめてしまいたいと考えていた。「七千人大会」という名前で知られる党中央委員会の拡大工作会議が開かれているあいだ、毛は一〇八号室で若い女たちと息抜きをして、党への批判を通じて毛個人を攻撃する会議の議事録を読んでいるだけだった。毛が批判されているのを知った李に、彼は「やつらは一日じゅう不平を漏らし、夜になれば芝居を観に行く。一日三回食事をして屁をする。それがやつらにとってのマルクス・レーニン主義なんだ[21]」と漏らした。李いわく、毛は後悔を知らず自分の過ちを認められなかった。毛が責任を負っていたときに起きた出来事についてさえ、事態は避けられなかったのだと主張するだけだった。毛は劉少奇が頭角を現してきているのを気にも留めずに、新たな粛清の準備をしていた。そして、同じく一九六二年の夏から資本主義の脅威を口実に党のメンバーのブルジョワを粛清しはじめる。毛に反対するものは「反革命派」もしくは最大の罪である「資本主義のスパイ」とみなされた。

その翌年、李の人生は悪夢へと転じる。毛が農村部の状況を見聞し、社会主義教育を施し、腐敗について調査を行うために都市部の幹部を農村へ送るキャンペーンを実施しようとしたのである。李の妻で二人の息子の母親であるリリアンも農村へ送られたが、その後、李の仲介によって北京へ呼び戻された。「毛が私を守ってくれたのです。親愛からではなく医師である私がまだ必要だったからでしょう」と李は述べている。毛は体調だけは自分でコントロールできなかったために、李を頼らざるを得なかったのだ。しかし一九五〇年代末から二人の関係は変わっていった。もはや李は毛を礼賛していなかった。李いわく、毛は人びとをうまく操る技に長けていて自分の病気を政治の道具として利用するのが好きだったという。彼の健康問題と中華人民共和国の政治は相互に連携していたので、毛は病気を使って外国の政治家の反応を試した。毛が死んだらソビエト連邦の大使がどのような態度を取るかを見るために、体が麻痺してベッドで苦しんでいる姿を演じたこともあった。「病気に見えるか?」と毛に訊かれた李は、すばらしい演技ですと答えた。

大躍進政策が失敗し、ソビエト連邦と関係が断絶したあとの一九六六年夏、毛は「プロレタリア文化大革命」を開始する。若年層をブルジョワ化の風潮を罰するための紅衛兵に駆り立てた運動である。毛の格言をまとめた『毛主席語録』が刊行されて毛個人への崇拝が打ち出され、法律家や知識人の徹底的な撲滅が図られた。さらに毛は劉少奇の病気を利用して健康管理制度を改革した。全体主義の国家ではよくあることだがライバルの病気は最大の武器だ。劉が肺結核を患っているあいだに、毛は（自らの主治医以外の）開業医を廃業させ、党指導者の治療を受けられる特権まで廃止した。

毛は李に、これまで以上に政治の世界に身を投じるように命じた。そして李が意見を唱えていた医療構造の再編成に関する報告書を書くように頼んだ。李は報告書の目的を知らなかったが、毛は医療構造における階級闘争のために使うのだと言った。熟練した医師たちは地方へ送られたが、李は地方へは送られなかった。しかし毛は「私は健康だ。治療は要らない。私はちょっと体調が悪くなるたびに脈を取ったり血圧を測ったりする支配者とは違うのだ。医師は必要ない[22]」と宣言して李を追い出した。医師を地方へ送るという決断は社会主義の最後の希望だ、と李は述べている。数か月間農民の近くで暮らした李は、農村部の人びとの貧しさを知っていたのである。

その後、李が毛の枕元に呼び出されたのは毛がかかった気管支炎のためだけではない。毛がほかの医師の診察を拒んだからである。「私は変わらず毛に信頼されている唯一の医師だった[23]」と李は記している。その後、李はそれ以後、毛が摂取する大量の催眠剤を処方するために呼び戻された。たしかに毛は数年前からこの薬を飲んでいたが、いまではほとんどの人にとって致死量に当たる通常の十倍の量を摂取するようになっていた、昼間でさえ鎮静効果を得るために飲んでいたと李は述べている。過剰摂取した場合に責任を取らされるのは自分だと李はわかっていた。しかも毛がだんだんと診察を拒みはじめたので、李が置かれた状況はいっそう難しくなっていった。続く粛清で第一組の顔ぶれは入れ替わり、李も陰謀の容疑をかけられる。その後、文化に関する領域を牛耳るようになる毛の悪妻、江青が新たに特権を手に入れて恐怖政治を行うようになる。李は江青がすぐに自分を捕らえられることに気がついた。

毛は北京を去って、ふたたび南へ向かった。これは運動が起こっているときの毛の習慣で、ライバルに政治手札を暴露させるために引っ込むのだ。しかし北京での政治闘争の情報を彼に伝える注意深い観察者が必要だったので、李にその役目を頼んだ。実際には頼みというよりも命令だった。李をうまく罠にかけるために毛は文化大革命において彼に役割を与え、絶えず忠誠心を試した。李が自分は状況を理解できないだけでなく、味方か敵か反革命派かを見分けることもできないと毛を説得しようとしてもうまくいかなかった。

李は、政治闘争において身を守る唯一の手立ては最高指導者のそばにいることだと考えていた。革命が吹き荒れる政治活動を前に、毛は、李と看護師の呉旭君《ごきょくくん》に非常に重要な意味をもつ書類を読み上げるという仕事を与えた。呉旭君は毛に関する李の著書〔『毛沢東の私生活』新庄哲夫訳、文藝春秋、一九九四年〕に反論する書籍を数年後に出版することになる看護師である。二人が読み上げたのは、糾弾された被告が人びとに殴打されたりなじられたりしながら、自己批判する「批判闘争大会」の調書だった。当時の中国はかなり混沌としていて、李は毛の目となり耳となる役割を与えられていたのである。しかし二人の関係は変わってしまった。毛は彼が政治への参加をためらうのは忠誠心が欠けている証拠だとみなした。

一九六八年、江青は新たな攻撃を開始し、李の妻を標的に定めた。アメリカ人やイギリス人のために働いていて台湾に家族がいるリリアンはスパイだと言われた。次に、江青は歯科処置中の自分に毒を盛ろうとした罪で李を反革命派として訴えた。

その頃、肺炎にかかりパラノイアの症状が激化していた毛は、ソ連が彼を失脚させようとして陰謀を企てていると疑っていた。毛はふたたび李を配属先の村から呼び戻す。毛は李が林彪《りんぴょう》とぐるに違いないと思っていた。林彪は毛の後継者で、革命の実力者でもあり、のちに彼の嫌悪の的になる男である。一九六八年に毛沢東への背信の罪で訴えられた劉少奇と同じく林彪も有罪を宣告され、一九七一年九月にソビエトへ亡命しようとしたが、飛行機の燃料が切れて死亡する。

林彪の裏切りと死は毛の健康状態に大きな影響を与えた。絶望した毛はほとんど眠れなくなり、表舞台への復活のための戦略を考えながら、ベッドに横になって過ごした。今回ばかりは、林彪の地位について警戒を促した党内有力者たちとの和解という筋書き通りの行動をとった。林彪の息のかかった者たちへの新たな粛清が始まろうとしていた。

一九七〇年代前半の数年間で毛は見る見る衰弱し、取り返しがつかない体調になっていった。何度も肺疾患にかかり、心拍は不規則になった。診断はうっ血性心不全。だが最初の十日間に毛が一切の治療を拒んだため、病状はさらに悪化した。彼が考えを変えたのは、一九七二年二月にアメリカのリチャード・ニクソン大統領と会うためだ。アメリカと和解しようというのに衰弱した姿で大統領を迎えることはできない。ニクソン大統領が来ているあいだ、李はいつ呼ばれてもいいように待機していた。中国の新聞では毛の肉付きのいい体は健康の証しだと報じられていた！　実際は浮腫によってむくんでいただけなのだが……。実際に毛は年老いて、一九七三年以降は話すのも困難になった。呼吸も苦しかったので酸素ボンベをあちこちに置いていた。その後は震えも起こるようになる。

翌年、李が呼びよせ、毛が長いあいだ面会を拒否していた専門家が診断を下した。毛は珍しい病気、シャルコー病（筋萎縮性側索硬化症）だというのだ。長いあいだ唱えられていたパーキンソン病という説は間違いだった。スターリンと同じく、自分が病気であるのを自覚すればするほど毛の医師嫌悪は強まった。李は「私は毛主席に忠実な医師だ。しかし主席は私を敵だと思っている」[24]と嘆いている。

毛は死を宣告された。この病気に特有の症状なのだが、筋肉の萎縮が進行し、視力を失い、話すのも口を閉じることもできなくなった。余命は二年と見積もられた。しかし医師や国を率いていた周恩来《しゅうおんらい》をはじめ、だれも真実を告げなかった。自分に残された日々が限られていると知れば、毛は何をしでかすかわからないと考えたのである。[25]

その頃の毛はもはや仕事を続けられず、体調の悪化は絶対的な権力すら害しかねなくなっていた。毛は李からどんなささいなことも強いられるのを拒み、診療も次第に減っていった。

毛は、水泳が医学の代わりになると考えた。一九六五年には「君のどんな治療も漢方薬も西洋薬も効かない。私に効くのは水泳だ。水泳はだれにとっても最良の治療法なのだ[26]」と李に言っている。一九七四年になっても毛はまだ、自力で病気を治そうとしていた。それも水泳の力で……。だがまもなく水泳もやめた。もごもごとしゃべるときでさえ咳き込まずにはいられなくなったからである。しかし政治局では、相変わらず毛沢東主席はこのうえなく健康だといううわさが流れていた。

それ以来、毛は少しでも楽に呼吸をするためにずっと左横を向いて休むようになった。毛の李への嫌悪の情は、周恩来のガンのせいでさらに増した。周恩来は当時首相だったが、その後、どんどん地位が弱くなった。毛は、李が周に延命治療を施すのを嫌がった。「普通の人間は病気になってもたいてい何も治療はしない。するとそのうちに病気は消える。消えないとすればその病は治療不可能なのだ[27]」毛は周に手術をさせたがらない理由をそう正当化した。

最後の数年間、毛は他の有力者に対してあらゆる影響力を失っていた。そして今度こそ権力の座をほぼあきらめて鄧小平を副首相に任命せざるを得なくなった。[28]

中華人民共和国で毛の健康状態を知っているものはいなかった。二十二年にわたって毛に忠実に仕えていた李は、八十二歳になった毛の人生の最期に立ち会いながらも無力だった。一九七六年九月二日、毛は三度目の心筋梗塞に見舞われる。ちなみに初めて梗塞になったのは五月中旬、二度目は六月二十六日だ。毛はヘビースモーカーで晩年にはタバコをやめていたものの肺は傷ついていた。神経と筋肉へのダメージは筋肉の萎縮とともに、のちに麻痺を引き起こす。そのうえ、繰り返しかかった肺の感染症もあった。そしてついに心臓が停まってしまった……。

二度目の心筋梗塞の二か月後、毛はかろうじて呼吸して唇を動かしているだけになった。李は「うー、うー、うー」という声しか聞こえなくなったと言っている。政治局の二人の管理下にあった三人の医師と八人の看護師からなる医師団が十二時間の交代制で毛を看護した。その間、毛の妻の江青をリーダーとする急進派の四人組［張春橋（ちょうしゅんきょう）、王洪文（おうこうぶん）、姚文元（ようぶんげん）、江青の四人］は権力を継承しようと企み、ときおり露骨に非難の対象になった毛の会話の書き起こしをはじめとする、さまざまな書類に手をつけようとした。

一九七六年九月八日、毛に心臓を活性化する朝鮮人参を含む伝統的な漢方薬の注射が打たれた。

相変わらず「死」という言葉が口にされることはなかったが、死亡した周恩来の臨時後継者である華国鋒《かこくほう》首相は、耳をそばだてている政治局の他の面々に聞こえないように李に尋ねた。「これ以上打つ手はありますか?」李は答えられず黙っていたが、しばらくしてからつぶやいた。「私たちは最善を尽くしました」

すぐに江青と政治局構成員が招集された。毛は看護をしていた信頼の厚い愛人で秘書の張玉鳳《ちょうぎょくほう》に頼んで、忠実な主治医の李を枕元に呼ばせた。張は毛の言葉を聞き取れる唯一の女性だった。「主席はまだ希望があるのかを知りたがっておられます」張は李に言った。

李が毛のやわらかい手を取ると非常に弱い脈が感じられた。李は今度こそ終わりだと悟った。「中国人なら皆が知っている毛の頰の丸みは消え失せ、肌は土気色になっていた。目はうつろでいつもの輝きはなく宙をさまよっている。心電図の針が乱れた[29]」と彼は回想している。だが毛を安心させるために「大丈夫ですよ、主席……。私たちがお助けします」と言った。心電図が直線になった。毛の手が滑り落ちる。彼はまぶたを閉じた。

九月九日夜十二時十分、毛沢東は北京で息を引き取った。「私は毛の死になんの悲しみも覚えなかった。（中略）最初のうち私は毛を賛美していた。彼は中国の救済者、救世主だった。しかし一九七六年にはすべては遠い過去の話になっていた。（中略）毛沢東の時代は終わったのだ[30]」李は冷静にそう思ったという。

毛がこの世を去る前、李は逮捕されることを覚悟していた。しかし黙って逮捕されるのを待ってなどいられない。だが、数年のあいだ毛の主治医という職を去るために行った試みはどれも成功しなかった。李には毛沢東の死と差し迫った逮捕の両方に向き合うだけの力がなかった。

毛の死後、李は中央警備隊の隊長から呼び出され、民衆が毛に敬意を払えるように、二週間、その遺体を保存する作業を託された。そして、政治局は協議の末に李にとって不利益な決議を導きだした。李はどうしていいかわからず、いわば心神喪失状態となった。

毛の臨終時に李は江青の怒りの対象になったものの、彼女が落ち着きを取り戻したかのように見えたので、李は公的な毛沢東の死因を検討する仕事を喜んで引き受ける。そして次のような文章が発表された。「毛は闘病中すばらしい治療を受けた。（中略）結局、病状は手の施しようがなかったと明らかになったのである[31]」李は安心し、自らの危機を脱したと思った。

しかし李がほっとしたのも束の間、最終的には毛の遺体を永遠に防腐保存するように命令が下された。李いわく、それは中国の技術では不可能だった。そのうえ李たち医師団は、毛の病気と治療と死因について報告書を作成して葬儀の四日後までに政治局に提出するように命じられた。李の希望は潰えた。民衆に自分の無実を納得させ、党相手に李の責任を回避させることはできなくなったのだ。いまや生きるか死ぬかの問題だった。

李は、いままで専門家としての能力を買ってくれていたと思っていた将軍から、政治局の面々の前で厳しい尋問を受ける。「なぜ主席の体に青と黒の斑点があるのだ？」と彼は李に尋ねた。中国では毒を盛られた人の体は青くなると信じられていたために、青色の原因は実際には酸欠だと説明するのに骨を折った。将軍は死後十六時間経過した遺体しか見ていないために、こうした「死斑」が問題になったのだ。しかし将軍は納得せず、こうした染みを生むのは毒だけだと言い張った。そして「医師と看護師を尋問してだれが毛主席を殺したのか見つけ出さなくてはならない」と叫んだ。[32]これでおしまいだと李は感じた。陰謀論は共産主義の国では非常に大きな意味をもち、李はその餌食になったのだ。毛に処方される薬は要人専用の特別薬局から密かに配達されていたが、そんなことはなんの意味もない。将軍の生真面目さには理屈が通じなかった。

李を執拗に敵視し、スパイや謀反人だと思い込んでいた江青は見境なくまくしたてた。「何をしたの？　あなたが責任をとりなさい」。毛が病みついていたあいだも、江青は医師たちが治す力がないのを正当化するために病状を悪化させていると攻撃していた。だがそれによってこうむる危険性を知ってからはやり方を変える。下心むきだしの江青の介入は効果抜群だった。

一九六〇年代初頭から、毛は陰鬱で生気に欠けるが、口やかましく怒りっぽい妻が政界に入るようにしむけた。毛の死から数年後に開かれた四人組の裁判の際、江青は次のように証言している。「私は毛の犬でした。毛に噛めと言われれば噛みました」江青は毛の忠実な味方であり、支持者だった。毛は、妻を政治にかかりきりにしておけば、自分はなんの心配もなしに性行為に励むことができると知っていたのである。江青は毛が死ぬと自分の時代が来る、自分こそが毛の後継者だと考えた。

最終的に李は罪を問われなかった。しかし立場は不安定だった。毛沢東の死後もなお、李は自分の自由が危ういことを知っていた。李は悔しさから「中国の歴史において毛沢東が果たした役割が論議の的になった。私と毛との関係は近すぎた。毛が過ちを犯していたのなら、私もそうだということになる。なかには、主治医は毛に対して影響力をもちすぎていたという者もいる。毛沢東を誹謗中傷する派は、医師団は毛を助けるためにやりすぎたと言い、毛沢東を支持する派は医師団は充分な手を尽くさなかったと主張した[33]」と言っている。

毛の死から三年後、李は中南海三〇五病院院長の職を辞したいと願い出る。一九七八年から中国では鄧小平によって改革開放路線が取られており、李の二人の息子はアメリカで暮らすようになっていた。そのうえ妻のリリアンの病状が重かったので、アメリカで治療をしたいと思ったのだ。予想外に出国の許可を得られたにもかかわらず、不幸なことに一九八九年の初めにリリアンは慢性腎不全で他界する。

李はリリアンの励ましを受け、妻に敬意を表して本を書いた。李はこの本を「毛沢東の独裁体制が与えた惨憺たる結果を忘れず、また善良で能力ある人びとが生き延びるためにいかに自分の良心にそむき、理想を犠牲にすることを強いられたかを忘れないようにする[34]」ために書いたと記している。

李は主治医に任命された日から毎日、起こった出来事を日記帳にメモしていた。だが文化大革命が彼を打ちのめす。もう書けなくなり、日記を捨てようと決めた。結局、書きはじめてから十年以上経って絶対に安全な場所に日記を隠しておくことができなくなり、自分と家族の命の危険を感じて焼却炉に投げ捨てることになった。李は泣きながら四十冊近い日記を火に投げた。しかし日記帳は完全には燃え尽きず、過去も焼けなかった。いつなんどき不意に逮捕されて死刑判決を受けるかわからない、そうなれば逃れられないと知っていた。口の軽い李であるが、毛の隠れた一面や規範から逸脱した部分を世に暴露することはとてもできなかった。毛の病気は国家機密で、たとえ毛の死後であっても李が暴露すれば国家や毛沢東の神話に破滅的な一撃をもたらしただろう。中国共産党は、毛沢東は「七割正しかったが三割間違っていた」[35]とみなしていた。だが、毛沢東が独立した国家を築いたという点は、だれもが認めていて、共産党は彼のイメージを利用しつづけていた。ヒトラーやスターリンと並んで、人類史に例を見ない血塗られた怪物としての毛沢東の人物像を説いた中国学者は、罪に陥らせる証拠だけを集めていると復古論者から非難された。ましてや国を去る前に毛の主治医が毛沢東神話を台無しにするとはだれも想像しなかった。

毛沢東の死から八年が経った一九九四年、李志綏は第二の祖国アメリカで六八〇ページに及ぶ『毛沢東の私生活』を出版した。この本は数百万の死者を生み出した毛沢東をそれまでにない観点から描いている。李が編集作業を始めたのは一九七七年だった。

『毛沢東の私生活』は爆発的な影響を及ぼした。あっという間に論争の的となり、中国本土では出版が差し止められた。李が同書に記したことは、毛の周囲で働いていた二人の人物、この章にも登場した毛の秘書と看護師の一人が書いた本で批判された。『毛沢東の私生活』出版の翌年の一九九五年、テレビのインタビューで回想録の第二弾を執筆しようと考えていると話した数週間後、李は渡米以来住んでいた息子の家の浴室で死亡しているのが見つかった。七十五歳、死因は心臓発作とされた。

多くの言語に翻訳された『毛沢東の私生活』は、医師が患者について書いた本としては非常に完成度の高い客観的な作品である。複雑な人物の裏側の観察者としての才に恵まれた李は、毛の陰謀も性格も何ひとつ見逃さなかった。李は、数年のあいだ政治闘争から距離を置いていたと言っているが、著書を見る限り、彼が非常に事情に通じていたことがわかる。李が毛と多くの会話を交したことと関係しているのだろうか？　それとも彼の素養や的確な分析のおかげだろうか？　おそらく両方だろう。また権力の浮き沈みを把握していることがいかに大切かを長年のあいだに学んだ彼自身の経験によるものもあるだろう。

ヒトラーの主治医であったモレルの日記と異なり、李の著書に書かれていることは臨床に関する出来事に限られていない。またチャーチルの主治医であったモーランの手になるものより歴史的な背景について徹底的に細かく言及されている。ムッソリーニとフランコの医師の物語では、背景はあまり考慮に入れられず医師と患者の関係しか描かれていない。ところが、李による毛の人格や政治の分析は稀に見る手厳しさである。まさに卓越した書籍だ。

偉大な毛もスターリンも秘密を信仰していなければ、それぞれの医師の暴露によって権力を失っていただろう。彼らは二人とも医師がもつ影響力を知っていたが、それでもなお科学を信じる医師に頼らざるを得なかった。そして二人とも、自分の健康状態が絶対的な権力に歯止めをかけたときに主治医に対して同じ態度を取った。排斥したのである。

李は自らが崇拝し、のちに嫌悪することになる人物に一生を捧げた。そして大躍進政策から文化大革命まで「過ちを認められない皇帝」のあらゆる面を分析した。恐怖と裏切りに取り憑かれた毛の細かな部分までをじっくり観察している。李は毛が唯一信頼した男だった。毛は彼に、精神的にも身体的にもプライベートな姿を遠慮なく見せた。これこそが医師が患者に及ぼす影響力である。患者は権力の永続性を確固たるものにするために医師に頼らざるを得ない。そして毛は非常に長いあいだ李の影響下にあった。

「一九五九年まで、私は毛主席に全面的な崇拝の念をもっていた。私がどれだけ物理的に彼のそばにいようとも、私たちのあいだには絶対に越えようのない壁があった。その壁を越えて観察することはできなかった。実際、毛主席がどのように過ごしていたのかはわからない。一九五九年以降、私は少しずつ見えない壁に穴を開け、やっと毛の本当の顔を見つけた。念入りにメイキャップをし舞台に現れたすぐれた俳優の毛沢東は、別角度から見るとまったく違う顔の人物に見えた[36]」

結論

国を統治するためには身体的、精神的にすばらしく健康であることが求められ、体の衰えは権力の危機とみなされる。

自分を不滅の存在だと信じている男の医師であることほど難しいものはない。

ヒトラー、チャーチル、ペタン、ムッソリーニ、フランコ、ケネディ、スターリン、毛はそれぞれ二十世紀の歴史において特異な地位を占めている。彼らは自身の健康を維持しようという強迫観念と、演じる役割に割り当てられた身体的・心理的特徴をもっている。ときが経つにつれて主治医は彼らの立場を維持するのに不可欠な松葉杖になっていく。だが主治医は彼らを不安にさせるような力を行使する恐れもあり、ときには最悪の敵に姿を変えるかもしれない。主治医と患者は、独特の関係のなかで、互いの力を強固にするだけでなく、逆に弱体化もさせる存在になっていった。

権力はそれをもつ者の人格を変える。自己愛や誇大妄想を助長するような、ギリシャ語で「不遜」を意味する「ヒュブリス」症候群に陥らせるからである。

政治家の日常生活に付き従う主治医もまた、ヒュブリス症候群から逃れられない。主治医は権力をもってはいないが権力の共犯者なのである。患者と同じく、政府高官の主治医も孤独で全能なのだ。威光を夢見て、有名な医師たちは権力の誘惑に身を委ねてしまったのではないだろうか？

ヒトラーの主治医モレルは製薬業界のボスになることを夢見ていた。チャーチルの主治医モーラン卿は有名な作家になることを夢見ていた。ペタンの主治医メネトレルは影響力のある男になることを夢見ていた。ケネディの主治医ジェイコブソンは天才的科学者になることを夢見ていた。ムッソリーニの主治医ザカリエは偉大な教授になることを夢見ていた。フランコの主治医ヒルは彼の政治顧問になることを夢見ていた。スターリンと毛の主治医のヴィノグラードフと李は凡庸な医師ではなくなるという保証を得ようとした。権力者の健康面に関する国家機密の管理人として、主治医は職業上の義務と市民としての責任のあいだでしばしば引き裂かれた。

国民や世界に国のリーダーの体調を告げるべきなのだろうか？　市民には知る権利があると考えるべきだろうか？

答えは複雑だ。必ずしも真実を口に出すことがいいとは限らない。さまざまな思惑を退けようとしないまま権力と国家を弱体化させかねないからだ。

危機や戦争が差し迫っている時代では、情報の透明性は、国内外のライバルにとって恐ろしい武器になる危険があった。二十世紀の歴史において優勢で有益な役割を演じた政治家のなかには病人もいたが、人間性にあふれる者もいた。

だが結局、全体主義国家では絶対的権力者の体調は秘密にしなくてはならない。一九五三年のソビエト連邦のいわゆる医師団陰謀事件はそのことを証明している。スターリンの主治医だったヴィノグラードフ教授は率直さのつけを支払わされ、うっかり秘密を漏らしたために拷問を受けた。彼の前任者も数人が死んでいる。

今日のように透明性が重要な指針となっている社会では、医療の秘密は守られなくなり、医師と患者の関係も決定的に変わりつつある。患者の弱みを手に入れたと考えているかもしれない医師に、患者は自分の意中を打ち明けなくてはならないのだろうか？　大事にいたらない病であってもすぐに打ち明けなくてはならないのだろうか？　数世紀ものあいだ、指導者の健康状態は秘密とされ、たった数日の遅れから悲惨な結果を生んできた。例えば第四十五回アメリカ大統領選挙の際、ヒラリー・クリントンはこの件で苦労している。彼女は二〇一六年九月十一日の追悼式典でめまいを起こし、二日後に肺炎と診断された。このときドナルド・トランプは、彼女の病状は深刻だとうそをついた。さらにひどいことに、トランプはただちに、いままで一度もヒラリーを診察していない外部の医師に調査をさせ、ヒラリーは健康上大統領の能力に欠けているという説を裏付けさせた。アメリカはうそを受け入れず偽りに抵抗を示す社会だったはずだが、これが転換期になったのではないだろうか？

医師にとって倫理と透明性の加減は大きな悩みの種だ。透明性に欠けると世間の非難にさらされる。かといってすぐに情報を公開するのも考えものだ。

公的生活と私的生活のバランスは繊細な問題である。

作家のガブリエル・ガルシア＝マルケスは「すべての人には公的な人生と私的で秘密の人生がある」と言っている。絶対的な王座に君臨すると、宮廷が、事実上国事を引き継ぐ君主の健康状態を監視する。共和政の出現とともに監視の目は民衆に移り、国のトップの健康状態はプライベートで秘密のものとなった。透明性を追い求める二十一世紀においては、再び当初のような監視状態に置かれるのだろうか？

訳者あとがき

本書は、二十世紀を代表する権力者について、「主治医との関係」というこれまでにない独自な切り口からその人物像に迫るものである。登場する八人はまさに二十世紀を創ったとも言える政治家たちであり、すでに多くのエピソードが明らかになっている。しかし、彼らが主治医に見せた一面に注目すると、これまでとは違った印象を受けるに違いない。権力者たちは、政治の駆け引きや最高指導者としてのイメージを保たなければならない重圧のなかで、身体的にも精神的にも病を抱え、そして主治医に頼った。彼らにとって、主治医は病気を治してくれるただの医者ではない。心の内に耳を傾け、孤独に寄り添ってくれる相談役でもあったのだ。権力者のそばにはいつも主治医の存在があった――その興味深い事実をとおして二十世紀の歴史を振り返ってみると、新たなものが見えてくるだろう。

また、本書では、主治医たちの人生も丁寧に描いている。こちらについてはこれまでほとんど知られておらず、初めてその名を耳にする方も多いのではないだろうか。紹介されている八人の主治医たちは、時の権力者の健康を維持するためにその身を捧げ、歴史に翻弄されていく。周囲から権力者との親密な関係を妬まれ、あらぬうわさをたてられ、時には命の危険にさらされても、主治医たちは権力者に献身的に尽くす。彼らをそこまで駆り立てた理由は何だったのか。権力者の人間性に魅了されたからなのか、政権の中枢に近づきたいという野心からなのか、あるいは国家への忠誠心からなのか。八人の主治医それぞれの事情を読み解いていくのが、本書の読みどころである。

著者についてひと言触れておくと、タニア・クラスニアンスキはフランス生まれで、ドイツ人の母とロシア系フランス人の父をもつ。パリで弁護士をしたのち、二〇一六年に作家デビューした。本書が二作目となる。

権力者と主治医の関係について、タニア・クラスニアンスキは、医者と患者のあるべき姿を逸脱した「歪んだ関係」だったとして問題提起している。権力者が主治医の処方によって薬物中毒に陥っていたのではないか（本書では薬物の有害性が当時はあまり知られていなかったことにも言及している）、それによって政治的判断にまで影響があったのではないかということは、多くの研究者がすでに取り上げてきた。しかし著者は、そこに「医者の守秘義務」と「情報公開の必要性――歴史的資料として、また、国民の知る権利として――」の問題も盛り込んでおり、ノンフィクション作品としての厚みを与えている。こうした独特の視点は、刑事事件専門の弁護士だったという経歴によるものかもしれない。

ナチ高官を父にもつ八人の子どもたちを描いた前作『ナチの子どもたち』の序文のなかで、タニア・クラスニアンスキは、刑事弁護士の仕事をしているおかげで歴史的事実を語るのに必要な厳密さが身についた、と書いている。本書を読んでいても、つねに公平な目で事実と向き合おうとする姿勢が感じられる。著者は執筆にあたってさまざまな種類の文献や資料を数多く調べているようだが、その情報をもとに事実はどうであったかを自分自身で考え、確実に言えることは何なのかを導き出している。こうした取り組み方は、戦争や震災の体験をどう語り継いでいくかという課題を抱えている、二十一世紀に生きる私たちにとって、おおいに参考になるのではないだろうか。

なお、本書は共訳であり、「はじめに」から「フランコ」の章までを川口が、「ムッソリーニ」の章以降を河野彩が担当した。

最後になったが、きめ細かな編集をしてくださった原書房の大西奈己氏と、翻訳作業においてご助言をいただいた株式会社リベルのみなさま、そしてドイツ語固有名詞の表記チェックでお世話になった長谷川圭氏に、心から感謝申しあげる。

二〇一八年六月

川口明百美

原注

はじめに

1. Yourcenar, Marguerite, *Mémoires d'Hadrien*, Gallimard, 1951.（『ハドリアヌス帝の回想』多田智満子訳、白水社、2008 年）
2. Discours de Winston S. Churchill au Royal College of Physicians,*Presentation of portrait*
to Lord Moran, 10 juillet 1951.
3. Davidson, JR, Connor, KM, Swatz, M, « Mental illness in U.S. Presidents between 1776
and 1974 », *Journal of nervous and mental disease*, Duke University Medical Center, 2006
Jan ; 194(1) : 47-51.

アドルフ・ヒトラーとテオドール・モレル

1. Katz, Ottmar, *Theo Morell, médecin de Hitler*, 翻訳 Wanda Vuilliez, Éditions France-Empire, Paris, 1983, p.293.（『ヒトラーと謎の主治医　くつがえされるナチ伝説』松井ひろみ訳、東洋堂企画出版社、1984 年）
2. Katz, Ottmar, 前掲書 , p.125.
3. Delpla, François, *Hitler, Grasset*, 1999, p.479.
4. Neumann, Hans-Joachim, Eberle, Henrik, « *Was Hitler Ill ? : A final diagnosis* », Polity Press, 2012, pp.187-190.
5. Speer, Albert, *Au coeur du IIIe Reich*, 翻訳 Michel Brottier, Fayard, Paris, 2010, p.150.（『第三帝国の神殿にて　ナチス軍需相の証言』品田豊治訳、中央公論新社、2001 年）
6. 同上。
7. 1935 年 8 月 25 日、ガンの噂を解消するため、NSDAP より手術についての報告書が公表された。
8. Speer, Albert, 同上 , p.149.
9. Von Loringhoven, Bernd, F., *Dans le bunker d'Hitler*, Perrin, Paris, 2005, p.92.
10. Von Hasselbach, Hans-Karl, IfzArch ZS 242.
11. Trevor-Roper, Hugh, *Les Derniers jours d'Hitler*, Tallandier, Paris, 2013, p.55.（『ヒトラー最期の日』橋本福夫訳、筑摩書房、1975 年）
12. Schroeder, Christa, *He was my chief : the memoirs of Adolf Hitler's secretary*, Frontline Books, 2012, p.182.
13. Speer, Albert, 前掲書 , p.151.
14. Irving, David, *The Secrets Diaries of Hitler's Doctor*, Grafton Books, 1983, p.18.
15. Bezymenski, Lev, *La Mort d'Adolf Hitler*, Paris, Plon, 1968.
16. Von Hasselbach, Hans-Karl, IfzArch ZS 242.
17. 歴史家アラン・ブロックによる表現。
18. Mailer, Norman, *Un château en forêt*, 翻訳 Gérard Meudal, Plon, Paris, 2007.
19. Kershaw, Ian, *Hitler*, 翻訳 Pierre-Emmanuel Dauzat, Gallimard, Folio, Paris, 1995, p.267.（『ヒトラー 権力の本質』石田勇治訳、白水社、1999 年）
20. Neumann, Hans-Joachim, Eberle, Henrik, 前掲書 , p.187.
21. テオドール・モレルの日記、1944 年 3 月 14 日。BArch-Koblenz N1348.
22. Andreas Ulrich, « Hitler's Drugged Soldiers », *Spiegel online*, 2005.
23. Ohler, Norman, *Der totale Rausch*, Kiepenheuer & Witsch, 2015, p.56.
24. Neumann, Hans-Joachim, Eberle, Henrik, 前掲書 , p.294.
25. Katz, Ottmar, 前掲書 , p.176.
26. テオドール・モレルの尋問調書。OI-CIR 4, 29 novembre 1945, APO 757, National Archives, College Park, Mary-

land.
27. Katz, Ottmar, 前掲書 , p.194.
28. 同上 , p.199.
29. テオドール・モレルの日記、1942 年 12 月 17 日。BArch-Koblenz N1348.
30. IfzArch MA 617, rouleau 1.
31. Irving, David, 前掲書 , p.109.
32. Speer, Albert, 前掲書 , p.151.
33. Giesing, *Bericht über meine Behandlung bei Hitler*, Wiesbaden 12 juin 1945, National Archives de College Park, Maryland.
34. *Göbbels Tagesbuch*, p.241.
35. テオドール・モレルの日記、1943 年 7 月 6 日。BArch-Koblenz N1348.
36. テオドール・モレルの日記、1943 年 7 月 18 日。BArch-Koblenz N1348.
37. テオドール・モレルの日記、1943 年 7 月 21 日。BArch-Koblenz N1348.
38. Kershaw Ian, *Hitler*, Gallimard, Folio, 1995, p.1018.
39. Dr Giesing, Erwin, *Rapport sur mon traitement d'Hitler*, juin 1945, IFZ (Institut für Zeitgeschichte-Institut d'histoire contemporaine) de Munich.
40. Schroeder, Christa, 前掲書 , p.185.
41.*Morell's diary*, 8 novembre 1944.
42. テオドール・モレルの日記、1945 年 2 月 17 日。BArch-Koblenz N1348.
43. テオドール・モレルの日記、1945 年 4 月 9 日。BArch-Koblenz N1348.
44. Irving, David, *The Secrets Diaries of Hitler's Doctor*, Grafton Books, 1983, p.28.
45. Von Loringhoven, Bernd, F., *Dans le bunker d'Hitler*, Perrin, Paris, 2005, pp.157-158.
46. テオドール・モレルの日記、1945 年 4 月 21 日。BArch-Koblenz N1348.
47. Boldt, Gerhardt, *Les dix derniers jours d'Hitler*, 翻訳 Catherine Cassin, Buchet/Chastel, Paris, 1973, pp.66-67.(『 ヒトラー最後の十日間』松谷健二訳、TBS 出版会、1974 年)
48. Long, Tania, « Doctor describes Hitler injections », *New York Times*, 1945 年 5 月 22 日 .
49. テオドール・モレルの日記、1945 年 4 月 10 日。BArch-Koblenz N1348.
50. O. I Preliminary interrogation report PIR N°29, APO 757, 14 septembre 1945, Nationales Archives, College Park, Maryland. https://www.fold3.com/image/232041664.
51. Von Hasselbach, Hans-Karl, IfzArch ZS 242.
52. Schmidt, Ulf, *Karl Brandt : The Nazi Doctor : Medicine and Power in the Third Reich*, Paperback, Auckland, 2008.
53. Heston, Leonard, Heston Renate, *The medical casebook of Adolph Hitler*, Editions Stein and Day, 1980, p.82.
54. 同上 , p.134.
55. Redlich, Fritz, *Hitler, diagnosis of a destructive prophet*, Oxford University Press ; 1re édition (december 3, 1998), p.239.
56. Neumann, Hans-Joachim, Eberle, Henrik, 前掲書 , p.103.
57. Schroeder, Christa, 前掲書 , p.186.
58. Doyle, D, *Adolf Hitler medical care*, 2005.
59. Katz, Ottmar, 前掲書 , p.332.
60. Schroeder, Christa, 前掲書 , p.182.

ウィンストン・チャーチルとモーラン卿

1. Lord Moran, *Winston Churchill. The struggle for survival 1940-1965*, Constable London, préface p.xv.(『チャーチル ― 生存の戦い』新庄哲夫訳、河出書房新社、1967 年)
2. Manchester, William, *The Last Lion : Winston Spencer Churchill – Visions of Glory, 1874-1932*, Michael Joseph, 1983, p.32.
3. Brain, W. Russel, *Encounters with Winston*

Churchill, Medical history, 2000, 44 : 3-20.

4. Johnson, Boris, *Winston, comment un seul homme a fait l'histoire*, 翻訳 Cécile Dutheil, la Rochère, Stock, 2015, p.91. (『チャーチル・ファクター たった一人で歴史と世界を変える力』石塚雅彦、小林恭子訳、プレジデント社、2016 年)
5. Manchester, William, 前掲書 , p.26.
6. Johnson, Boris, 前掲書 , p.236.
7. Delpla, François, *Regards de Churchill sur l'Allemagne et de Hitler sur l'Angleterre dans les années 1920*, extrait de la version première de « Churchill et Hitler », 2002.
8. 胃に原因がある消化障害。潰瘍を引き起こし得る。
9. Lord Moran, 前掲書 , p.5.
10. *Les Sautes d'humour de Winston Churchill*, Payot, 2014, p.82.
11. 1922 年、選挙に敗れたチャーチルは地盤と植民地大臣の職を失っていた。
12. Jenkins, Roy, *Churchill, Macmillan*, Londres, 2001, p.444.
13. Lovell, Richard, *Churchill's Doctor : A Biography of Lord Moran*, Editions Royal Society of Medicine Services Limited, 1992, p.308.
14. 同上 , p.7.
15. サシャ・ギドリの言葉とされる場合もある。
16. Lord Randolph Churchill à Winston Churchill, 21 avril 1894 ; CHAR 1/2/66-68.
17. Churchill, Randolph S., Winston S. Churchill, Volume 1 :Youth, 1874-1900, volume 1, 前掲書 , p.94.
18. 同上 , p.169.
19. Ministre chargé des finances et du trésor.
20. Manchester, William, 前掲書 , p.209.
21. Ministère de l'Intérieur.
22. Johnson, Boris, 前掲書 , p.69.
23. Johnson, Boris, 前掲書 , p.125.
24. 同上 , p.102.
25. 同上 , p.171.
26. *Les Sautes d'humour de Winston Churchill*, Payot, 2014, p.118.
27. Lord Moran, 前掲書 , p.9.
28. 同上 , p.15.
29. Lovell, Richard, 前掲書 , p.164.
30. Mather, John H, *Churchill's Health : A Critical Look at Churchill's Doctors ["Nothing but the Best."]*, 2012.
31. Montague Brown, Anthony, *Long Sunset : Memoirs of Winston Churchill's Last Private Secretary*, Cassel, Londres, 1995, p.142.
32. Lord Moran, Charles, *Churchill at war, 1940-1945*, Robinson, 2002, p.107.
33. イギリス、ウィルトシャーの村。
34. Lovell, Richard, 前掲書 , p.178.
35. Lord Moran, *Winston Churchill The struggle for survival 1940-1965*, 前掲書 , p.89.
36. Mather H, John H, *Churchill's Health : A Critical Look at Churchill's Doctors ["Nothing but the Best."]*, 2012.
37. Colville, John, *The Fringes of Power : Downing Street Diaries 1939-1955*, Weidenfeld & Nicolson ; New edition, 2004, p.490.(『ダウニング街日記　首相チャーチルのかたわらで　20 世紀メモリアル』上下　都築忠七、見市雅俊、光永雅明訳、平凡社、1990 年)
38. « Son of Churchill labels Moran book inaccurate », *New York Times*, juin 1966.
39. 第一回首脳会談はカサブランカにて 1943 年 1 月 14 ～ 24 日に開催。
40. Lord Moran, *Winston Churchill The struggle for survival 1940-1965*, 前掲書 , p.97.
41. Lovell, Richard, 前掲書 , pp.222-224.
42. Lord Moran, *Winston Churchill The struggle for survival 1940-1965*, 前掲書 ,

3. Benassar, Bartolomé, *Franco*, Perrin, 2002, p.210.
4. Payne, Stanley G., Palacios Jesús, *Franco, A personal and political biography*, The University of Wisconsin Press, 2014, p.375.
5. Manuel Medina, Gonzales, *La Conquesta de la vida*, Plaza y Janés, 2005, Barcelone, pp.113-114.
6. Gil Garcia, Vicente, 前掲書 , pp.132-133.
7. 同上 , p.17.
8. Benassar, Bartolomé, 前掲書 , p.32.
9. 同上 , pp.25 à 27.
10. Enrique Gonzales Duro, *Franco, una bibliografía psicológica*, 2000, Temas de Hoy, p.37.
11. Benassar, Bartolomé, 前掲書 , p.101.
12. Gil Garcia, Vicente, 前掲書 , p.22.
13. 同上 , p.24.
14. フランコ派と共和国軍が対立した、1936 ～ 39 年のスペインの内線の一つ。
15. Gil Garcia, Vicente, 前掲書 , p.28.
16. 同上 , pp.40-41.
17. 同上 , p.97.
18. 同上 , p.70.
19. 同上 , p.108.
20. 同上 , p.84.
21. 同上 , p.80.
22. Preston, Paul, *Franco a biography*, p.74.
23. Benassar, Bartolomé, 前掲書 , p.197.
24. Gil Garcia, Vicente, 前掲書 , p.38.
25. Preston, Paul, *The Spanish Holocaust : Inquisition and Extermination in Twentieth-Century Spain*, WW Norton & Co, 2013.
26. Salgado-Araujo, Francisco Franco, *Mis conversaciones privadas con Franco*, Planeta, 1976, p.128.
27. 同上 , pp.36-37.
28. Kauffer, Rémi, « La baraka du Caudillo », *Historia* numéro 707.
29. Preston, Paul, *Franco a biography*, p.750.
30. Palacios, Jesus, Payne Stanley G. *Franco, mi padre. Memorias de Carmen Franco, la hija del Caudillo*, La Esfera de los Libros, 2008, p.18.
31. Eyre, Pilar, *Franco confidencial*, Planeta, 2013, p.437.
32. Gil Garcia, Vicente, 前掲書 , p.131.
33. De Pozuelo, Eduardo Martín, « El accidente que marcó la sucesión», La Vanguardia, 14.08.2005.
34. Payne, Stanley G., *Franco a personal and political biography*, University of Wisconsin Press, 2014, p.389.
35. Gil Garcia, Vicente, 前掲書 , p.72.
36. Eyre, Pilar, 前掲書 , p.632.
37. Gil Garcia, Vicente, 前掲書 , pp.101-102.
38. 同上 , p.91.
39. Payne, Stanley G., *Franco a personal and political biography*, University of Wisconsin
Press, 2014, p.389.
40. Gil Garcia, Vicente, 前掲書 , p.93.
41. Cobos Arevalo, Juan, *La vida privada de Franco, Confesiones del monaguillo del Palacio de El Pardo*, Almuzara, 2009, p.229.
42. Gil Garcia, Vicente, 前掲書 , pp.127-130.
43. *New York Times*, « Franco Son-in-Law Adds New Element to Spain's Confused Power Struggle », Feb 6, 1971.
44. Rivera, Ramiro, « A la habitación de Franco no entra ni Dios », *El País*, 18 novembre 2007.
45. 同上。
46. Payne, Stanley G., Palacios, Jesús, *Franco, A personal and political biography*, The University of Wisconsin Press, 2014, p.590.
47. Gil Garcia, Vicente, 前掲書 , p.82.
48. 同上 , p.140.
49. M. Post, Jerold, S. Robins, Robert, *When*

Midi, 2014, p.129.

38. Frerejean, Alain, « Médecin, l'éminence grise et l'amuseur de Pétain », *Historia*, n°791.
39. Flanner, Janet, *Pétain* : The Old Man of France, New York, Simon and Schuster, 1944, p.48.
40. Ferro, Marc, *Pétain*, Fayard, 1987, p.62.
41. Vergez-Chaignon, Bénédicte, *Pétain*, 前掲書 , p.709.
42. Ferro, Marc, *Pétain*, Fayard, 1987, p.75.
43. Gillouin, René, *J'étais l'ami du Maréchal Pétain*, Plon, 1966, p.53.
44. Vergez-Chaignon, Bénédicte, *Le docteur Ménétrel, éminence grise et confident du Maréchal Pétain*, 前掲書 , p.200.
45. ベルナール・メネトレルの尋問調書、1945 年 10 月 23 日。AN-Z/6NL/479 n°10.605.
46. フィリップ・ペタンの尋問調書、1946 年 4 月 10 日。AN-Z/6NL/479n°10.605.
47. Ferro, Marc, *Pétain. Les leçons de l'histoire*, Tallandier, 2016, p.205.
48. Ferro, Marc, *Pétain*, 前掲書 , pp.539-540.
49. Aiolfi, Xavier, *La Garde personnelle du chef de l'État*, Nouvelles Éditions Latines, 2008, pp.127-128.
50. メネトレルの予審記録。AN-Z/6NL/479 n°10.605.
51. Rousso, Henry, *Pétain et la fin de la collaboration : Sigmaringen, 1944-1945*, Éditions complexes, 1984, p.25.
52. Archives nationales : AN-Z/6NL/479 n°10.605.
53. Archives nationales : AN-Z/6NL/479 n°10.605.
54. Rousso, Henry, *Pétain et la fin de la collaboration : Sigmaringen, 1944-1945*, Éditions complexes, 1984, p.142.
55. フィリップ・ペタンの尋問調書、1945 年 6 月 8 日。AN-Z/6NL/479 n°10.605.
56. ルイ＝フェルディナン・セリーヌの言葉。
57. Rousso, Henry, *Un Château en Allemagne : La France de Pétain en exil, Sigmaringen 1944-1945*, Fayard, 2011.
58. Archives nationales : AN-Z/6NL/479 n°10.605.
59. « La commission de la Haute Cour du Fort de Montrouge », *Le Monde*, 2 juin 1945.
60. Antowicz, Gilles, *Jacques Isorni, l'avocat de tous les combats*, éditions France-Empire, 2007, p.223.
61. アンドレ・ボアロルジョン・ドリヴィエの尋問調書、1945 年 4 月 19 日。AN-Z/6NL/479 n°10.605.
62. ジョゼフ・ダルナンの尋問調書、1945 年 7 月 6 日。AN-Z/6NL/479 n°10.605.
63. Archives Nationales : AN-Z/6NL/479 n°10.605.
64. « Haute Cour de Justice », *Le Monde*, 31 mai 1945.
65. Archives Nationales : AN-Z/6NL/479 n°10.605.
66. ペタン元帥の予審、1945 年 6 月 8 日の尋問調書、AN-Z/6NL/479 n°10.605.
67. Antowicz, Gilles, *Jacques Isorni, l'avocat de tous les combats*, éditions France-Empire, 2007, p.231.
68. Isorni, Jacques, *Pétain Philippe, C'est un péché de la France*, Flammarion, 1962, p.93.
69. Archives Nationales : AN-Z/6NL/479 n°10.605.
70. 同上。

フランシスコ・フランコ・バアモンデとビセンテ・ヒル

1. Gil Garcia, Vicente, *Cuarenta años junto a Franco*, Espejo de España, Barcelona, 1981, p.33.
2. Martínez-Bordiú, Francisco F., *La Naturaleza de Franco*, La Esfera De Los Libros, S.L., p.200.

フィリップ・ペタンとベルナール・メネトレル

1. Kupferman, Fred, *Pierre Laval*, Tallandier, 2016, p.280.
2. Racine, Paul, *J'ai servi Pétain, Le dernier témoin*, Le Cherche Midi, 2014, p.24.
3. Salvayre, Lydie, *La Compagnie des spectres*, Éditions du Seuil, 1997.
4. Vergez-Chaignon, Bénédicte, *Le Docteur Ménétrel, éminence grise et confident du Maréchal Pétain*, Perrin, 2001, p.174.
5. 同上 , p.37.
6. Lottman, Herbert R., *Pétain*, 1984, Éditions du Seuil, p.250.
7. Vergez-Chaignon, Bénédicte, 前掲書 , p.69.
8. メネトレルの予審記録。*Note au juge Marchat*, AN-Z/6NL/479 n°10.605.
9. 同上。
10. Vergez-Chaignon, Bénédicte, *Pétain*, Perrin, 2014, p.351.
11. Lottman, Herbert R., 前掲書 , p.288.
12. Dossier d'instruction affaire Ménétrel, *Note au juge Marchat*, 28 novembre 1945, AN-Z/6NL/479 n°10.605.
13. Brunet, Jean-Paul, *Doriot*, Balland, 1986, p.323.
14. 革命秘密行動委員会。構成員はカグラールと呼ばれた。
15. Kupferman, Fred, *Pierre Laval*, Tallandier, 2006, p.316 ; H. du Moulin de Labarthète, *Le Temps*, p.71 ; Ph. Bourdel, *La Cagoule*, p.326.
16. Cointet, Michèle, « 13 décembre 1940 : Pétain renvoie Laval », *Historia*, n°780.
17. メネトレルの予審記録、フェルナン・ド・ブリノンの尋問調書、1946 年 3 月 7 日。AN-Z/6NL/479 n°10.605.
18. Lottman, Herbert R., 前掲書 , p.488.
19. Frerejean, Alain, « Médecin, l'éminence grise et l'amuseur de Pétain », *Historia*, n°791.
20. Vergez-Chaignon, Bénédicte, *Le docteur Ménétrel, éminence grise et confident du Maréchal Pétain*, 前掲書 , 2001, p.109.
21. «Le "Maréchal" acclamé », *Le Monde*, 17 août 1989.
22. Liste des porteurs de la Francisque, AN, 72 AJ, 249.
23. Ferro, Marc, Pétain, Fayard, 1987, p.227.
24. Racine, Paul, 前掲書 , p.118.
25. Vergez-Chaignon, Bénédicte, *Pétain*, 前掲書 , p.595.
26. 1946 年 2 月 27 日付ベルナール・メネトレルの尋問調書、。AN-Z/6NL/479 n° 10.605.
27. Ferro, Marc, *Pétain. Les leçons de l'Histoire*, Tallandier, 2016, p.243.
28. R. Marrus, Michaël, O. Paxton, Robert, *Vichy et les Juifs*, Calmann-Lévy, 2015, p.83.
29. Racine, Paul, 前掲書 , p.126.
30. Vergez-Chaignon, Bénédicte, *Le docteur Ménétrel, éminence grise et confident du Maréchal Pétain*, 前掲書 , p.48.
31. ベルナール・メネトレルからヘンリー・ネッター博士への手紙、1940 年 8 月 22 日。AN-3W/291.
32. アンドレ・メイエからベルナール・メネトレルへの手紙、1943 年 11 月 11 日。AN, 2AG 77. Nahum, Henri, *L'Éviction des médecins juifs dans la France de Vichy*, Archives Juives, 2008/1 (vol.41).
33. Frerejean, Alain, *Médecin, l'éminence grise et l'amuseur de Pétain, Historia*, n°791.
34. Ferro, Marc, Pétain, Fayard, 1987, p.62, p.243.
35. 同上 , p.145.
36. Vergez-Chaignon, Bénédicte, *Le docteur Ménétrel, éminence grise et confident du Maréchal Pétain*, 前掲書 , p.192.
37. Racine, Paul, Benedetti, Arnaud, *J'ai servi Pétain : Le dernier témoin*, Le Cherche

p.195.
43. 同上 , p.226.
44. Jenkins, Roy, *Churchill*, Macmillan, Londres, 2001, p.861.
45. 同上 , p.859.
46. Lertzman, Richard A., Birnes, William J, *Dr Feelgood*, Skyhorse publishing, 2013, p.71.
47. アンフェタミンはベンゼドリンという自由販売の吸入薬に多く使用された。
48. Lovell, Richard, 前掲書 , p.347.
49. アンソニー・イーデンはチャーチルの後任として 1955 年 4 月 6 日〜 1957 年 1 月 10 日まで首相を務めた。
50. Lord Moran, *Winston Churchill The struggle for survival 1940-1965*, 前掲書 , p.193.
51. フランス語では Dexamyl。
52. S. Churchill, Winston, Churchill, Clementine, *Speaking For Themselves : The Personal Letters of Winston and Clementine Churchill*, editor Mary Soames, Black swans book, 1999, p.580.
53. Lord Moran, *Winston Churchill The struggle for survival 1940-1965*, 前掲書 , p.463.
54. Montague Browne, Anthony, *Long Sunset*, London, Cassell, 1995, p.260.
55. Lord Moran, *Winston Churchill The struggle for survival 1940-1965*, 前掲書 , preface p.XVII.
56. 同上 , preface p. XVII.
57. Churchill R., *The Times*, 30 avril 1966.
58. Soames, Mary, Clementine Churchill. Revised and updated edition, Boston : Houghton Mifflin, 2002, p.470.
59. Brain, W. Russel, Encounters with Winston Churchill, Medical history, 2000, 44 : 3-20.
60. Lord Moran, *Winston Churchill The struggle for survival 1940-1965*, 前掲書 , préface p. XVI.
61. 一般的には患者の死後も医師は守秘義務に従う。
62. Lord Moran, *Winston Churchill The struggle for survival 1940-1965*, 前掲書 , p.100.
63. チャーチルは総選挙で敗れた。
64. Lord Moran, *Winston Churchill The struggle for survival 1940-1965*, 前掲書 , p.167.
65. Brain, W. Russel, Encounters with Winston Churchill, Medical history, 2000, 44 : 3-20, p.10.
66. Fieve, Ronald R., *Moodswing*, Bantam books, 1976, pp.123-124.
67. Storr, Anthony, *Churchill's Black Dog : And Other Phenomena of the Human Mind*, Collins, 1989.(『天才はいかにうつをてなずけたか』今井幹晴訳、求龍堂、2007 年)
68. Ghaemi, Nassir, *A First-Rate Madness : Uncovering the Links Between Leadership and Mental Illness*, Penguin ; Reprint edition (3 jan. 2013).(『一流の狂気　心の病がリーダーを強くする』山岸洋、村井俊哉訳、日本評論社、2016 年)
69. Beasley, A, W, *Churchill the Supreme Survivor*, Mercer Books, 2013.
70. Attenborough, W. *Churchill and the "Black Dog" of Depression : Reassessing the Biographical Evidence of Psychological Disorder*, Palgrave MacMillan, UK, 2014.
71. Lord Moran, *Charles, Churchill at war, 1940-1945*, Robinson, 2002.
72. « Churchill doctor drops legal suit », *New York Times*, 14 janvier 1967.
73. Poore, Charles, « Book of the times, The most faboulous invalid », *New York Times*, 16 mai 1966.

illness strikes the leader, Yale university press, 1963, p.119（『指導者が倒れたとき』佐藤佐智子訳、法政大学出版局、1996 年）
50. Rivera, Ramiro, « A Franco no lo opera nadie », *El País*, 19 novembre 2007.
51. Lestienne, Camille, *Franco* : « L'interminable agonie du dictateur tient la presse en haleine », *Le Figaro*, 19 novembre 2015.
52. « Franco : les dessous de sa mort racontés par le malicieux Jean d'Ormesson », *Le Figaro*, 21 novembre 1975.
53. Benassar, Bartolomé, 前掲書 , p.255.
54. Palacios, Jesús, Payne, Stanley G., *Franco, mi padre : testimonio de Carmen Franco, la hija del Caudillo*, Éditions Esfera Libros, 2008.

ベニート・ムッソリーニとゲオルグ・ザカリエ

1. Kershaw, Ian, Hitler, Flammarion, 2008, p.910.（『ヒトラー　権力の本質』石田勇治訳、白水社、2009 年）
2. Mussolini, Rachele, Mussolini sans masque, Fayard, 1973, p.138.（『素顔の独裁者――わが夫ムッソリーニ』谷亀利一訳、角川書店、1980 年）
3. Mack Smith, Denis, *Mussolini*, Flammarion, 1981, p.143.
4. Mussolini, Rachele, 前掲書 , p.150.
5. Zachariae, Georg, *Mussolini si confessa*, BUR, 2013 (1948), p.33.
6. Milza, Pierre, *Les Derniers Jours de Mussolini*, Pluriel, 2012, p.16.
7. Zachariae, Georg, 前掲書 , p.10.
8. Irving, David, *Hitler. Les Carnets intimes du docteur Morell*, Acropole, 1984, p.155.
9. Bundesarchiv Berlin. Registre de la SA. Cote : R/9361II569943.
10. Goebbels, Joseph, *Le Journal du Dr Goebbels*, A l'Enseigne du cheval aile, Paris, 1949, p.462.
11. Zachariae, Georg, 前掲書 , p.34.
12. Irving, David, 前掲書 , p.76.
13. Zachariae, Georg, 前掲書 , p.43.
14. Irving, David, 前掲書 , p.158.
15. Zachariae, Georg, 前掲書 , p.50.
16. 同上 , p.44.
17. Mussolini, Rachele, 前掲書 , p.140.
18. Milza, Pierre, *Mussolini*, Fayard, Paris, 1999, p.83.
19. Zachariae, Georg, 前掲書 , p.13. *Le pouvoir sur ordonnance* 314
20. 同上 , p.154.
21. Milza, Pierre, *Les Derniers Jours de Mussolini*, Pluriel, 2012, p.34.
22. Serra, Maurizio, *Entretiens avec Mussolini*, Emil Ludwig, Perrin, coll. Tempus, 2016, p.9.
23. Zachariae, Georg, 前掲書 , pp.46-47.
24. Milza, Pierre, *Les Derniers Jours de Mussolini*, Pluriel, 2012, p.56.
25. 同上 , pp.225-226.
26. Kirkpatrick, Sir Ivone, *Mussolini, portrait d'un demagogue*, Editions de Trevise, Paris, 1967, p.556.
27. Galeazzo, Ciano, *Journal politique (1939-1943). Tome 2*, Zeluck, Paris, 1946, p.236.
28. Zachariae, Georg, 前掲書 , p.37.

J・F・ケネディとマックス・ジェイコブソン

1. 良い気分にしてくれる医者の意。
2. Nouvel, Pascal, *Histoire des amphétamines*, Puf, 2009, p.29.
3. Lertzman, Richard A., Birnes, William J. *Dr Feelgood*, Skyhorse publishing, 2013, p.71.
4. Kasindorf, Martin, *Everybody went to Max : Remembering Dr Feelgood,* Documentaire, 2013.
5. Heymann, C. David, *A Woman Named Jackie*（『ジャッキーという名の女』上下

広瀬順弘訳、読売新聞社、1990 年）, Penguin Group USA, Inc, 1990, p.308.
6. Kasindorf, Martin, 前掲書。
7. John F. Kennedy Library, *Kennedy*, John F. : Health, JFKCAMP 1960 - 1046 - 006.
8. Hersh, Seymour, *La Face cacheée du clan Kennedy,* Archipoche, 1998, pp.18 - 19.
9. JFK Presidential Archives, John F. Kennedy Personal Papers, Medical Records, Boxes 45 and 46.
10. Reeves, Richard, *President Kennedy, profile of power,* Touchstone, 1994, p.147.
11. Altman, Lawrence K., Purdum, Todd s., « in J.F.K File, Hidden illness, pain and pills », *New York Times*, 17 novembre 2002.
12. Lertzman, Richard A., Birnes, 前掲書, p.20.
13. Ghanemi, Nassir, *First rate madness*（『一流の狂気：心の病がリーダーを強くする』山岸洋、村井俊哉訳、日本評論社、2016 年）, The Penguin Book press, New York, 2011, p.148.
14. Lertzman, Richard A., Birnes, William J., 前掲書, p.51.
15. Hersh, Seymour, 前掲書, p.275.
16. Reeves, Richard, 前掲書, p.243.
17. Corsi, Jerome, *Who really killed Kennedy : 50 years later : Stunning New Revelations About the JFK Assassination*, WND Books, 2013, 1st edition, p.266.
18. Hersh, Seymour, 前掲書, p.257.
19. Reeves, Richard, 前掲書, p.147.
20. Lertzman, Richard A., Birnes, William J., 前掲書, p.95.
21. Archives de la Kennedy Library, JFK-WHSFGTM 002 - 003.
22. Lertzman, Richard A., Birnes, William J., 前掲書, pp.97 - 98.
23. Hersh, Seymour, 前掲書, p.296.
24. Dallek, Robert, *John F. Kennedy, an unfinished life*, Penguin Books, 2003, p.581.
25. Ampheétamines.com.
26. Reeves, Richard, 前掲書, p.242.
27. Lertzman, Richard A., Birnes, William J., 前掲書, p.123.
28. Thomas, Evan, *Robert Kennedy : His Life*, Simon & Schuster Paperback, 2002, p.191.
29. Kasindorf, Martin, 前掲書
30. Dallek, Robert, 前掲書, p.581.
31. Ghanemi, Nassir, *A first rate madness*, Penguin Press, 2011, p.173.
32. Dallek, Robert, 前掲書, p.582.
33. Hersh, Seymour, 前掲書, p.273.
34. FBI Files number 62 - HQ - 84930 (Max Jacobson), 18 août 1972.
35. Rensbergerder, Boyce, «Amphetamines Used by a Physician To Lift Moods of Famous Patients », *New York Times*, 4 décembre 1972.
36. Kasindorf, Martin, 前掲書
37. FBI Files number 62 - HQ - 84930 (Max Jacobson), 18 août 1972.
38. Brody, Jane E., *New York Times*, 19 avril 1973.
39. FBI Files number 62 - HQ - 84930 (Max Jacobson), 18 août 1972.
40. Reeves, Richard, 前掲書, p.147.
41. Lertzman, Richard A., Birnes, William J., 前掲書。
42. Brody, Jane E., *New York Times,* 19 avril 1973.
43. L'Etang, Hugh, *Fit to lead ?*, Heinemann, 1980, p.93.
44. Rasmussen, Nicolas, *On Speed : The Many Lives of Amphetamine,* NYU Press, 2008, p.170.

ヨシフ・スターリンとウラジーミル・ヴィノグラードフ

1. Collectif, À la recherche de Winston

Churchill, Perrin, coll. Tempus, 2011, p.151.
2. Khrouchtchev, Nikita, speech to 20th congress of the C.P.S.U.
3. Sebag ‐ Montefiore, Simon, *La Cour du Tsar rouge*, 19411953, Tempus, p.449.
4. Volkogonov, Dmitri, *Staline : Triumph and Tragedy*, Prima Publishing, juin 1996, p.571.
5. Alliluyeva, Svetlana, *Vingt lettres à un ami*, Éditions du Seuil, 1967, p.220.
6. 同上 , p.216.
7. Rubenstein, Joshua, *The Last Days of Stalin*, Yale University press, 2016, p.14.
8. Sebag ‐ Montefiore, Simon, 前掲書 , p.470.
9. 1952 年夏、ワシーリーは飛行が禁じられている赤の広場の閲兵式の上を低空で飛び大きな混乱を引き起こしたため、スターリンからモスクワ空軍管区の指揮権を取り上げられていた。
10. Alliluyeva, Svetlana, 前掲書 , p.21.
11. 同上 , p.20.
12. Rubenstein, Joshua, 前掲書 , p.16.
13. Alliluyeva, Svetlana, 前掲書 , p.24.
14. Brent, Jonathan, Naumov, Vladimir P., *Staline last crime, the doctors'plot*, John Murray, 2003, p.319.
15. Alliluyeva, Svetlana, 前掲書 , p.24.
16. Shaun, Walker, « Brain illness could have affected Stalin's actions, secret diaries reveal », *The Independant*, 21 avril 2011.
17. Shatunovskaya, *A life in the Kremlin*, Harper and Row, 1982, p.241.
18. Alliluyeva, Svetlana, 前掲書 , p.72.
19. 同上 , p.92.
20. Birt, Raymond, « Personality and Foreign Policy : The case of Stalin », *Political Psychology*, Vol. 14, NO. 4 (Dec. 1993), pp.607 ‐ 625.
21. Collectif, *Criminologie et psychiatrie*, Ellipses, 1997, p.321.
22. 1927 年に刑法に加えられ、1934 年に広く普及された第 58 条。この条項によって、「民衆の敵」というカテゴリーがつくられて反革命的活動を罰することができるようになった。
23. Service, Robert, *Staline : A Biography*, Pan Macmillan, 2008, p.434.
24. Romano ‐ Petrova, *Stalin's doctor, Stalin's nurse*, The Kingston press Inc, 1984, p.8.
25. 同上 , p.68.
26. Sebag ‐ Montefiore, Simon, 前掲書 , p.76.
27. 同上 , p.294.
28. 同上 , p.411.
29. Rubenstein, Joshua, 前掲書 , p.5.
30. Decaux, Alain, *De Staline à Kennedy, c'était le XXe siècle,* Perrin, 1999, pp.43 ‐ 44.
31. Sebag ‐ Montefiore, Simon, 前掲書 , p.433.
32. Decaux, Alain, 前掲書 , p.52.
33. Romano ‐ Petrova, 前掲書 , pp.VII ‐ VIII.
34. Sebag ‐ Montefiore, Simon, 前掲書 , p.437.
35. Brent, Jonathan, Naumov, Vladimir P., 前掲書 , pp.231 ‐ 232.
36. アレクサンドル・プーシキンの小説。
37. Brent, Jonathan, Naumov, Vladimir P., 前掲書 , pp.87 ‐ 88.
38. 同上 , p.328.
39. *New York Times*, 31 juillet 1964.

毛沢東と李志綏

1. Li, Zhisui, La Vie privée du président Mao (『毛沢東の私生活』上下、新庄哲夫訳、文藝春秋、1996 年) , collaboration éditoriale d'Anne F. Thurston. Trad. de l'anglais par Henri Marcel, Frank Straschitz et Martine Leroi ‐ Battistelli, Plon, p.60.
2. 中国人の名前は苗字が先に来る。

3. Li, Zhisui, 前掲書 , p.305.
4. Mirsky, Jonathan, *The Spectator*, 29 octobre 2011.
5. Li, Zhisui, *The Private Life of chairman Mao*, Random House, 1994, p.357.
6. Li, Zhisui, *La Vie privée du président Mao*, 前掲書 , p.181.
7. Li, Zhisui, 同上 , p.30.
8. Hu, Chi - Hsi, « Mao Tsé - Toung, la révolution et la question sexuelle », *Revue française de science politique*, 1973, volume 23, numéro 1, pp.59 - 85.
9. Chang, Jung, Halliday, Jon, *Mao, l'histoire inconnue*, Tome II, Folio histoire, 2006, p.865.
10. Li, Zhisui, *La Vie privée du président Mao*, 前掲書 , p.284.
11. 同上 , pp.141 - 142.
12. 同上 , p.229.
13. Li, Zhisui, *The Private Life of chairman Mao,* 前掲書 , p.60.
14. Li, Zhisui, *La Vie privée du président Mao*, 前掲書 , p.98.
15. 同上 , p.99.
16. Li, Zhisui, *The Private Life of chairman Mao,* 前掲書 , pp.75 - 76.
17. Li, Zhisui, *La Vie privée du président Mao,* 前掲書 , p.291.
18. 同上 , p.373.
19. 同上 , p.184.
20. 同上 , p.398.
21. 同上 , p.403.
22. 同上 , p.437.
23. 同上 , p.452.
24. 同上 , p.591.
25. Chang, Jung, Halliday, Jon, 前掲書 , p.1296.
26. Li, Zhisui, *La Vie privée du président Mao*, 前掲書 , p.433.
27. 同上 , p.594.
28. Chang, Jung, Halliday, Jon, 前掲書 , p.1294.
29. Li, Zhisui, *La Vie privée du président Mao*, 前掲書 , p.37.
30. 同上 , p.40.
31. 同上 , p.47.
32. 同上 , p.58.
33. 同上 , p.638.
34. 同上 , p.639.
35. *Le Monde*, 26 décembre 2013.
36. Li, Zhuisi, *La Vie privée du président Mao*, 前掲書 , p.29

参考文献

アドルフ・ヒトラーとテオドール・モレル

- Bezymenski, Lew, *La Mort d'Adolf Hitler*, Plon, Paris, 1968.
- Boldt, Gerhard, *Les Dix Derniers Jours d'Hitler*, traduction de Catherine Cassin, Buchet-Chastel, Paris, 1973.（『ヒトラー最後の十日間』松谷健二訳、TBS 出版会、1974 年）
- Delpla, François, *Hitler*, Grasset, 1999.
- Heston, Leonard, Heston Renate, *The medical casebook of Adolph Hitler*, Editions Stein and Day, 1980.
- Irving, David, *The Secrets Diaries of Hitler's Doctor*, Grafton Books, 1983.
- Katz, Ottmar, *Théo Morell, médecin de Hitler*, traduction de Wanda Vuilliez, ÉditionsFrance-Empire, Paris, 1983.（『ヒトラーと謎の主治医　くつがえされるナチ伝説』松井ひろみ訳、東洋堂企画出版社、1984 年）
- Kershaw, Ian, *Hitler*, traduction de Pierre-Emmanuel Dauzat, Gallimard, Folio, Paris, 1995.（『ヒトラー　権力の本質』石田勇治訳、白水社、1999 年）
- Mailer, Norman, *Un château en forêt*, traduction de Gérard Meudal, Plon, Paris, 2007.
- Neumann, Hans-Joachim, Eberle, Henrik, *Was Hitler Ill ? : A final diagnosis*, Polity Press, 2012.
- Ohler, Norman, *Der totale Rausch*, Kiepenheuer & Witsch.
- Redlich, Fritz, *Hitler, diagnosis of a destructive prophet*, Oxford University Press ; 1st edition (December 3, 1998).
- Schmidt, Ulf, Karl Brandt, T*he Nazi Doctor : Medicine and Power in the Third Reich*, Paperback, Auckland, 2008.
- Schroeder, Christa, *He was my chief : the memoirs of Adolf Hitler's secretary*, Frontline Books, 2012.
- Speer, Albert, *Au coeur du IIIe Reich*, traduction de Michel Brottier, Fayard, Paris, 2010.（『第三帝国の神殿にて　ナチス軍需相の証言』品田豊治訳、中央公論新社、2001 年）
- Trevor-Roper, Hugh, *Les Derniers Jours d'Hitler*, Éditions Tallandier, Paris, 2013.（『ヒトラー最期の日』橋本福夫訳、筑摩書房、1975 年）
- Von Loringhoven, Bernd, F., *Dans le bunker d'Hitler*, Perrin, Paris, 2005.

ウィンストン・チャーチルとモーラン卿

- Attenborough, W. *Churchill and the "Black Dog" of Depression : Reassessing the Biographical Evidence of Psychological Disorder*, Palgrave MacMillan, UK, 2014.
- Beasley, A, W, *Churchill the Supreme Survivor*, Mercer Books, 2013. Churchill, Winston, Churchill, Clementine, *Speaking For Themselves : The Personal Letters of Winston and Clementine Churchill*, editor Mary Soames, Black swans book, 1999.
- Churchill, Randolph S., *Winston S. Churchill*, Volume 1 : Youth, 1874-1900, volume 1,　op. cit.
- Colville, John, *The Fringes of Power : Downing Street Diaries 1939-1955*, Weidenfeld & Nicolson ; New edition edition.
- Ghaemi, Nassir, *A First-Rate Madness : Uncovering the Links Between Leadership and Mental Illness*, Penguin ; Reprint edition (3 Jan. 2013).（『一流の狂気　心の病がリーダーを強くする』山岸洋、村井俊哉訳、日本評論社、2016 年）
- Gilbert, Martin, *Churchill : A Life*, Pimli-

co, 2000.
・Johnson, Boris, *Winston, comment un seul homme a fait l'histoire*, traduction de Cécile Dutheil de la Rochère, Stock, 2015.（『チャーチル・ファクター たった一人で歴史と世界を変える力』石塚雅彦、小林恭子訳、プレジデント社、2016年）
・Fieve, Ronald R., *Moodswing*, Bantam books, 1976.
・Jenkins, Roy, *Churchill*, Macmillan, Londres, 2001.
・Lertzman, Richard A. Birnes, William J., *Dr Feelgood*, Skyhorse publishing, 2013.
Lovell, Richard, *Churchill's Doctor：A Biography of Lord Moran*, Editions Royal Society of Medicine Services Limited, 1992.
・Lord Moran, Charles, *Churchill at war*, 1940-1945, Robinson, 2002.
・Lord Moran, Charles, *Winston Churchill. The struggle for survival 1940-1965*, Constable, London.（『チャーチル―生存の戦い』新庄哲夫訳、河出書房新社、1967年）
・Manchester, William, *The Last Lion : Winston Spencer Churchill – Visions of Glory, 1874-1932*, Michael Joseph, 1983.
・Montague Brown, Anthony, *Long Sunset : Memoirs of Winston Churchill's Last Private Secretary*, Cassel, Londres, 1995.
・Soames, Mary, *Clementine Churchill*, Revised and updated edition, Boston：Houghton Mifflin, 2002.
・Storr, Anthony, *Churchill's Black Dog : And Other Phenomena of the Human Mind*, Collins, 1989.（『天才はいかにうつをてなずけたか』今井幹晴訳、求龍堂、2007年）

フィリップ・ペタンとベルナール・メネトレル

・Aiolfi, Xavier, *La Garde personnelle du chef de l'État*, Nouvelles Éditions Latines, 2008.
・Antowicz, Gilles, *Jacques Isorni, l'avocat de tous les combats*, Éditions France-Empire, 2007.
・Brunet, Jean-Paul, *Doriot*, Balland, 1986.
・Flanner, Janet, *Pétain : The Old Man of France*, Simon and Schuster, New York, 1944.
Ferro, Marc, Pétain, Fayard, 1987.
・Ferro, Marc, *Pétain. Les leçons de l'Histoire*, Tallandier, 2016.
・Gillouin, René, *J'étais l'ami du Maréchal Pétain*, Plon, 1966.
・Isorni, Jacques, Pétain Philippe, C'est un péché de la France, Flammarion, 1962.
・Kupferman, Fred, *Pierre Laval*, Tallandier, 2016.
・Lottman, Herbert R., *Pétain*, 1984, Éditions du Seuil.
・Marrus, Michaël, O. Paxton, Robert, *Vichy et les Juifs*, Calmann- Lévy, 2015.
・Racine, Paul, *J'ai servi Pétain, Le dernier témoin*, Le Cherche Midi, 2014.
・Rousso, Henry, Pétain et la fin de la collaboration : Sigmaringen, 1944-*1945*, Éditions complexes, 1984.
・Salvayre, Lydie, *La Compagnie des spectres*, Éditions du Seuil, 1997.
・Vergez-Chaignon, Bénédicte, *Le Docteur Ménétrel, éminence grise et confident du Maréchal Pétain*, Perrin, 2001.
・Vergez-Chaignon, Bénédicte, *Pétain*, Perrin, 2014.

フランシスコ・フランコ・バアモンデとビセンテ・ヒル

・Benassar, Bartolomé, *Franco*, Perrin, 2002.
・Cobos Arevalo, Juan, *La Vida privada de Franco, Confesiones del monaguillo del*

Palacio de El Pardo, Almuzara, 2009.
・Eyre, Pilar, *Franco confidencial*, Planeta, 2013.
・Franco-Bahamonde, Pilar, *Nosostros, los Franco*, (Serie Biografias y Memorias), Editorial Planeta, 1980.
・Franco Salgado-Araujo, *Francisco, Mis conversaciones privadas con Franco*, Planeta, 1976.
・Gil Garcia, Vicente, *Cuarenta años junto a Franco*, Espejo de España, 1981, Barcelona.
・Gonzales Duro, Enrique, *Franco, una bibliografía psicológica*, 2000, Temas de Hoy. Kershaw, Ian, *Hitler*, Flammarion, 2008.
・Manuel Medina, Gonzales, *La Conquesta de la vida*, Plaza y Janés, 2005, Barcelone.
・Palacios, Jesus, Stanley G. Payne. *Franco, mi padre. Memorias de Carmen Franco, la hija del Caudillo*, La Esfera de los Libros, 2008.
・Payne, Stanley G., Palacios Jesús, *Franco, A personal and political biography*, The University of Wisconsin Press, 2014.
・Preston, Paul, *Franco a biography*, Fontana Press, 2011.
・Preston, Paul, *The Spanish Holocaust : Inquisition and Extermination in Twentieth-Century Spain*, WW Norton & Co, 2013.
・Post, Jerold, S. Robins, Robert, *When illness strikes the leader*, Yale university press, 1963.(『指導者が倒れたとき』佐藤佐智子訳、法政大学出版局、1996年)

ベニート・ムッソリーニとゲオルグ・ザカリエ

・Ciano, Galeazzo, *Journal politique (1939-1943). Tome 2*, Zeluck, Paris, 1946.
Goebbels, Joseph, *Le Journal du Dr Goebbels*, A l'Enseigne du cheval aile, Paris, 1949.
・Irving, David, *Hitler. Les Carnets intimes du docteur Morell*, Acropole, 1984.
・Kirkpatrick, Ivone, *Mussolini, portrait d'un demagogue*, Editions de Trevise, Paris, 1967.
・Mack Smith, Denis, *Mussolini*, Flammarion, 1981.
・Milza, Pierre, *Mussolini*, Fayard, Paris, 1999.
・Milza, Pierre, *Les Derniers Jours de Mussolini*, Pluriel, 2012.
・Mussolini, Rachele, Mussolini sans masque, Fayard, 1973.(『素顔の独裁者――わが夫ムッソリーニ』谷亀利一訳、角川書店、1980年)
・Serra, Maurizio, *Entretiens avec Mussolini*, Emil Ludwig, Perrin, coll. Tempus, 2016.
・Zachariae, Georg, *Mussolini si confessa*, BUR, 2013 (1948).

J・F・ケネディとマックス・ジェイコブソン

・Corsi, Jerome, *Who really killed Kennedy : 50 years later : Stunning New Revelations About the JFK Assassination,* WND Books, 2013, 1st edition.
・Dallek, Robert, *John F. Kennedy, an unfinished life*, Penguin Books, 2003.
Ghanemi, Nassir, *First rate madness*, The Penguin Book press, New York, 2011.(『一流の狂気:心の病がリーダーを強くする』日本評論社、山岸洋、村井俊哉訳、2016年)
・Heymann, C. David, A *Woman Named Jackie*, Penguin Group USA, Inc, 1990.(『ジャッキーという名の女』上下、広瀬順弘訳、読売新聞社、1990年)
・Hersh, Seymour, *La Face cachée du clan Kennedy,* Archipoche, 1998.
・Kempe, Frederick, *Berlin 1961 : Kennedy, Khrushchev, and the Most Dangerous*

Place on Earth, Berkley ; Reprint edition (January 3, 2012).
· Leamer, Lawrence, *The Kennedy Men, 19011963*, New York : William Morrow, 2001.
Leaming, Barbara, *Mrs Kennedy,* New York : Free press, 2001.
· Lertzman, Richard A. Birnes, William J, *Dr Feelgood,* Skyhorse publishing, 2013.
Nouvel, Pascal, *Histoire des amphétamines*, Puf, 2009.
· Rasmussen, Nicolas, *On Speed : The Many Lives of Amphetamine*, NYU press, 2008.
Reeves, Richard, *President Kennedy, profile of power,* Touchstone, 1994.
· Thomas, Evan, *Robert Kennedy : His Life*, Simon & Schuster Paperback, 2002.
Travell, Janet, *Office Hours : Day and Night. The autobiography of Janet Travell*, M.D. New York : World, 1968.

ヨシフ・スターリンとウラジーミル・ヴィノグラードフ
· Alliluyeva, Svetlana, *Vingt lettres à un ami*, Éditions du Seuil, 1967.
· Brent, Johnatan, Naumov, Vladimir P, *Staline last crime, the doctors' plot*, John Murray, 2003.
· Bullock, Alan, *Hitler and Stalin : Parallel lives*, fully revised second edition, Fontana Press, 1998.
· Decaux, Alain, *De Staline à Kennedy, c'était le XXe siècle*, Perrin, 1999.
· Romano Petrova, *Stalin's doctor, Stalin's nurse*, The Kingston press Inc, 1984.
· Rubenstein, Joshua, *The Last Days of Stalin,* Yale University press, 2016.
· Sebag-Montefiore, Simon, *La Cour du Tsar rouge, 19411953*, Tempus.
· Service, Robert, *Staline : A Biography,* Pan Macmillan, 2008.
· Volkogonov, Dmitri, *Staline : Triumph and Tragedy,* Prima Publishing, juin 1996.

毛沢東と李志綏
· Chang, Jung, Halliday, Jon, *Mao, l'histoire inconnue*, Tome I, Folio histoire, 2011.
· Chang, Jung, Halliday, Jon, *Mao, l'histoire inconnue*, Tome II, Folio histoire, 2011.
· Domenach, Jean-Luc, *Mao, sa cour et ses complots*, Fayard/Pluriel, 2015.
· Li, Zhisui, *The Private Life of chairman Mao*, Random House, 1994.（『毛沢東の私生活』上下、新庄哲夫訳、文藝春秋、1996年）
· Li, Zhisui, *La Vie privée du président Mao*, collaboration éditoriale d'Anne F. Thurston. Trad. de l'anglais par Henri Marcel, Frank Straschitz et Martine Leroi-Battistelli, Plon, 2006.
· Spence, Jonathan, *Mao Zedong*, Penguin Lives, Lipper/ Viking book, 1999.（『毛沢東』小泉朝子訳、岩波書店、2002年）

その他の参考文献
· Accoce, Pierre, Rentchnick, Oierre, *Ces grands malades qui nous gouvernent*, Stock, 1996.
· Demonpion, Denis, Léger, Laurent, *Le Dernier Tabou, révélations sur la santé des présidents,* Pygmalion, 2012.
· L'Etang, Hugues, *Fit to lead ?,* Heinemann, 1980.
· Gilbert, Robert, *The Mortal Presidency, Ilness and anguish in the white house*, Basic book a division of HarpersCollins Publishers, 1992.
· Owen, David, *In sickness and in power,* Methuen, 2009.
· Park, Bert E., *Ailing, Aging, Addicted, Studies of compromised Leadership,* The University Press of Kentucky, 1993.
· Post, Jerrold, Robins, Robert, *When Ill-*

ness strikes the leader, Yale University press, 1993.（『指導者が倒れたとき』佐藤佐智子訳、法政大学出版局、1996 年）

◆著者

タニア・クラスニアンスキ（Tania Crasnianski）

フランス生まれ。刑事事件専門の弁護士を経て、執筆活動に入る。2016年刊行の *Enfants de Nazis*（邦題『ナチの子どもたち』原書房刊、2017年）で作家デビュー、現在はドイツ、ロンドン、ニューヨークに生活拠点を置いて執筆活動に専念している。本書は2作目。

◆訳者

川口明百美（かわぐち・あゆみ）

フランス語翻訳者。専修大学文学部国文学科卒業。訳書に、『マプチェの女』（早川書房、共訳）、『ネルソン・マンデラ　差別のない国をめざして』（汐文社、共訳）、『フェリシーと夢のトウシューズ』（キノブックス）がある。

河野彩（こうの・あや）

フランス語翻訳者。学習院大学フランス語圏文化学科卒、一橋大学大学院言語社会研究科博士前期課程修了。訳書に『人生を変えるレッスン』（サンマーク出版）、『パリとカフェの歴史』（原書房、共訳）、『目に見えない微生物の世界』（河出書房新社）などがある。

主治医《しゅじい》だけが知《し》る権力者《けんりょくしゃ》
病《やまい》、ストレス、薬物依存《やくぶついぞん》と権力《けんりょく》の闇《やみ》

●

2018年7月30日　第1刷

著者……………タニア・クラスニアンスキ
訳者……………川口明百美《かわぐちあゆみ》
河野彩《こうのあや》
装幀……………村松道代
発行者……………成瀬雅人
発行所……………株式会社原書房
〒160-0022 東京都新宿区新宿 1-25-13
電話・代表　03(3354)0685
http://www.harashobo.co.jp/
振替・00150-6-151594
印刷……………新灯印刷株式会社
製本……………東京美術紙工協業組合

ISBN 978-4-562-05585-2, printed in Japan